後宮の百花輪⑤

瀬那和章

双葉文庫

目次

九曜国全図

右蹴州

河花州

室明 ※□

黒雲玉山

北狼州

奉凰州

小鳩里

揚国

晋嶺

天仰里大凰州拡大図

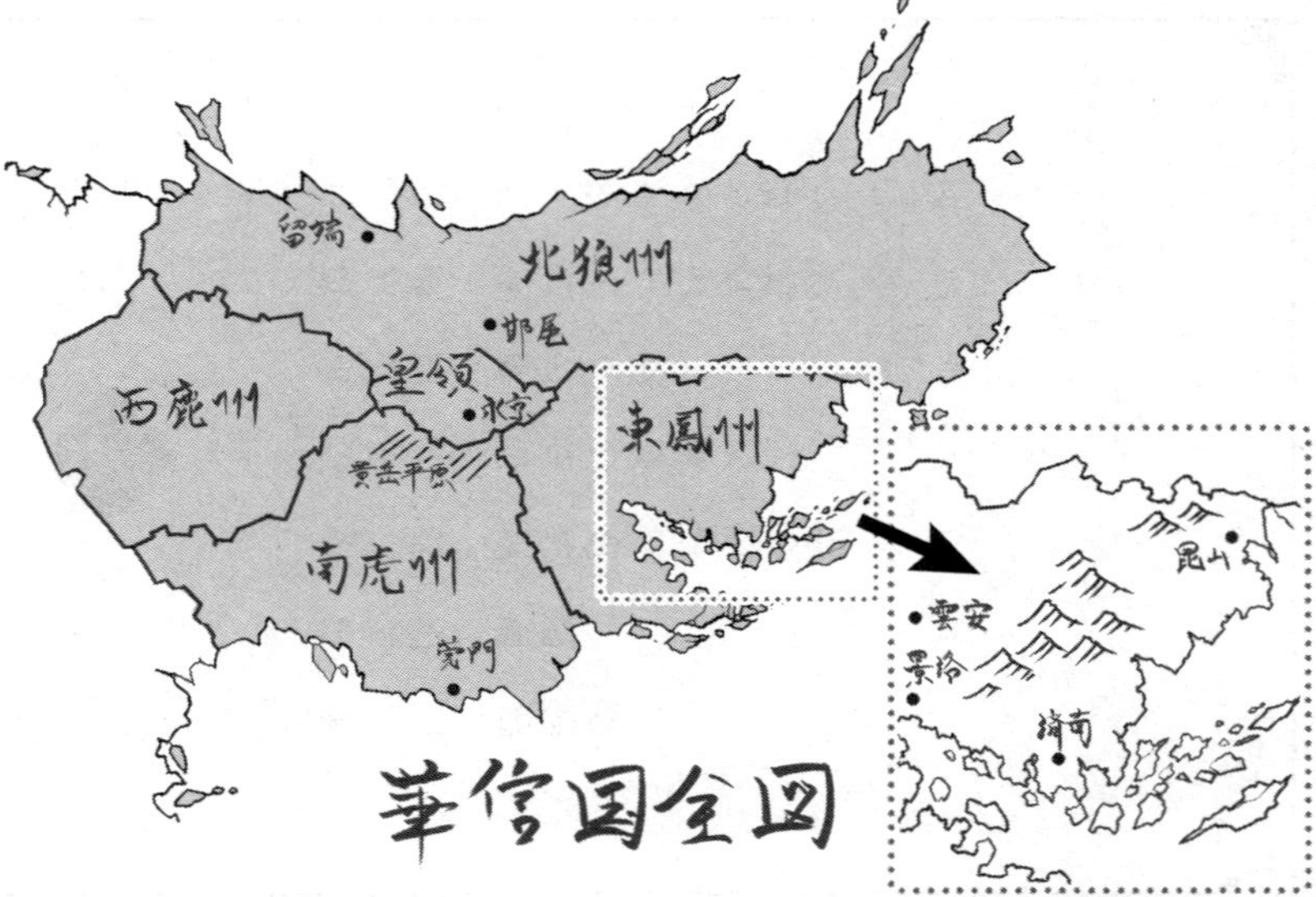

後宮の百花輪⑤

登場人物

明羽《めいう》……芙蓉宮・來梨の侍女。飛鳥拳の使い手で〝声詠み〟の能力を持つ。
莉來梨《りらいり》……北狼州代表。引き籠り癖のある芙蓉宮の貴妃。
万星沙《まんシンシャ》……東鳳州代表。知性あふれる黄金宮の貴妃。
雨林《ユーリン》……黄金宮・星沙の侍女。経済に深い造詣を持つ。
阿珠《あじゅ》……黄金宮・星沙の侍女。岩砕拳の使い手。
陶玉蘭《とうぎょくらん》……西鹿州代表。絶世の美妃と名高い翡翠宮の貴妃。
幽灰麗《ゆうはいれい》……皇領代表。溥天廟の巫女であった水晶宮の貴妃。
梨円《りえん》……元・孔雀宮の侍女であり、九蛇に育てられた暗殺者。
寧々《ねいねい》……十三妃。生家が薬屋の妃嬪。
白眉《はくび》……小さな翡翠の佩玉。〝声詠み〟の力で明羽と話せる相棒。
李鷗《りおう》……宮城内の不正を取り締まる秩宗部の長、秩宗尉。
雪蛾《せつが》……北狼州墨家の当主の生母。幼い当主の代わりに政治を取り仕切る。
相伊《そうい》……華信国将軍。兎閣の弟。
黛花《たいか》……相伊の妹。歴史家としての一面を持つ。
儀亥《ぎがい》……神凱国皇帝。
兎閣《とかく》……華信国皇帝。

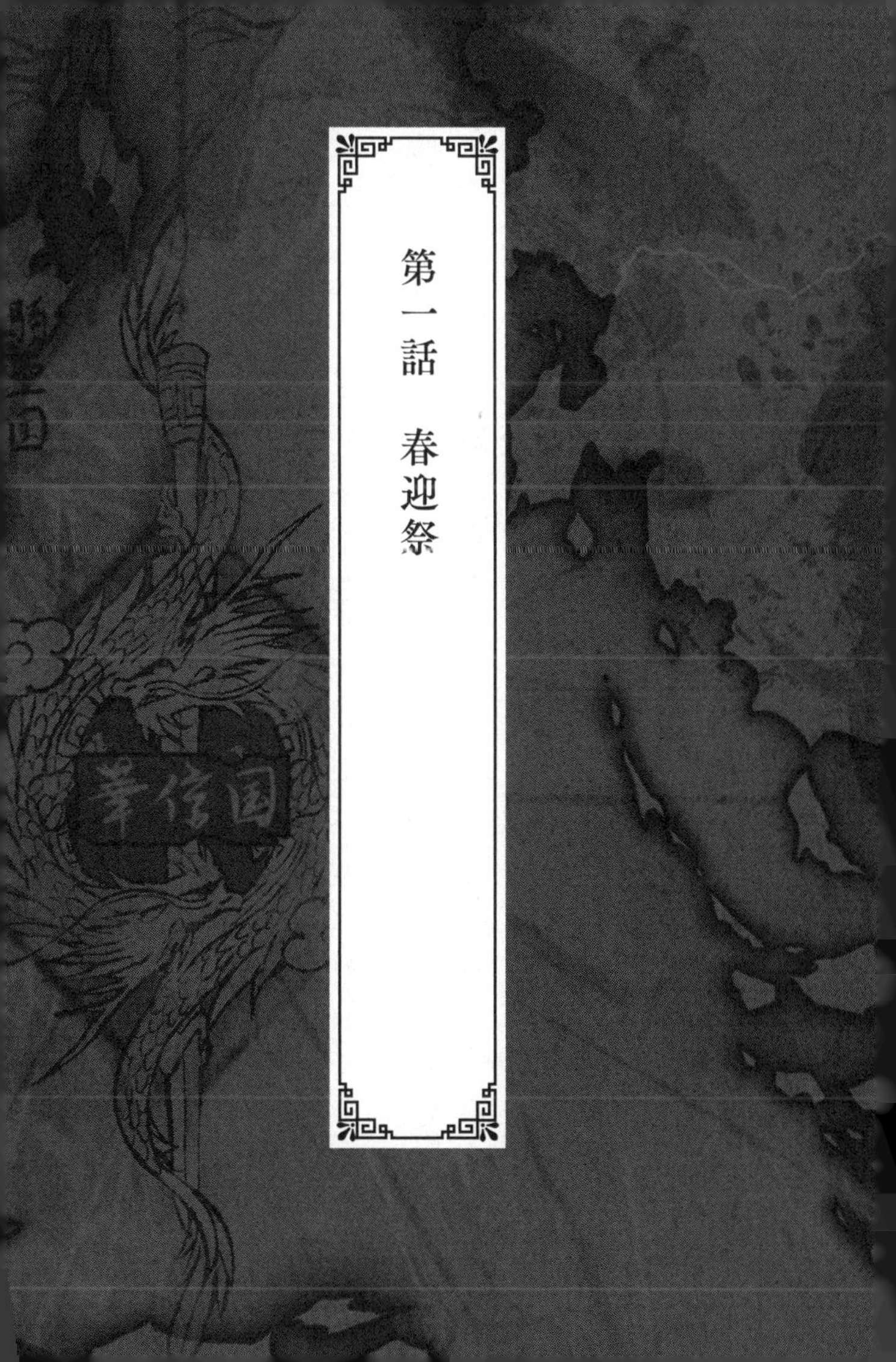

第一話　春迎祭

屋根に分厚く降り積もった雪が、雫《しずく》となって庭先へと降り注ぐ。

雪解けの水は朝の光を弾き、その内に小さな火を灯したように輝く。

明羽《めいう》は、手紙を読むのを止めて、思わずその煌《きら》めきに見入った。

美しかったからではない。その煌めきに、冬のいちばん厳しい時が過ぎたのを感じたからだ。

雪深い北狼州《ほくろうしゅう》の大地で生まれ育った明羽にとって、帝都の冬は物足りなさを感じるほど過ごしやすかった。大雪が降ることはあっても、それが幾日も続くことはなく、数日もすれば雪の下から大地が顔を出す。

北狼州の莉《り》家で侍女になるための修業をしていた時は、門前の雪かきや屋根の雪下ろしが日課だった。一日でも怠《おこた》れば、外門は雪に閉ざされ開かなくなり、重みで屋敷が傾くこともある。

莉家での日々を思い出していると、ふと、胸に寂しさが過《よ》ぎった。

あの時、共に修業をした小夏《シャオシイ》も、厳しく指導してくれた慈宇《じう》も、もう後宮にはいない。

「そうか……あれから、一年も経ったのか」

意志の強そうな目に真一文字に結ばれた口元。後宮内でも噂になるほど無愛想な表情に、微かな感傷が浮かぶ。

明羽はすぐに余計な感傷を追い出し、そっと腰に巻いた佩玉《はいぎょく》に触れた。

「この冬が終わると、ほんとうに戦になるのかな」

『そんなのわからないよ。でも、このままなにも起きないってことはないだろうね』

頭の中に、幼い子供のような声が響く。

明羽には〝声詠《こえよ》み〟と呼ばれる特別な力があった。

長年使用されてきた道具に触れることで、その道具に宿る声を聞くことができる。けれど、伝統ある後宮でも、会話ができるほどはっきりと意識が宿っている道具はそう多くない。明羽がいつも身に着けている眠り狐が刻まれた翡翠《ひすい》の佩玉は、話ができる数少ない道具の一つだった。狐の眉の部分が白濁しているため、白眉《はくび》と名付けられている。

冬の初めに、神凱《しんがい》国皇帝・儀亥《ぎがい》が十隻の軍艦を率いて、南虎《なんこ》州の港町に来航した。海を挟んだ向こうにある牙《きば》の大陸を統一した神凱国は、華信《かしん》国と因縁のある国だった。儀亥は宣戦布告を行い、春の訪れとともに大軍を伴って再来すると宣言して去っていった。

そのため、冬の帝都にはかつてないほど暗澹《あんたん》とした空気が漂っていた。宮城の官吏や貴族たちは戦の準備に追われ、常に緊迫した様子だ。民はいつもと変わらず暮らしてはいるが、その心には不安が満ちている。

「戦のせいで、景気の悪い話も増えてきたね」

手元に視線を戻しながら続ける。

机には、芙蓉宮《ふよう》への支援を表明している貴族や商家からの手紙が積み上がっていた。

毎日のように届く手紙を読み、整理して來梨《らいり》に報告するのは、明羽の重要な仕事の一つだ。

「こっちは、約束していた支援金の減額や、支払い延期のお願いでしょ」

明羽は、右側に重ねて置かれた手紙を指差す。

神凱国の宣戦布告を受け、貴族たちは軍備増強に力を入れていた。その皺寄《しわよ》せを受けて、芙蓉宮への支援金は大きく削られている。

商家にも影響は大きく、民に不安が広がったことで売り上げが落ちたり、戦への備えに資金を回したりと、百花輪《ひやっかりん》の儀どころではない様子だ。

「こっちは、逆に支援して欲しいというお願いだね」

反対の左側に重ねて置かれた手紙を指差す。一番上は大火で焼け落ちた帝都の復興を担っている役所からだった。復興は進んでいるが、神凱国の宣戦布告の影響で資金の集まりが悪くなり苦労しているらしく、芙蓉宮に今まで以上の支援を求めていた。

資金調達が難しくなっているのはどこも同じで、春迎祭《しゅんげいさい》を取り仕切る帝都の民たちから提灯宴《ちょうちんえん》への出資をして欲しいといった依頼も届いている。

最大の後ろ盾である北狼州の二大貴族・張《ちょう》家と墨《ぼく》家は、変わらず支援を約束してくれているため、芙蓉宮は金策に困ることはない。それでも、貴族や商家からの支援の減額や、さらなる支出が増えるのは痛手だった。

「今年の春迎祭は、ずいぶん地味になりそうね。街中に提灯が溢《あふ》れる派手なお祭りだって聞いてたから、楽しみにしてたのに」

一月の末に開かれる春迎祭は、夏の銀器《ぎんき》祭と並んで、二大祭事と呼ばれる大きな祝祭だ。銀器祭が建国を祝う国のための祭りであるのに対し、春迎祭は豊穣《ほうじょう》と発展を願う民のための祭りであり、帝都の民がもっとも楽しみにしている行事らしい。

『仕方ないよ。今は国中が、神凱国の脅威に備えている状態だ。祭りに浮かれてる場合じゃない』

「それは、わかるんだけどさ」

『どちらにしろ、春迎祭は帝都の民の祭りだ。後宮にいる君には関係ないじゃないか』

「でも、街から聞こえてくる音楽を聴いたり、夜空に浮かび上がる天灯《てんとう》を見たりするくらいはできるでしょ」

『天灯を上げるのは帝都の西側を流れる信龍《しんりゅう》川の河原だよ。後宮を囲む壁が邪魔でほとんど見えないって』

天灯とは、竹と紙で作った囲いの中で油紙を燃やし、熱を利用して空に浮き上がらせる提灯の一種だった。帝都の春迎祭では、祭りの終わりに無数の天灯を夜空に向けて放つのが伝統だった。

「そうなんだ……せめて、賑やかな祭りの空気だけでも味わいたかった」

『いいから残りの手紙を読みなよ』

「もっと、面白い報せはないのかな――え、うそ」

次の手紙を読んだ瞬間、胸の中に広がっていた不満が一瞬で吹き飛ぶ。

「大変だ。雪蛾《せつが》さまが、帝都に来るそうだよ。後宮にも立ち寄って、來梨さまに挨拶したいって」

雪蛾は、北狼州の二大名家の一つ、墨家を治めている女傑だ。当主である弱冠五歳の息子の代理として摂政政治を行い、優れた政治手腕と意に沿わない者を徹底的に排除する冷徹さから、雪原の女王の異名を持っている。

神凱国との戦に備えて、皇帝は、各国の有力な郡主を帝都に召集して軍議を行っていた。ついに、墨家にも声がかかったらしい。

『それは、まずいね』

「まずいなんてもんじゃないよ。窮地もいいところだ」

明羽は、後ろ盾を得るために北狼州へ向かった際に、雪蛾に面会していた。

激しい気性と、自らが治める雪凌《せつりょう》郡への利となるかどうかを重んじる合理的な思考の持ち主だった。明羽は、來梨がいかにすぐれた貴妃であるかを並べて説得し、なんとか協力を取り付けたのだ。

「もし、雪蛾さまが來梨さまに面会して、皇后になるだけの実力はないと見限られたりしたら……」

『支援は打ち切られるだろうね。墨家が手を引いたら、北狼州の他の貴族も後に続くかもしれない。そうなると、芙蓉宮は終わりだよ』

「大変だっ」

明羽は、目を通した手紙の内容を手早くまとめると主の下へと走る。

冬の間、大きな動きがなく落ち着いていた百花輪の儀において、芙蓉宮が迎える久しぶりの危機だった。


百花輪の儀は、華信国の一領四州よりそれぞれの代表となる貴妃を後宮に迎え、皇帝よりもっとも寵愛を受けた一人が百花皇妃《ひゃっかこうひ》となり、次期皇后に選ばれるという儀式だ。

だが、それは陰陽思想における陽の側面でしかない。

陰の側面では、集められた五妃により、それぞれが持てる財力や知略を用い、三人のみと決められた侍女の命を賭け札にして蠱毒《こどく》のように競わせ、華信の後宮を束ねる皇后として相応《ふさわ》しい者を選び出すための儀式でもあった。

現在、後宮に残る貴妃は三妃のみ。

北狼州の代表である芙蓉妃・來梨と、東鳳《とうほう》州の代表である黄金《おうごん》妃・星沙《シンシャ》、西鹿《せいか》州の代表である翡翠《ひすい》妃・玉蘭《ぎょくらん》だ。

だが、翡翠妃は、後ろ盾である西鹿州に力はなく、支援者であった皇太后も没し、仕える侍女も残り一人となった。回演來《かいえんらい》の裏で起きた貴妃暗殺未遂に関わったとの噂も立ち、評判も落とした。百花皇妃を巡る争いからは大きく後退したとの見方が大勢《たいせい》だった。

冬の初めに、貴妃たちの舎殿を訪れた皇帝は、「神凱国との戦が片付いたあと、もっともこの国のために貢献した者を皇后に選ぶ」と告げた。

もし、ここで芙蓉宮が後ろ盾である北狼州を失うことがあれば、百花皇妃は黄金妃に決まったも同然となる。

明羽が主の部屋に入ると、來梨は書物を読みふけっていた。

最近は、華信国の歴史に関する書物を集めて読み込んでいる。以前のように居眠りをすることは減ったが、引き籠り癖は相変わらずだ。

「來梨さま、今日の分の手紙を読み終わりました」

「ありがとう。話は聞いているわ、続けて」

よほど面白いのか、來梨は書物から顔を上げない。明羽は諦めて、一息に報告を口にする。

「支援の減額の申し出が四件、支援金の支払い延期の申し出が二件。大火からの復興援助の増額、民の代表より春迎祭への出資の依頼がそれぞれ一件。それから、春迎祭が終わった三日後に、雪蛾さまが帝都へ来られるそうです」

報告を聞いた來梨は、驚いたように顔を上げる。

整った鼻梁《びりよう》に瑞々《みずみず》しい花弁のような唇。雪のように白くきめ細かな肌に栗色の艶やかな髪。誰もが振り返るような美貌だが、他宮の貴妃のような近寄りがたさはなく、むしろ溌剌《はつらつ》とした柔らかさを感じさせる。

「帝都の春迎祭といえば、貴族や商家が競って飾り提灯を並べる提灯宴が有名よね。後宮に出資を募らなければならないほど困っているのかしら？」

來梨がいちばんに気にしたのは、春迎祭だった。

春迎祭では、春を祝うために提灯が飾られる。大小様々な飾り提灯が街中に吊るされ、夜になると幻想的な光の回廊を作り出す。中でも有名なのが、宮城前の大通りに、商家や貴族が競って大型の飾り提灯を並べる提灯宴と、祭りの終わりに放たれる無数の天灯だった。

提灯宴では、毎年どの飾り提灯が良かったか話題になる。商家にとっては宣伝になり、貴族にとっては民から支持を集めるきっかけとなるため、例年であれば多くの商家や貴族が威信をかけて力を注いでいるはずだった。

「今年は、神凱国の宣戦布告により、どこも祭りどころではないようです。控えめな祭事になるでしょう」

「戦が始まる春には、まだ時間があるでしょう？」

「宮城の官吏も、商家や貴族の方々も、こんな時期に祭りで騒ぐのは不謹慎だと口を揃えて言っています。提灯宴も、今年はすべての商家と貴族が辞退するようです」

「そんなの、私が聞いていた春迎祭ではないわ」

「そう言われましても、華信国がこのような状況ですので仕方ないかと」

「民から祭りを取り上げてはいけないわ。むしろ、こんなときだからこそ、大騒ぎをするべきよ。大きな笑い声をあげれば、悪鬼もやって来ないというわ」

來梨は大きな栗色の瞳を輝かせながら、真剣に悩み始める。

「私にとっては、雪蛾さまが来られることが大事件だったのですが」

「……そう、ね。雪蛾さまは、すごく怖い方だと言っていたわね。気を引き締めないといけないわ」

案じるような言葉が返ってくるが、上の空であることは明らかだった。

「もっと真剣に考えてください。雪蛾さまと面会して失礼があれば、北狼州からの支援を止められかねません。回演來で灰麗《はいれい》さまの予知を止めて以来、來梨さまは後宮内外から注目されています。ここで後ろ盾を失えば、もとの負け皇妃に逆戻りです」

「ちゃんと考えているわよ。ところで、春迎祭の支援は、どれくらいの額を求めているのかしら？　民の代表からの依頼ということだけど、彼らは自分たちで飾り提灯を出すつもりなのかしら？」

明羽は嘆息をつく。どうやら、春迎祭のことが気になって仕方がない様子だ。

來梨は、民の暮らしに関わることになると、極端にのめり込む傾向があった。

「額については書いていません。民の代表といっても、祭りを盛り上げようとする有志の集まりです。自分たちで飾り提灯を作りたいと考えているようですが、あまり派手なものは期待できないですね」

「それはいけないわ。いっそのこと、芙蓉宮から飾り提灯を出してはどうかしら」

「提灯宴に参加するというのですか？」

「そうよ。芙蓉宮でうんと豪華なやつを作るの。やるなら、民の不安を吹き飛ばすようなことがしたいわね。一夜でも、戦のことなど忘れられるようなものがいいわ」

そこで來梨は、なにかを思いついたようにぱちんと手を叩く。

「そういえば、明羽。以前に帝都の大火の後、炊き出しをしたときに、民が各宮の炊き出しを食べ比べて楽しんでいたと言っていたわね」

「はい、言いましたが」

「ただ飾り提灯を出すより、百花輪の貴妃で競い合いをすれば、民はより喜んでくれるのではないかしら？　他の貴妃の皆さまにも声をかけてみましょう。うん、それがいいわ。そうと決まれば、すぐに手紙を書くわよ」

來梨は、楽しそうに自ら手紙を書く準備を始める。

北狼州からやってくる雪蛾についての相談は、春迎祭への対応が一段落してからでなければまともに取り合ってもらえそうにない。

明羽は不安を飲み込んで、春迎祭について考えを巡らせた。

◆◇◆◇◆

皇帝の執務室には、張り詰めた空気が漂っていた。

今日に限ったことではない。神凱国からの宣戦布告を受けて以来、宮城全体を緊張が包んでいる。中でも皇帝の側近たちは、すでに臨戦状態といった様子だった。

窓の外はすでに暗く闇に沈んでいる。皇帝・兎閣《とかく》の部屋では、毎日のように夜遅くまで討議が繰り返されていた。

執務室に集められたのは、文官の最高位である宰相《さいしょう》・玄宗《げんそう》、軍部の最高位である軍《ぐん》務尚書《むしょうしょ》・蘇栄《そえい》の二人だった。

「南虎州の西方海岸で作業をしていた工用部《こうようぶ》より、砲台の設置が完了したとの報告がありました。これで、要所となる土地にはすべて配備されたことになります」

蘇栄が、丁寧な口調で告げる。細い体躯《たいく》に薄くなった髪。文官のような雰囲気を漂わせているが、かつては前線で武勇を轟《とどろ》かせた猛将だった。

三人が囲む卓上には、華信国の地図が広げられていた。

華信国は、南部から東部にかけて海に面している。その広大な海岸線には、戦への備えが済んだことを示す印が並んでいた。要所には海からの砲撃を防ぐ壁が設けられ、大砲が設置されるなど、地形に合わせて対策が取られている。

「予定した期日までには、間に合いましたな」

玄宗が、安心したように口にする。

中肉中背の気難しそうな顔をした老年の男ではあるが、他の官吏からの信頼の厚い、知略と気骨を備えた文官だった。

それに答えたのは、不服そうな声だった。

「だが、これで十全ではない。あくまで、最低限の備えにすぎない」

華信国第十二代皇帝・兎閣。

皇帝でありながら、これといった目を引く特徴のない顔立ちだった。国の頂点としての威厳もなく、人目をさけて勉学に勤しむ風変わりな学者のような朴訥とした雰囲気が漂っている。

だが、初めて謁見した者が呆気にとられるような印象に反して、類稀《たぐいまれ》な政治手腕を持つことを側近たちは理解していた。即位してから今まで、諸外国との関係や郡主たちの力を均衡させることで平和を保ち続けている。

市井での人気は高くないが、それは、劇や講談に取り上げられるような戦場での英雄譚がないことの裏返しだった。

兎閣の先見性と明晰《めいせき》さは、戦の備えにも発揮されている。軍部の参謀や高位の文官たちが唸《うな》るような指摘を行い、次々と防備の問題を解決していた。

「我が国の海岸線は広いですが、船をつけられる場所は限られております。敵がそれを知っているとも考え難い。これだけ要所を押さえておけば問題はないと考えますが」

玄宗が答えるが、皇帝の表情は晴れない。仕掛けられた罠を見破ろうとするかのように、地図を見つめ続けている。

「どれだけ沖から大砲を撃とうが、戦うためには陸に上がるしかありません。我が軍は精強であり、陸であれば負けることなど万に一つもありません」

軍務尚書・蘇栄も続けるが、皇帝はゆっくりと首を振る。

「兵の練度には、未だばらつきがある。烈舜《れっしゅん》将軍の率いる第一騎兵のような精兵がすべての戦場にいてくれればよいのだが」

「烈舜将軍だけではありません。南虎州の項耀《こうよう》さまが率いる山岳騎兵、弟君である相伊《そうい》将軍の率いる青龍軍も、第一騎兵に劣らず勇猛です。この私とて、長らく戦場を離れていたとはいえ若造どもに後れは取りません」

「そうであったな、すまない」

皇帝は呟くと、華信国の地図の上に手を翳《かざ》す。

「北狼州の郡主たちにも帝都に集まるよう声をかけた。彼らの話もよく聞いておこう。特に、墨家の雪蛾は、戦上手と評判だ」

深く息を吐くと、兎閣は近くにあった椅子に腰かける。今日の討議はひとまず終わりという合図であった。

「今回も、東鳳州には、いえ、万《まん》家にはずいぶん助けられましたな」

玄宗が顎髭《あごひげ》に触れながら言う。海岸線の防備のための大砲や建築資材の調達、戦に備えた兵站《へいたん》の確保など、万家からは膨大な額の支援を受けていた。万家の協力がなければ、海岸線の防備はここまで順調に進まなかっただろう。

「黄金妃さまの口添えもあったと聞きます。華信国への貢献という点から見れば、貴妃さまのなかで抜きんでておりますな」

「貴妃さまといえば、芙蓉妃さまは、帝都の春迎祭に自ら催し物を出すと張り切っておられるとの話を聞きました」

　玄宗の話に触発されたように、蘇栄が不機嫌そうな声を発する。

「まったく、この戦時下になんと不謹慎な。相変わらず、なにを考えておられるのかわからない方だ」

　だが、軍務尚書の不満に、賛同の言葉はなかった。

　兎閣は、今までの緊張感をふっと消して答える。

「芙蓉妃は、それでよいのだ」

　兎閣の口元には、自然と微笑が浮かんでいた。戦の備えに追われる中で、皇帝が笑みを浮かべたのは、ずいぶん久しぶりのことだった。

　兎閣は窓の外に視線を向けるが、暗い夜に阻まれ、外の景色は見通せない。けれど、昼間であれば、その方角には後宮を囲む壁が見えるはずであった。

　壁の向こうにいる貴妃の姿を思い浮かべ、兎閣はそっと目を閉じた。

◆◇◆◇◆

　格子窓の向こうから差し込む朝の光が、居室の床に雷文の影を描き出す。

　黄金妃・万星沙は、夜明けとともに起きて、机に積み上げた各地の万家の大店からの手紙に目を通していた。

夜が更ける前に床に就き、朝早くから仕事をする生活は、すっかり体に染みついている。夜の蠟燭《ろうそく》の光の中では、細部を見落とす可能性がある。また、十分に睡眠をとった朝はもっとも頭が明瞭である。効率を考え、幼いころより実践してきた働き方だった。

歳は十六、美しく整った目鼻立ちだが、ツンと尖った顎のせいか生意気そうな印象を受ける。

東鳳州の代表であり、貴妃の中でも卓越した才女として知られていた。中でも経済、語学、医学、法学に精通していると言われる。彼女が商いに関わることにより、生家である万家に莫大な利益をもたらしていた。

「なにか、嬉しそうですね」

声と同時に、部屋の中に香ばしい香りが漂う。

黄金宮の侍女・雨林《ユーリン》が、急須の載った盆を手に部屋に入ってくる。

長身に長い黒髪、真面目そうな表情には官僚然とした雰囲気が漂っている。黄金妃の右腕であり、経済について深い知識を持つ侍女だった。

「ありがとう。ちょうど、なにか温かいものが飲みたいと思っていたわ。この甘い独特の香りは、波桟渓谷《はせんけいこく》の発酵茶かしら」

「その通りでございます。今年は特に上質だと評判です」

湯呑を受け取った星沙は、香りを楽しんだ後、そっと口に含んで満足そうに頷く。それはまるで、古物商が芸術品を選評するような仕草だった。

「よい味だわ」

「それで、どうされました？」

「南虎州の店から知らせが届いたわ。海岸の備えが完了し、兵站の確保も整った。すべて、この万家の力添えがあったからこそだわ」

星沙は卓上に置かれた手紙のうちの一通を雨林に渡す。万家の情報網は国中に張り巡らされ、軍事情報でさえ手に入れることができた。

「陛下が告げた、もっとも国に貢献した貴妃を百花皇妃に選ぶというお言葉の通りであれば、私以上に相応しい者はいないことは明らかだわ」

星沙はふと、かつて芙蓉妃が初めて訪殿してきた時のことを思い出した。

あの時、東鳳州は百花皇妃を金で買うのだと告げた。まさに、その通りになった。

黄金は千の剣に勝り、万の兵を凌《しの》ぐ。

東鳳州の州訓にもある通り、災いを退けるのも、平和を保つのも金なのだ。

「他の宮は、戦の備えにはまったく支援をしていないと言います。最早、他の貴妃さまの中に、あなたの前に立ちはだかる者はいないでしょう」

「あっけないわね。戦の支援の他に、どのようにして貢献を示すというのかしら。やはり、この黄金宮と競えるのは紅花《ホンファ》さまだけだった。あの方がいなくなった時に、私が百花皇妃になることが決まったのよ。もし、まだ邪魔をする者がいるとすれば——」

星沙は、頭に浮かんだ名前に、質《たち》の悪い冗談を聞いたように口元をきつく結ぶ。

「ところで、來梨さまが来られて、面会を求められています」

「……こんな朝早く？」

思い浮かべていた名前を口にされ、星沙は不愉快そうに侍女を見つめた。

「雨林、あなたはどうして、すぐに言わなかったのかしら？」

「せっかくご機嫌が良さそうだったので。星沙さまのご機嫌をすぐに悪くするのはもったいないと思いまして」

「あなたも冗談を言うのね。来てしまったものは仕方ない、会うわ。支度が終わるまで待つよう伝えてちょうだい」

星沙は髪を結い、たっぷり時間をかけて煌びやかな装飾と被服を選んだ。

一刻ほどは待たせたはずだが、客庁《きやくま》に向かうと、來梨は嫌な顔一つせずに椅子に座っていた。その背後には、たった一人となった無愛想な侍女が立っている。

百花輪の儀が始まったばかりのころは、能天気でお気楽な貴妃だと笑っていられたが、今ではその能天気さが不気味な凄みに化けていた。

北狼州の後ろ盾により、多大な資金力を得た。回演來にて水晶《すいしよう》妃の予知に仕掛けられた企みを見破り獣服《じゅうふく》させた。帝都を襲った大火への復興に尽力しており、今では帝都の民から絶大な支持を集めている。

「おはようございます、星沙さま。今日も、とても美しい衣装ですね」

來梨は、屈託のない笑みを浮かべて話しかけてくる。

「私が忙しいのは知っているはずですわ。事前の連絡もせずに訪殿されても困ります」

「あら、星沙さまも、何度もいきなり芙蓉宮へ来られたではないですか」

「それは、そうすべき理由があったからよ。あなたがここへ来た理由は、そうではないわ。昨日の、手紙の件でしょう」

「はい。春迎祭の件で、ご相談に伺いました」

來梨は、黄金妃の牽制《けんせい》にもまったく怯まずに口にする。

「あなたは、相変わらず頭の中がお花畑のようですわね。その件は、手紙を受け取って、即座に断ったはずよ」

「はい、存じております。ですので、私が直にお願いに来ました」

「あなたが来ても同じだわ。今は、祭りなどに関わっている状況ではない。戦が近づいているの。宮城も民も後宮も、一領四州のすべてが、この国を守るために一つになって備えなければならない時よ」

「その通りです。こういう時だからこそ、祭りは盛大にやらなければならないのです」

來梨は柔らかな笑顔のまま、けれど、決して揺らぐことのない強い意志を滲《にじ》ませて告げる。

「こうして一年の祭事が当たり前に巡ってくるからこそ、日々の生活が大切に思えるのです。それを守らなければならないと心を一つにすることができるのです。その想いの一つ一つが、この華信国を強くするのです」

「なら、あなた一人で勝手にやればいいわ」

「民は、比べることを楽しみます。貴族が帝都に上るたびにどれほど豪華な行列だったかを比べ、劇が幕を切るたびにどの演者が優れているかを比べ、大火の後の炊き出しでさえ、どの貴妃が配っていた食事が美味《おい》しかったかを比べます」

「そのようなこと、商いの基本よ。誰に、物を言っていると思っているのかしら？」

「ですから、祭りの催し物をするのであれば、百花輪の貴妃で比べ合いをする方が民は喜ぶに決まっています。星沙さまなら、民があっと驚き、未来永劫にわたって語り継がれるような飾り提灯を出していただけると思ったのです」

「翡翠妃のところには行ったのかしら？」

「残念ながら、舎殿にも入れていただけませんでした。不謹慎にもほどがあると言づけを貰いました」

「あの方が、手を貸すはずがないわ。今の芙蓉宮と提灯宴を競ったところで、財力に劣る翡翠宮では見劣りするだけですもの。競い合いができるのは、この黄金宮の他にないわ」

黄金妃は後ろを振り向くと、侍女に向けて告げた。

「雨林、來梨さまに先ほどの茶を差し上げて。この提案を受け入れるわ」

「では、引き受けてくださるのですね」

「そう言っているのよ。あなたにこれ以上、しつこくつきまとわれるのは面倒ですもの」

來梨は嬉しそうに、ぱちんと手を叩く。

「ありがとうございます。黄金妃さまならば、そうおっしゃってくださると思っていました」

「別に、あなたの言葉に納得したわけではないわ。こちらにも利があると判断したから決めたの。宮城や官吏たちから批判は受けるでしょうけれど、民の不安や緊張を取り除くのも、確かに貴妃の役目だわ」

雨林が、注いだ茶を來梨の前に差し出す。辺りに甘い香りが漂った。

來梨は一口飲んで、美味しそうに微笑んでから告げる。

「今回は、互いの邪魔をするような奸計は無しにいたしましょう。この飾り提灯は民のために行うのですから。あくまで、どちらがより民を楽しませるかで競うべきです。もう、待ちきれないですね」

來梨は、祭りをいかに楽しみにしているかを話し出す。そして、背後に無愛想な顔で立っていた明羽から、星沙がうんざりしているのを諭され、ようやく気づいたように引き上げていった。

「……まったく。私の貴重な時間をなんだと思っているのかしら。相変わらず、あの方と話していると調子が狂うわ」

星沙はそう呟いてから、真剣な表情で雨林を振り向いた。

「春迎祭まで、あと半月ね。あまり、時間はないわ。やるからには、芙蓉宮に負けるわけにはいかないわよ」

「すぐに、春迎祭でこれまでどのような飾り提灯が出ていたか、情報を集めましょう」

「そうね。過去の飾り提灯とは比べものにならない、誰も見たことのないものを用意する必要があるわ。提灯細工の腕がいい工房も押さえてちょうだい。費用は気にしなくていいわ」

黄金宮の侍女長は、承知しました、と頷いてから珍しく笑みを浮かべた。

「なにかしら。雨林、言いたいことがあるなら言いなさい」

「正直におっしゃればよかったのですよ。春迎祭の飾り提灯を、百花輪の貴妃が出して比べ合う、よい策ではございませんか。祭りの後は、帝都の民はしばらく飾り提灯の話で持ちきりでしょう。先に思いつかれたのが悔しかったので、あのような回りくどい物言いをされたのですね」

「黙りなさい。さあ、執務室に戻るわよ。あの方のせいで、昼までに終わらせたかった仕事が溜まっているわ」

星沙は、黄金の耳飾りを軽く払いながら立ち上がる。

昨夜まで窓の外に広がっていた雪景色は、朝の光にすっかり溶かされていた。

春が近づくのを感じる。春を迎えることは、戦の足音が近づくことだ。

宮城の奥に住まう後宮の貴妃ですら、このような不安を感じるのだから、民たちは、もっと恐れを感じているだろう。

……確かに、面白い策だわ。

百花皇妃を競う相手として、芙蓉妃は最後まで立ちはだかるかもしれない。

星沙は、無垢《むく》な口元に、小さな笑みを浮かべた。

◆◇◆◇◆

黄金妃から春迎祭への参加を取りつけた翌日、明羽は帝都を訪れていた。

貴妃は後宮の外に出ることは許されないが、侍女たちは後宮を管理する内侍部《ないじぶ》の許可を得れば、貴妃の名代として一時的な外出が許される。

明羽が帝都の外に出かけたのは、春迎祭の準備のためだった。

どのような飾り提灯にするかは、來梨が今、頭を巡らせている。明羽の仕事は、芙蓉宮が提灯を飾る宮城前の大通りを確認し、人々が求めるものを探ってくることだった。

「横幅は三十尺くらいか。思ったより広いね」

明羽はそっと腰から下げた眠り狐の佩玉に触れながら呟く。

『人通りも多いよ。戦が近づいているから、もっと重い空気になっているかと思ったけど、そこまでじゃなさそうだ』

頭の中に、白眉の声が響く。

通りには大勢の人が行き交い、脇に並ぶ店や露店からは呼び込みの声が飛び交う。美味しそうな食べ物の匂いに溢れ、美しい装飾や珍しい雑貨が目を楽しませる。

路肩には押しのけられた雪が積み上がり、足元の石畳は濡れて滑りやすいが、それ以外は、いつもの帝都の賑わいだった。

二人の貴妃が提灯宴を行うことは、すでに春迎祭を取り仕切る民の代表に伝えていた。資金不足と自粛を求める圧力に悩んでいた彼らは、後宮からの提案を大いに喜んだ。

そして、宮城前の広場から帝都の城門まで南北に延びる大通りをまるごと舞台にと貸し出してくれた。宮城から北に延びる北門通りを芙蓉宮、南側に延びる南門通りを黄金宮が使い、大通りを歩けば芙蓉宮と黄金宮の飾り提灯を見比べることができる。

百花輪の貴妃による提灯宴は祭りの目玉として宣伝され、今や帝都中の注目が集まっていた。

明羽が帝都の人たちに話を聞くと、誰もが戦への不安を口にした。それに混じり、不安を吹き飛ばすためにも祭りは盛大にしたい、という声も多く聞こえた。

「こんな世の中だから大っぴらには言えないけど、憂さ晴らしがしたいってのは本音だ。祭りってのはそういうもんだろ」

「百花輪の貴妃の二人が動いてくれたのは本当にありがたいな。春迎祭が地味じゃ、なんのために生きてるのかわからなくなっちまうよ」

帝都の人々の話を聞いて、明羽は心の底から思う。

「……こんなに期待されてるんじゃ、頑張らなくちゃね」

相棒に話しかけながらも、自分に言いきかせるように呟いた。

「よぉ。こんなところで会うとはなぁ。祭りの下見か?」

背後から、耳に引っかかるような挑発的な声が響く。

振り向くと、背が高く、襦裙《じゅくん》の上からでもわかるほど体格がいい女が立っていた。短く切り揃えた髪と鷹のように鋭い目が、どこか凶暴な印象を与える。

黄金宮の侍女・阿珠《あじゅ》だった。岩砕拳《がんさいけん》と呼ばれる拳法の使い手であり、黄金妃の護衛として侍女になった武術家だ。

「なんで、あんたがいるのよ」

明羽は、不機嫌そうな声を投げる。

阿珠は、同じく拳法を体得している明羽に、なにかにつけてからんでくる。そのため、嫌っているわけではないが、自然と突き放すような話し方になった。

「そうつんけんすんなよ。あたしも下見だよ」

「あんたみたいな脳筋侍女が見たところで、役に立たないって」

「あたしもそう思うんだけどよ、黄金宮ではあたしが一番暇なんだ。雨林さんは商売で忙しいし、黄鳥《きちょう》も鳩の世話は休めないからな」

「だいたい、黄金妃さまが飾り提灯を出すのは、南門通りでしょ」

「あれ、そうだったっけ？」

阿珠はそう言いながら、手にもっていた鹿肉の串焼きを口に頬張る。

……こいつ、なにも考えず遊んでるだけじゃないの？

明羽は呆れるが、阿珠はまったく気にせずに話を続ける。

「芙蓉妃さまは、どんな飾り提灯を作るんだ？」

「あんたに、言うわけないでしょ」

「黄金妃さまのは、すごいぜ。あんなのよ、誰も見たことがねぇな」

「そんなこと、私に言っていいわけ?」

「あ、やべ。とにかく、楽しみにしてろよ。黄金宮の勝ちは決まってるけどな」

「勝手なこと言わないで。芙蓉宮だって負けない」

明羽が言い返すと、阿珠は、やたらと鋭い八重歯を見せつけて笑う。

「そうでなくちゃな。でも、祭りに関しちゃ、うちの貴妃さまは無敵だぜ」

「來梨さまも、遊ぶことに関しては天才なんだから」

二人の侍女はしばらく不毛な言い争いを続けた。

そこで、辺りに人だかりができていることに気づく。

帝都の民たちが、黄金宮と芙蓉宮の侍女が言い争っているのに気づき集まっていた。

二人が会話を止めると、周りから「その調子で競ってくれよ」「どっちが勝つか楽しみにしてるぞ」と声がかけられる。

明羽は、來梨が口にした、民は比べることを楽しむ、という言葉をつくづくその通りだと実感する。

これだけの民が注目しているのだから、負けるわけにはいかないと改めて誓った。

帝都の下見を終えて宮城に戻ると、すぐにでも戦が始まるような緊迫した空気に包まれる。

官吏たちは険しい顔で行き来し、軍属と思われる人々の姿も多くみられる。皇帝は各地の有力な郡主や将軍を交代で招いては、迫りくる戦についての討議を行っていた。そのため、他州から上ってきたと思われる高官たちも多かった。

後宮の侍女が、その中を歩くのは注目を浴びる。明羽は中央の回廊を外れ、人通りの少ない脇道に足を向けた。

角を曲がった直後、正面から近づいてきた男とぶつかりそうになる。

明羽は咄嗟《とっさ》に避けると、すぐに一揖《いちゆう》して頭を下げた。

「申し訳ございません」

ふと、桃の花の香りが漂ってくる。

その香には、覚えがあった。

目の前にいたのは、舞い散る花弁に包まれるような華やかな気配と、周囲の視線を吸い寄せるような美貌を持つ男だった。

丁寧に結い上げられた長い黒髪、真っすぐに通った鼻梁、自信に満ち溢れた口元。その双眸《そうぼう》は金剛石のように輝いており、長い睫毛が瞬くたびに光を散らしている。

華信国将軍・相伊。皇帝・兎閣の腹違いの弟であり、その美しさと武功から将軍麗人という二つ名で呼ばれ、民からも宮城の官吏たちからも人気のある軍人だった。

「久しぶりですね。こうして会うのは、紅花姉さまの葬儀の日、以来か。名は確か、明羽といいましたね」

「相伊将軍。私のような者の名を覚えていてくださり光栄です」

「そう畏《かしこ》まらないでください。私は軍人だ。身分よりもその内面で他人を測る。あなたの名を覚えているのは当然だ。芙蓉宮の躍進は、あなたがいたからこそでしょう」

透き通るように涼やかな声音は、聞く者の心をたちまち溶かすようだった。

けれど明羽は、相伊がただの将軍ではないことを知っている。

西鹿州の国境の戦では皇帝の命に背いて武功を上げ、後宮では炎《えん》家で共に剣を学んだ姉弟子であったはずの孔雀《くじゃく》妃・紅花を自死に追い込むように暗躍した。明羽も、相伊の企みにより、孔雀宮の侍女でありながら暗殺者であった梨円《りえん》に命を狙われたのだ。

そして、これは明羽しか知らないことだが、紅花の葬儀の時、相伊が落とした帯飾りに触れたことがあった。瑠璃《るり》で作られ、白眉によく似た眠り狐が描かれた佩玉に触れた瞬間、〝声詠み〟の力によって、相伊が翡翠妃・玉蘭へ偏執的な愛情を抱いているのを聞いた。

あの時、頭に響いた相伊の思念を思い出すたび、鳥肌が立つような薄気味悪さを思い出す。

「あなたが、後宮内で起きたさまざまな事件を解決したことは聞き及んでいます」

「私はただ、來梨さまの命で動いているだけです。芙蓉宮の今があるのは、すべて、主の力によるものです」

「よい回答だ。ますます気に入りました」

急に、桃の香りが強くなる。相伊が、明羽と視線を合わせるように片膝をついていた。国中の女たちが噂する美貌が、すぐ眼前にある。

「兄上の覚えがめでたいのは、來梨さまだともっぱらの噂だ。兄上は、百花輪の儀は国事だ、この国にもっとも貢献した貴妃を皇后に選ぶ、などとおっしゃるが、私は反対だ。皇帝なのだから気に入った方を皇后に迎えればよいのです。そう思いませんか？」

「一介の侍女には、陛下のお気持ちを推し量るなど畏れ多いことです」

明羽は視線を地面に向け、相伊と視線を合わせないように会話を続ける。

相伊の言葉は甘く透き通って聞こえる。けれど明羽は、背後に龍を従えているような圧力を感じていた。

「そんなに、怯えないでください」

正面から、相伊の手が伸びてくる。

軍人とは思えない滑らかな指先が顎に触れ、強引に顔を持ち上げられる。

「やっと、私の顔を見てくれたな」

金剛石の瞳が真っすぐに向けられる。後宮の女官たちであれば、顔を赤らめ嬌声《きょうせい》を上げただろう。けれど、明羽は、恐怖を押し殺し、無表情を保つので精一杯だった。

元々、近くに寄れば息苦しさを覚えるほど、男のことが嫌いだった。だが、相伊に対して抱いている怯えは、本能的な恐怖だった。

「あぁ、そうです。前から気になっていたのですよ。腰に下げている佩玉を見せてくれませんか?」

「これは、相伊さまがお手に取られるような価値のある物ではございません」

「私は、見せてください、と言ったのだ」

相伊将軍が、美しい笑みを浮かべる。けれど明羽には、背後の目に見えない龍が鋭い牙をちらつかせているのを感じた。


「ここにいたのか、明羽。遅いから心配したぞ」


後ろから、聞き慣れた声がする。

李鷗《りおう》。三品の位にあり、宮城内の秩序維持を司る秩宗部《ちそうぶ》の長でもある高級官僚だ。

「これは、相伊将軍。火急の用件で、そちらの侍女に話があるのです。急ぎの用でなければ、その侍女をこちらで預かってもよろしいですか？」

桃の香りが遠ざかる。相伊が立ち上がって、三品位に向き直っていた。

「李鷗さまからも頼りにされているのですね。どうぞ、連れて行ってください。ただ挨拶を交わしていただけですよ」

「ありがとうございます。では、参ろう」

背後から、腕を掴まれ引き上げられる。

明羽は、気力を振り絞って相伊に一揖し、李鷗に続いた。

しばらく李鷗は無言だった。いくつかの角を曲がり、後宮が近づいてきたところで、ようやく立ち止まり振り向く。

中性的で整った目鼻立ち、優れた書家が一筆で書き上げたような形の良い眉、背後に垂らした流れるような黒髪。なにより目を引くのは、愁《うれ》いを帯びた瞳だった。明羽はその瞳を見るたび、美しさと冷たさを併せ持つ天藍石《てんらんせき》の輝きを思い出す。

感情を表に出さないことから、仮面の三品という二つ名もつけられている。その美貌は常に女官たちの噂の中心になっていた。

「大丈夫か、明羽？」

李鷗が、淡々とした声で尋ねてくる。

「怖かったです。こんなに怖い思いをしたのは、久しぶりです」

「相伊将軍が、怖いか。他の侍女や女官たちは、誰もがあの将軍の噂をしているというのに」

李鷗はそう呟くと、皮肉っぽい笑みを浮かべた。

「お前は、やはりよい鼻を持っているな。あの方は、なにを考えているのかわからないところがある。どうにも信用ならない」

「李鷗さまも、そうお考えなのですね。私も、あの方は苦手です」

「……だが、相伊将軍の武力はこの国に必要だ。戦の際には頼りになる方だからな」

「それは、わかっているのですが」

明羽は、ようやく心が落ち着くのを感じた。

李鷗は、本来であれば言葉を交わすことも許されない身分の違う相手だ。けれど、様々な事件を通して関わるうち、表面上は不器用で皮肉っぽいが、自分の信念に真っすぐな性格を知り、信じることができるようになっていた。

「それで、用事はなんでしょうか？」

「特に、用などない。お前が相伊将軍と話しているのを見かけてな。気になって声をかけたのだ」

「そうでしたか、ありがとうございました」

明羽は、改めて拱手《きょうしゅ》をする。あのまま話を続けていれば、どんな状況に追い込まれたかわからない。

「春迎祭に飾り提灯を出すようだな？」

李鷗が唐突に話を変える。

「はい。來梨さまも張り切っておられます。きっと、民があっと驚く物ができますよ」

「楽しみにしているぞ。祭りの当日は、お前も帝都へ出るのか？」

「昼の間だけですが。民の様子を見て、來梨さまへ報せることになっています」

「では、俺も同行しよう。帝都の治安は悪くなっている。お前一人では、いささか不安だからな」

三品位の予想外の発言に、明羽は思わず眉間に皺を寄せる。

「そんなに嫌そうな顔をするな。さすがに傷つくぞ」

「不機嫌そうな顔は生まれつきです。それに、私と見て回っても、楽しくなどありませんよ」

明羽は両手の小指で口角を持ち上げて、無理やり笑みを浮かべて見せた。

「俺は、そうは思わぬ。お前の仏頂面は、見ていて飽きないからな」

「神凱国への対処で、お忙しいのではないですか？」

「一日くらいはなんとかなる」

「……であれば、構いませんが」

「よし、決まりだな」

李鷗はそう言うと、再び歩き出した。

すぐに外廷と後宮を隔てる宣武門《せんぶ》へ到着し、李鷗は「祭りの日の朝は、城門で待っている」と告げて、さっと背を向けて立ち去って行った。

明羽は、遠ざかる三品位の背中を見つめながら、以前、二人きりになった時に言われた言葉を思いだす。


たとえこの先、來梨さまが落花されたとしても、俺は、お前に側にいて欲しいと思っている。それだけは、伝えようと思った。


どうやら、李鷗が、自分のことを憎からず考えているのは本当なのかもしれない。

けれど明羽は、あまりに身分が違いすぎて、その想いにまともに向き合う気になれないでいた。自分の気持ちがどこにあるのかも、含めて。

そっと、腰に下げた眠り狐の佩玉に触れる。

「ねえ、白眉。どう思う？」

『いいんじゃない、お祭りで逢瀬《おうせ》なんてさ。二人で祭りを見回って楽しめば？　君の親代わりとしては複雑な気分だけど、あいつが悪いやつじゃないって、残念ながらもう知ってるしね』

頭の中に、どこか寂しそうな白眉の声が聞こえてくる。

「逢瀬じゃないって。それに、聞きたかったのは李鷗さまじゃなくて、相伊将軍のこと。どうして相伊将軍は、白眉を見たいなんて言ったのかな？」

『そんなの、わからない。僕が真卿《しんけい》の所有物だったことを知ってるとは思えないけど。でも、ずっと引っかかってることがある』

「先帝陵《せんていりょう》で、相伊将軍が、白眉にそっくりな佩玉を落としたことよね。あれと関係があるの？　他に眠り狐の佩玉を持っている人がいるなんて珍しいとは思ったけど、ただの偶然じゃなかったの？」

短い沈黙が返ってくる。それは、白眉の中にも答えがないことを示していた。

『とにかく、あの将軍には、これからも気をつけた方がいいってことだけは確かだね』

明羽はその言葉に深く頷いて、後宮の門を潜った。

◆◇◆◇◆

春迎祭の準備が進み、あと二日後に迫っていた。

空には雪雲が広がるが、祭りの準備に追われる人々に気を遣ったように雪は降ってこない。明羽は、どんよりとした雲の下、帝都の北門通りを歩いていた。

すでに飾り提灯の形は決まり、選りすぐりの職人たちに依頼して完成も間近だ。

明羽はたびたび帝都に出かけ、祭りを取り仕切る民の代表と打合せをしたり、街の様子を確かめたりした。そのたびに阿珠と顔を合わせ、くだらない言い争いになった。

今日も民の代表との打合せの帰りだった。ついでに、芙蓉宮が支援している貧民街にも足を延ばし、子供たちに武術を教えた後で、祭りの舞台となる北門通りを歩いていた。

この通りが、すべて飾り提灯に彩られる光景を想像して、心が浮き立つ。

後宮の中で、煌びやかな宴も美しい装飾品も数えきれないほど目にしてきた。けれど、市井の祭りである春迎祭には、誰もが必死に生きている日常の中で、積もりに積もった鬱屈《うっくつ》を破裂させようという活気があった。

……これは、きっと、すごい祭りになる。來梨さまの、民から祭りを取り上げてはいけないっていう言葉は、正しかった。

突如、背後から大勢の足音が響いてくる。

振り向くと、人々が両脇に退いていた。遠くから「道を空けよ。道を空けよ」と繰り返す男の大声が聞こえる。

他州の貴族が、軍を率いて帝都にやってきたのだ。

神凱国の宣戦布告を受けてからは、皇帝・兎閣は、各州の有力貴族を宮城に招き、戦についての討議をしている。そのため、最近の帝都には珍しくない光景だ。

明羽も他の民と同じように脇に退いて、道を空ける。

やってきたのは馬二十頭ほどの一団だった。礼を示すために片膝をつく者たちもいるが、多くの民は、どこの誰がどのような出で立ちで来たのか値踏みしてやろうと興味津々に見上げている。

明羽も、片膝をつきながら、馬上の人々を観察する。

武骨な一団だった。帝都の民たちが期待した煌びやかさはないが、禁軍のように統一感があり洗練されている。

一団は、揃って同じ服装をしていた。北狼州の伝統衣装である立ち襟に体に沿うような意匠の鈍色《にびいろ》の胡服《こふく》。彼らが洗練されて見えるのは、胡服によって鍛え抜かれた体が強調されているからかもしれない。

どこの貴族だ、と明羽が故郷の地図を思い出していると、見覚えのある人物が目の前に現れる。

その人物が右手を上げると、行軍はぴたりと停止した。

頭上から冷たく凛《りん》とした声が降ってくる。

「おぉ。久しいな、明羽」

馬上には、雪原の女王がいた。

頭頂部から背後に垂らすように編まれた長い黒髪、猛禽《もうきん》を思わせる鋭い目、雪のような白い肌の上に引かれた赤い紅。歳は三十を過ぎたくらいだろうか。

鈍色の一団の中でただ一人、緋色の胡服を纏《まと》っていた。その姿は、野辺に大輪の花が一輪だけ咲いているかのように際立っていた。

北狼州の二大名家の一つ、墨家の当主代理である雪蛾だった。明羽が北狼州に向かい皇太后の陰謀に巻き込まれた時、救ってくれた人物でもある。

明羽は、慌てて拱手をする。

「これは、雪蛾さま。到着は五日後と伺っていました」

「思ったより街道に雪が少なかったのでな、すんなりとここまで来ることができた」

「それは、ようございました。丞銀《じょうぎん》さまは、ご一緒ではないのですか？」

「あれは、墨家に残してきた。当主を支える者が側にいなければならないからな」

丞銀は、雪凌郡の郡相を務める人物だ。明羽は、北狼州で共に戦った老人の柔和な表情を懐かしく思い出す。

「それにしても、なんだ、帝都のこの浮かれようは？　とても戦の前とは思えぬな」

雪蛾はそう言うと、辺りを見渡す。

帝都の民は、二日後の春迎祭に向けて提灯を飾ったり、前祝いとばかりに露店を出したりしていた。早めに到着した芸人が、広場の片隅で芸を披露している。

「祭りが近いからにございます。帝都で有名な春迎祭が迫っています」

明羽は笑みを浮かべ、ちょうどよい時にいらっしゃいました、と言いかけたときだった。

「呆れたな。戦が近づいているというのに、祭りに呆《ほう》ける暇があるとは。中央がそのようでは、負けるぞ」

雪蛾が、唾棄《だき》するように声を発する。

……危ない、思わず余計なことを言うところだった。

明羽は出かかった言葉を飲み込み、神妙な表情を作る。

「明羽、後宮の侍女のお前が、どうして市井にいるのだ?」

「來梨さまからの、頼まれ事にございます」

咄嗟に嘘をつく。春迎祭の準備などと口にすれば、すぐにでも芙蓉宮への支援を打ち切られそうなほど不機嫌な様子だった。

「そうか。では、夕刻に会いにいく。來梨さまに、そう伝えておいてくれ」

「今日で、ございますか?」

「なにか不服か?」

途端、雪蛾の瞳に、氷のような冷たさが宿る。

「いえ、帝都に着いたばかりですし、長旅でお疲れではないかと思いまして」

「疲れたのは馬たちだ。北の民は、馬の上では疲れを感じぬ。もっとも、同じ北狼州の民でも、南部の者たちは違うようだがな」

墨家は北の大地を二分する名家で、その勢力圏は北狼州の北部に帯状に広がっている。南部を支配する張家とは和解したが、まだ軋轢《あつれき》は残っているようだ。

明羽は、南北の諍《いさか》いには触れず、深く頭を下げる。

「承知しました。お待ちしております」

「お前ほどの侍女が仕える貴妃がどのような人物か、楽しみにしている」

雪蛾が右手を上げて指示を出すと、鈍色胡服の一団は統率の取れた動きで、いっせいに進み出した。

墨家の一団が通り過ぎると、周囲の人々の視線が集まる。

明羽は、視線から逃げるように宮城に向けて歩き出した。歩きながら、そっと腰から下げた佩玉に触れる。

「……私、ぜったいに買い被られてるよ」

『すぐに後宮に戻った方がいいね。雪蛾さまと会うときは、春迎祭のことは話題にしない方がいい。予行演習をしとかないと、來梨さまのことだ、襤褸《ぼろ》がでるよ』

大きく頷くと、ぎゅっと白眉を握りしめたまま速足になる。

このところの來梨は口を開けば、春迎祭のことばかりだ。

明羽は不安を押し殺し、後宮へと急いだ。

◆◇◆◇◆

芙蓉宮に戻った明羽は、思わず崩れ落ちそうになった。

庭には、提灯で作られた桃の花が並んでいた。近くの亭子《あずまや》では、來梨と妃嬪《ひひん》たちが茶会を開いており、飾り提灯を見ながら明るい声を上げていた。

桃の提灯は、春迎祭のために芙蓉宮が制作を依頼していたものだ。祭りの本番は中に火が灯され、輝く桃の並木が帝都の北門通りにずらりと並ぶ予定だった。

夜の街に浮かび上がる光の並木は、さぞ美しいだろう。春を迎える祭りにもぴったりだ。だが、今はそんなことを考えている場合ではなかった。

「なんで、ここに並べてるんですかっ」

明羽が声を上げると、大勢の視線がいっせいに明羽を見る。

來梨の他に、妃嬪が四人。その背後にはそれぞれの侍女が控えている。

少し前まで、芙蓉宮の派閥に入っている妃嬪は寧々《ねいねい》一人だけだったが、今では四人となっていた。

派閥の妃嬪の数は、後宮内の勢力図を示す。全部で十七人のうち、黄金宮が八人、芙蓉宮が四人、かつて類稀な求心力でもっとも多くの妃嬪を従えていた翡翠宮は五人になっていた。

「どうしたの、無愛想なうえに不機嫌そうな顔をして」

來梨が、のんびりとした声で振り向く。

「無愛想の方は生まれつきです。それよりも、なんなんですか、これは」

「私たちは後宮から出て祭りを観にいくことができないでしょう。だから、帝都に並べる前に何本か後宮にも運んでもらって、みんなで楽しもうとしていたのよ。早く暗くならないかしら」

來梨の言葉に、妃嬪たちも同調するようにはしゃいだ声を上げる。派閥に入ってから間もないけれど、ずっと前から仲が良かったような雰囲気だった。

「すぐに、片付けてください」

明羽が鋭い声で告げると、妃嬪たちはしんと静まり返る。

「いったい何事なの、明羽。急にやってきて、そんなに怒らなくてもいいじゃない。今、私たちはとても盛り上がっているのよ。いくらあなたでも水を差すことは許さないわ」

寧々が、全員の気持ちを代表するように答える。

寧々は十三妃と位階は低いが、もっとも古くから芙蓉宮の派閥であったため妃嬪たちの取り纏め役になっていた。

瑞々しい輝きの黒瞳に元気のよさそうな太い眉。右目の下には泣《な》き黒子《ぼくろ》があり不思議と視線を引き寄せる。歳は二十くらいだろう。商家の出であるためか、他の妃嬪にはない逞《たくま》しさがある。

明羽は、じっと寧々を見つめて告げる。

「雪蛾さまが、帝都に到着されました。今日の夕方、芙蓉宮を訪問されます」

短い沈黙の後、寧々はくるりと背後を振り返った。

「さあ、すぐに片付けましょう」

裏切られたように、妃嬪たちから不平不満が上がる。今の明羽の一言で、差し迫った状況を理解できたのは、寧々だけだったらしい。

「帝都に入られるのは、五日後ではなかったかしら？」

來梨が、残念そうに桃の飾り提灯を眺めながら尋ねる。

「早く着いたそうです。雪蛾さまは、春迎祭で浮かれている帝都の様子を見て苛立っているご様子でした」

「あら、どうして？」

「雪蛾さまは冷徹で合理的な御方です。神凱国からの宣戦布告に対し、わき目もふらず国を挙げて対処することこそが正道だとお考えです」

「芙蓉宮の考えとは、ずいぶん違うわね」

「來梨さまのお考えは、いったん忘れてください。墨家は、芙蓉宮の最大の後ろ盾です。墨家なしでは立ちゆきません。いいですか、雪蛾さまは、來梨さまを値踏みしにくるのです。これからも支援するに値する人物であることを示さなければなりません」

ようやく、寧々以外の妃嬪にも危機が伝わったらしい。彼女たちの顔から不満が消え、不安が広がっていく。

「今後も支援を受け続けるため、雪蛾さまと同じ考えであるように振舞ってください」

「わ、わかった、がんばるわ。がんばるから、そんな怖い顔しないでちょうだい」

來梨は、茶会の終わりを告げ、妃嬪たちを引き上げさせた。

明羽は桃の提灯を舎殿の倉庫に隠し、雪蛾が訪れた時に備えて想定される受け答えを來梨に伝える。

夕刻が近づいた頃、女官がやってきて雪原の女王の訪殿を告げた。

「來梨さま、もう一度言いますが、雪蛾さまの前では、春迎祭の話はしないでくださいね！」

「何回言うつもりなの。さすがにわかっているわ」

「くれぐれもしないでください」

「しないって、信用ないのね」

來梨はいじけたように言いながら、来客を迎えるための客庁へと移動する。

豪奢《ごうしゃ》な彫物がされた紫檀《したん》の卓と椅子は、どちらも北狼州が後ろ盾になってから新調したものだ。來梨が奥の椅子に座り、明羽はその後ろに控えるように立つ。

やがて女官に先導され、雪蛾が現れた。背後には、鈍色の胡服に身を包んだ女兵士を一人だけ連れている。

緋色の胡服に身を包んだ雪原の女王は、來梨の前で深く拱手をする。

「ようやくお目通りできました。墨家の当主代理を務めます、雪蛾です」

來梨は一つ頷くと、明羽とさんざん練習していた挨拶を返す。

「墨家の多大な支援には、ほんとうに感謝しています。皆さまのおかげで、ここまで百花輪の儀を戦い抜くことができました。これからも、よろしくお願いします」

「礼なら、そこの侍女に言ってください。北狼州に届く來梨さまの噂は、あまり良いものではなかった。だが、その侍女が北狼州で面白いことを成したので、このような優れた侍女を従えている貴妃であれば、百花皇妃に選ばれるかもしれないと考えたのです」

雪蛾の猛禽のような瞳が、明羽に向けられる。

「そうね、私などには、もったいない侍女です。いつも助けられています」

「……そのような言い方は、するべきではありません。主には主の、侍女には侍女の役割がある。主は侍女に助けられるのではない、そうあるべくしてそうあるのです。でなければ、国を治めることなどできはしない。国母《こくぼ》たる皇后も同じと存じます」

雪蛾の瞳に、すっと冷気が宿る。

明羽は、今の短いやり取りで、雪蛾が來梨の評価を下げたのを確信した。一挙手一投足が試されているように感じる。凍った湖面を渡らされ、踏み外せば極寒の水の中に放り出されるかのようだった。

「いくつか、聞かせていただきたい。この国に戦が迫っていることを、來梨さまはいかにお考えか？」

事前に想定していたやり取りにはない質問だった。短い沈黙のあと、來梨は不安そうな声で答える。

「……大変なことと、思います」

「どのような戦をすれば、勝てると思いますか？」

「……それは、陛下や宮城の皆さまが考えることです」

「東鳳州の貴妃は、兵站の確保や海岸線の防備のために多額の支援をしたと聞いています。けれど、この芙蓉宮からは戦の備えに対して支援がされていない。これは、なにか考えがあってのことですか？」

「……戦への支援は、貴妃の役目ではないと考えます」

「陛下は、この国にもっとも貢献した貴妃を皇后に選ぶと言われた。であれば、この国への貢献とは即ち、戦へ備えることではないのでしょうか？　そうでないのであれば、來梨さまが考える、今、もっとも芙蓉宮が為さねばならないこととはなんでしょう?」

明羽は、雪蛾がここまで戦について尋ねるとは思っていなかった。それゆえに、想定問答はほとんど用意できていない。

來梨は答えに窮し、雪蛾の視線は極寒の冷気を帯びていく。

明羽は仕方なく、主に代わってやり取りを引き受ける。

「三ヶ月ほど前に、帝都で起きた大火についてはご存じですね。來梨さまはその惨状に心を痛められ、帝都の復興のために多大な支援を行っています。戦よりも、民の暮らしを支えることに力を注がれているのです」

「來梨さまが、春迎祭に莫大な金を使って催し物をしようとしているとも聞きましたが、まことですか?」

「民の代表から窮状を救ってくれと訴えがあったため、貴妃の務めとして支援したまでです」

「この戦が迫っている時に、春迎祭など不要だとは思わないですか?」

「おっしゃる通りかと思います。ただ、民の訴えを無下にするのは、後々、皇后になったあとに禍根を残すと思いましたので——」

「明羽、私は來梨さまと話している。口を挟むなっ」

雪蛾の言葉が、一瞬で体を凍てつかせる吹雪のように放たれる。

明羽は、途端に声を出せなくなった。

「……明羽、ごめんなさい。やっぱり違うと思うの。雪蛾さまは、私を信じて芙蓉宮の後ろ盾になってくださった。ならば、誠意を示すべきだわ」

短い沈黙の後、開き直ったような來梨の声がする。

明羽は必死に念を込めて、やめてください、と背中を見つめるが無駄だった。

來梨は立ち上がると、いちど居室に戻って紙の束を持って戻って来る。そこには、この半月の間かかりきりだった仕事がまとめられていた。

「見てください。これが、私が考えた、芙蓉宮の提灯宴です」

一枚目の紙には、春迎祭で帝都に飾る予定の桃の花を模した提灯の図案が描かれていた。二枚目の絵には、桃の提灯が帝都の北門通りを埋め尽くす光景。三枚目は北門通りの見取り図に、どのように提灯を配置するかを記した絵だった。

「春迎祭は、街中に提灯を灯すことで有名です。私は、飾り提灯で桃の並木を作って、帝都の人々に、一足早い春を楽しんでもらうことにしました。飾り提灯は、帝都屈指の工房に依頼しています。ぜんぶで五百本、使用する蠟燭の数は三千本を超えます」

さっきまでの戦についての問答をしていた時とは違い、活き活きと話し出す。

明羽は、もはや諦めて天に運を任せて口を閉じた。こうなってしまっては、奇跡が起きて上手くいくことを祈るだけだ。

祈りながらも、心の中で怨嗟《えんさ》のように繰り返す。

あれほどっ、なんどもっ、春迎祭の話はしないって言ったのに！

來梨は楽しそうに絵を広げ、指差しながら話を続ける。

「帝都の大通りを北と南にわけ、芙蓉宮と黄金宮でそれぞれ提灯宴をするのです。民は比べるのが好きです。この国を賑わしている百花輪の儀の貴妃の比べ合いとなれば、さぞ盛り上がるでしょう」

「これが、來梨さまの考える、今もっとも為すべきことでございますか？」

「そうです。雪蛾さま、今、この国に必要なのは希望だと思うのです。戦が迫り、民は不安に怯えている。兵や官吏たちは心を張りつめている。だからこそ、笑い、歌い、祈り、この日々を守らなければならないと思う時が必要なのです」

深紅の口紅が塗られた雪蛾の口元が、ゆっくりと持ち上げられる。雪原の女王は、面白いものを見たように微笑んでいた。

「なるほど。芙蓉妃の覚悟は、よくわかりました。素晴らしいお考えです」

「よかったです。ご理解いただけたようで――」

「だが、それは後宮という壁に守られた者の甘い考えです。戦は勝つか負けるか、それだけだ。負ければすべてを失い、奪われる。街は破壊され、財は略奪され、民は虐《しいた》げられ奴隷にされる。そのようなものに割く力と金があれば、一本でも多くの矢を作り、一粒でも多くの米を蓄えるべきだ」

雪蛾の表情から笑みが消え、代わりに凍てついた視線を來梨に向ける。

「私は、どうやらあなたに期待しすぎていたようだ。墨家が届けた金を、まさかこのようなくだらないことに使われているとは思わなかった」

來梨はなにか答えようと口を開くが、言葉は出なかった。雪原の女王の目は、冷たくすべてを否定していた。

雪蛾は、もう見るものはないというように立ち上がる。

「これより先、この墨家からの支援をどうするかは、考えさせてもらおう」

緋色の胡服を翻《ひるがえ》し、別れの挨拶もせずに立ち去っていった。

遠ざかる背中からは、激しく失望し、怒っているのが伝わってくる。

「……最悪、でございますね」

明羽は、次々と浮かぶ小言を、その一言に込めて呟いた。

「そうね、大変なことになったわね」

來梨はため息をつきながら、細く美しい指を右頬に添える。

けれど、心配そうな表情も、短い時間ですぐに消え去る。

「でも、祭りは二日後よ。雪蛾さまはあと五日滞在されると聞いているわ。関係修復について考えるのは、ひとまず春迎祭が終わってからにしましょう」

明羽は、あまりにも能天気な主の言葉に頭を抱えたくなる。

墨家は、北狼州の二大名家の一つだ。その墨家が支援を取り止めるといえば、他にも多くの家が続くだろう。せっかく手に入れた芙蓉宮の後ろ盾を失うことになる。

ひとまず、目の前の春迎祭に集中する、という來梨の判断は正しいのかもしれない。

けれど、明羽の中で不安は際限なく広がっていく。祭りが終わっても、休まらない日々が続くのは確実だった。

◆◇◆◇◆

春迎祭の当日は、春を先取りしたような好天だった。

芙蓉宮の手配した飾り提灯は、前夜のうちに全て設置された。帝都の人々は、祭りの朝を迎えると同時に、様変わりした街並みに驚いていた。

芙蓉宮が引き受けた北門通りには、両脇に満開の桃の木を象《かたど》った提灯が並び、花の並木道を作っていた。來梨の拘《こだわ》りにより、桃の木の形はどれ一つとして同じものはなく、時に鶯《うぐいす》が止まっていたり、時に風で靡《なび》いたように曲がっていたりする。

ただ、見上げて歩くだけで明るい気持ちになる、そんな風景だった。

さらにその下では、芙蓉宮から酒が振舞われていた。通り脇の露店の食事も飛ぶよういた。


に売れており、まさに春の宴のような賑わいだった。

「素晴らしいものだな。春を迎える祭事に相応しい美しさだ」

大通りを歩く明羽の隣から、淡々とした声の感想が届く。

明羽は李鷗と、宮城の門前で待ち合わせをし、共に祭りの賑わいに沸く帝都を歩いていた。

李鷗の服装は、いつもの官吏が纏う長袍《ちょうほう》でも、後宮内を密かに歩く時の緑袍《りょくほう》でもない。長旅でくたびれたかのような襦袴《じゅこ》を纏っていた。足元は革の長靴であり、首には旅人が愛用する砂避けの布が巻かれている。そして、顔には猫の面がついていた。猫の面には目の部分に穴がないため、少しずらして額に重ねるようにして被っている。

「夜になり、火が灯れば、さらに美しくなるだろう」

「その時まで、帝都にいられないのが残念ですね。夕刻までには後宮に戻らなければなりません」

明羽は李鷗を見上げ、思わず吹き出した。

「おい、人の顔を見て笑うな」

「だって、李鷗さまに猫の面だなんて、似合わないにもほどがあります」

人込みの中でも、李鷗の美貌は人目を引いた。さらには、三品位である李鷗を知っている者がいる可能性も考えられる。そのため、顔を隠すために露店で面を買い求めたのだった。

「先ほどの露店で、もう一つ買っていたのだ。お前もつけろ」

「え？　嫌です。私には、そのようなもの不要です。誰の目も引きませんから」

「俺だけ恥ずかしい思いをしているのが気に食わんといっているのだ」

「自分で選んで買ったじゃないですか⁉」

李鷗が無理やり顔につけようと手を伸ばしてくるのに、明羽は必死で抵抗する。

男と女の体格差があるが、体幹は明羽の方が強かった。拮抗していたところに、想定外の真横から衝撃を受ける。

提灯を見上げながら駆けていた子供が、勢いよくぶつかったのだ。

明羽は体勢を崩し、倒れそうになったところを、咄嗟に伸びてきた手が支える。

体中が白梅の香りに包まれる。

李鷗が、明羽を両手で抱きかかえていた。辺りを包む白梅の匂いは、李鷗がいつも身につけている香だった。

明羽は、故郷で見合いの時に相手の男に襲われそうになったのがきっかけで、男を酷く嫌っていた。かつては近寄られるだけで息苦しさを覚えた。後宮に憧れたのも、男と関わらずに暮らせるからだ。

だが、今こうして李鷗に抱きとめられても、嫌悪は感じなかった。息苦しさはあるが、それは決して苦痛ではなく、むしろこそばゆく温かいものだ。

李鷗も、女が苦手だったはずだが、どこか照れくさそうな表情をしている。

明羽はぱっと体を離すと、白々しく桃の提灯を見上げて呟く。

「……改めて、よい提灯宴ですね。苦労したかいがありました」

「……ああ、そうだな。民がこのように笑うのを、久々に見た気がする」

李鷗も白々しく答える。気がつくと、体当たりしてきた子供はどこかに消え、通りの真ん中で抱き合っていた男女へ生温かい視線が向けられていた。

明羽と李鷗は、それぞれに乱れた被服を整えながら歩き出す。

「さて。では、黄金妃さまがどのような提灯宴を用意したのかを見に行きましょう」

「さぞや派手に飾り付けられていることだろうな」

「……あの、先ほどは支えてくださりありがとうございました」

「あ、あぁ」

「その、お礼と言うわけではないですが、それを」

明羽は猫の面を受け取ると、李鷗と同じように少しずらして被った。

無愛想な自分には猫の面など似合わない、そう思いつつも、目に見える形で李鷗に礼を伝えたかった。

宮城前の広場を抜けた先には、南門通りが延びている。

足を踏み入れると、北門通りとはまるで違う熱気が立ち込めていた。

北門通りは、花咲き誇る道をふらりと歩くような、長閑で落ち着いた雰囲気があった。

南門通りは、活劇を演じる劇場のような派手さと情熱に溢れていた。

明羽はすぐに、熱気の中心に気づく。

通りの中央には、巨大な龍がいた。

家の屋根にも届きそうな飾り提灯で作られた龍が、自在に体をくねらせながら動いている。

「なに、これ。どうなってるの？」

明羽は思わず、感嘆の声を漏らす。

「さすが黄金妃さまだ。こちらの期待を上回る派手さだな」

李鷗も感心したように、声に驚きを滲ませる。

しばらく見ていると絡繰りに気づく。龍の体の至る所から細長い棒が伸びており、提灯の陰にうまく隠れるように立っている繰人《くりびと》がさりげなく動かしているのだ。

一匹の龍に五人の繰人がおり、互いに息を合わせて腕を上下させ、体と尾を別々にくねらせている。

南門通りには、龍を先頭にして、他の獣の飾り提灯も並んでいた。すぐ後ろでは、金色に輝く羽を持った鳳《おおとり》が、優雅に羽ばたいている。

「なるほど、天帝溥天《ふてん》が姿を借りた、五匹の獣か」

天帝溥天は、異なる獣の姿を借りて一領四州に現れ、神託を授けたという神話が残っている。その獣の名が、そのまま州の名前になっていた。

皇領《こうりょう》の象徴である龍、東鳳州の鳳、南虎州の虎、西鹿州の鹿、そして、北狼州の狼。

一領四州を支配する皇帝は、その神話になぞらえて獣の王と呼ばれる。

南門通りには、五匹の獣が並んでいた。どの獣も生きているかのように、繰人によって見事に動かされている。

五匹の獣を見比べると、龍と鳳がもっとも大きく、他の獣たちよりも豪華だとわかる。いかにも、黄金妃らしい差の付け方だった。

人々の歓声が、さらに大きくなる。

龍の頭の上に、金色の襦袴を纏った大柄な女が現れていた。棒を動かし、龍の目玉や口を自在に動かし始める。祭囃子《まつりばやし》に合わせて体を揺らしながら、時には宙返りをしたり逆立ちをしたりと体技でも人々を沸かせていた。

「あいつ。あんなところで、また目立って」

春迎祭の準備をしている途中で何度も顔を合わせていた、黄金宮の侍女・阿珠だった。

人々の視線を浴びて舞う侍女は、いかにも楽しそうで、自分こそがこの世の中心と言っているかのようだった。

ふと、視線が合う。

阿珠は、どうだすごいだろ、と鋭い八重歯を見せつけるように笑う。それから、額を指差して猫の真似をする。似合わない面をつけるな、とからかっているのだ。

明羽は悔しくなって思わず拳を握るが、すぐにどうでもよくなった。

民たちが、楽しそうに笑っている。黄金妃の飾り提灯も、阿珠の体技も、どれも派手で美しく、心を躍らせるものだ。

「芙蓉宮の提灯も負けていなかったぞ。どちらも、それぞれの貴妃さまの人柄がでていて甲乙つけがたい。しばらく、民のあいだで話題になるだろう」

李鷗が慰めなどではなく、本心でそう言っているのが伝わる。

「そうですね、そう思います。でも、もういいのです、李鷗さま」

「もうよい、とは?」

「確かに、芙蓉宮と黄金宮で競い合うのが、來梨さまの考えた祭りを盛り上げる策でした。けれど、勝ち負けはどうでもよかったのです。民が楽しそうに笑っている。それがいちばん大事なことなのです。きっと、來梨さまも星沙さまも、そう思われているはずです」

明羽は、辺りで楽しそうに笑い、騒ぎ、踊り、飲み食いする人々を見渡しながら言う。

「あぁ、そうだな」

李鷗は、天藍石の瞳を細めながら答えた。

明羽と李鷗は、それから黄金宮の飾り提灯と、それが生み出す民の熱気を堪能した。

そうしているうちに、日が傾き始める。

やがて提灯に火が灯り、春迎祭は最高潮を迎えるだろう。

けれど、明羽が帝都にいられるのは、ここまでだった。

日が沈む前に、後宮に戻らなければならない。

暮れゆく光の中で、帝都は、戦の脅威など吹き飛ばすかのように美しく輝いていた。


李鷗と後宮の門前で別れた明羽は、猫の面を右手にぶら下げながら芙蓉宮の門を潜る。

舎殿の中はいつになく静かだった。飛燕《ひえん》宮から手伝いにきているはずの女官たちも、派閥の妃嬪たちの姿もない。さっきまで祭りの喧噪《けんそう》の中にいたことが嘘のように静まり返っている。

不安に駆られながら歩き回り、庭園の隅に、主の姿を見つけた。

夏の間は芙蓉の花が一面に咲いていた庭園には、今は物寂しく葉の落ちた樹々が並んでいるだけだ。溶け残った雪が、岩場の陰にちらほらと残っている。

來梨は、庭園の隅にある亭子の椅子に座り、暮れかかった空を見つめていた。

「こんなところで、お一人でなにをされているのです？」

明羽が話しかけると、來梨は嬉しそうに振り向く。

「帝都の民が楽しそうにしている音を聞いていたの。私にできるのは、それくらいでしょう」

貴妃は、特別な祭礼の時しか、後宮の外に出ることは許されない。

主の命だったとはいえ、春迎祭を満喫してきたことが、少しだけ申し訳なくなる。

「民は、百花輪の貴妃による提灯宴を、とても楽しんでいました。北門通りも、南門通りも、どちらも素晴らしい賑わいでした」

「それは、よかったわ」

「ところで、寧々さまや、妃嬪の皆さまは？」

「今日は帰ってもらったの。これから大事なお客様がくるから」

誰かが芙蓉宮を訪ねてくるとしても、女官まで帰す必要はない。

そこで明羽は、一人だけ特別な訪問者を思いつく。

「まさか、陛下から渡りのご連絡があったのですか？」

この二ヶ月、皇帝・兎閣の、百花輪の貴妃への渡りはない。戦が終わるまで後宮へは立ち入らないと戒めているかのようだった。そのせいで、來梨はいつも寂しそうにしている。

だが、來梨は首を振る。

「では、いったい誰が？」

「それより先に、帝都の様子を聞かせて。そのために、あなたに帝都へ行ってもらったのだから」

「……承知しました。それでは、私が來梨さまの目と耳として、見聞きしたものをお話ししましょう」

明羽は、手にしていた猫の面を渡すと、今日の出来事を話し出した。

「提灯で出来た一領四州の獣だなんて、さすがは黄金妃さまね。鳳が大きいのも黄金妃さまらしいわ」

「李鷗さまの猫のお面をつけた姿、私も見たかったわ」

「明羽は、話が上手になったわね。民たちの笑い声が、聞こえてくるよう」

話を聞きながら、來梨は楽しそうにはしゃいだ声を上げた。

一通り話し終えるころには、辺りは暗くなっていた。寒さが緩んだとはいえ、まだ冬だ。夜が近づくと冷たい風が吹き込んでくる。

「來梨さま、暗くなって参りました。そろそろ舎殿に戻りましょう」

「そうね。ああ、夜といえば、春迎祭の夜には天灯が上がるのよね。後宮からでも見えるかしら、楽しみだわ」

春迎祭では、日が沈むと同時に、たくさんの天灯が夜空に放たれ、星のように帝都の上空を埋め尽くすのが有名だった。

けれど、明羽は首を振る。

「天灯が上がるのは、帝都の外、信龍川の河原です。帝都からはよく見えますが、壁に囲まれた後宮からはほとんど見えません」

「あら、そうなの。残念ね」

冷たい風が吹く。來梨は羽織っていた長衣を体に巻き付けるように握りしめると、舎殿へ戻ろうとする。

その時、暗くなった舎殿の入口の方から、蠟燭の火が近づいて来るのが見えた。

明羽は警戒するが、背後から主の声がする。

「来られたようね。明羽、大事なお客様よ」

蠟燭の火の主は、明羽たちに気づいているらしく、真っすぐに近づいて来る。足音は二つ。先を歩く客人と、その背後に控える女兵士のものだった。

「この私を呼びつけておいて、出迎えにもこないとはな。あなたは、ご自分の置かれている立場がわかっていないようだ」

聞こえてきたのは、相手を竦ませるような冷たい声音だった。

客人が月の光が差し込む場所に歩み出る。月光に照らされ、顔がはっきりと見えた。

それは、二日前に來梨と面会した墨家の当主代理・雪蛾だった。

「雪蛾さまのことだったのですね。どうして、教えてくださらなかったのですか」

「だって、それを教えたら、あなたはそれどころじゃないと言って、春迎祭の様子を話してくれなかったでしょう」

來梨はへらりと笑ってとぼける。

明羽は頭を抱えそうになった。雪蛾に引き続き芙蓉宮を支援してもらえるように働きかけるのは、これから先の百花輪の儀を戦う上で極めて重要な課題だ。それを、勝手に呼びつけるなど、考え無しにもほどがある。

「それで、いったいなんの用だ？　事と次第によっては、墨家だけではない、北狼州すべての後ろ盾を失うぞ」

「雪蛾さま。來梨さまは後宮の貴妃です、お言葉遣いにお気をつけください」

明羽は、その場に跪《ひざまず》きたい気持ちを抑えて、声を上げる。

二日前の面会の時は、雪蛾は少なくとも、來梨のことを貴妃として扱っていた。だが今は、同等の立場の者と対話するような言葉遣いに変わっている。

「先日、面会した時に言ったはずだ。墨家が、芙蓉宮の後ろ盾となるかどうかは再考させてもらうとな。後ろ盾となることをやめれば、もはや敬う必要もなかろう。万が一にも、皇后になることはないのだしな」

明羽が反論しようとするのを、後ろからのんびりとした声が止める。

「それで、構いません」

來梨が、そっと明羽の肩に触れてから、前に歩み出る。さりげない仕草から、今だけは好きにやらせて、という意図が伝わってくる。

明羽は、これまで何度となく裏切られてきたことからくる不安を押し殺し、口を閉じた。

「そんなことより、雪蛾さま。あなたが泊まられている迎賓殿から、この宮城までは、北門通りを通るのが一番の近道でしたね。今日の帝都を見られましたか?」

「そうか。あれを見せるために、わざわざ呼んだのか」

雪蛾の目が、すっと細められる。その眼差しには、はっきりと失望が浮かんでいた。

「誰もかれもが祭りに興じていた。帝都の民は、この国がどういう状況かわかっていないらしい。この戦、我が国は負けるやもしれぬな」

「それは、明日の帝都を見てから判断してください。民たちはより固く結束を強めていることと思います」

「そのようなこと、ありはしない。民とは、甘やかすだけつけ上がるものだ。決して自らを律したり、上に立つ者を顧《かえり》みたりしない」

「はたして、そうでしょうか?」

「国を治めたこともない小娘が、なにをほざく。どうやら、本当にこれまでのようだな」

　雪蛾は鋭い視線で來梨を睨みつけてから、ばさりと胡服を翻して背を向ける。

　明羽は頭を抱えたくなった。やはり、來梨にはなんの策もなかった。ただ、運に任せただけだ。芙蓉宮の百花輪の儀は、ここで終わる。

　その時だった。

　空が、急に明るくなる。

　明羽が咄嗟に辺りを見渡すと、後宮の壁に沿うように大量の天灯が昇っていた。

　その数は次第に増え、すぐに百を超える。橙色の火を放つ無数の気球は、天の星が落ちてきたかのように宮城の真上を漂う。

「あら、明羽、後宮からでもよく見えるじゃない。噂通りに綺麗だわ」

　來梨が、嬉しそうに夜空を見上げる。

「こんなはずは――これは、違います。民が、信龍川の河原ではなく、宮城のすぐ側で天灯を上げているのです」

「どういうこと？」

「後宮の壁の中からでもよく見えるようにという配慮でしょう。つまり、民たちが、私たちにも天灯を見せようとしてくれているのですよ」

例年のように信龍川で打ち上げられれば、帝都からはよく見えても、壁に囲まれた後宮の中からはほとんど見えない。

逆に、今宵のように宮城の周りで上げると、宮城の壁に邪魔され、天灯が上空に昇るまで帝都の民には見難くなるはずだ。

けれど、民たちは宮城を囲んで天灯を上げてくれた。その理由は、一つしかない。

「ほら、雪蛾さま。民はちゃんと、私たちのことを顧みています。こうやって、後宮への感謝を示してくれました」

來梨は、背を向けていた雪蛾に声をかけた。

雪原の女王も足を止め、夜空を見上げている。

「戦場で国を守るのは男たちの仕事です。でも、国の火を絶やさぬようにするのが、私たちの仕事なのです。私が目指す皇后の務めは、戦に備えることではありません。陛下をお支えし、民の暮らしが健やかであり続けるよう慮《おもんぱか》ることと考えます」

ゆっくりと、雪蛾が振り返る。

その瞳からは、先程までの鋭さが消えていた。

「なるほど。あなたが目指すのはあくまで皇后であり、為政者《いせいしゃ》ではないと言いたいわけか。民と心を通じさせる、私にはなかった発想だ。気に入らぬな」

「雪蛾さまに気に入ってもらいたいわけではありません。ただ、私は、私のやるべきことをちゃんとわかっているつもりです」

「気に入らぬが、あなたはこうして結果を示した。どうやら、私の負けのようだ」

雪原の女王は呟くと、來梨に向けて片膝をつく。

「これまでのご無礼をお許しください。これからも墨家は、芙蓉宮の後ろ盾となりましょう。あなたが百花皇妃になられるその時まで」

「え……本当で、ございますか？」

驚いた声を上げたのは、明羽だけだった。來梨は、こうなることがわかっていたのか、あるいは何も考えていなかったのか、あっけらかんとした表情で笑っている。

「ありがとうございます、雪峨さま。引き続き、この国の皇后に相応しくなれるようがんばります」

「芙蓉妃、あなたは陛下の言った通りの方だ」

「陛下が？」

來梨は、ずっと待ち焦がれていた名を聞いたように目を輝かせる。

「芙蓉妃は、論理ではなく心遣いによって、思いもよらぬ方法で国や民を豊かにする。自分にはできないことだ――そう話されていた。今なら陛下のおっしゃったことがわかる。私が初めて面会したとき、なぜ苛立ったのかもな」

「雪峨さまは、論理を以て雪凌郡を守ってこられた。私はなにもわかっていない愚か者に見えたでしょう」

「愚か者は私の方だったようですね。理解できぬというだけで、見切りをつけようとした。今ならわかります。あなたは、北狼州の代表に相応しい」

「ありがとうございます、雪蛾さま」

來梨はそう告げると、縦にした拳を突き出す。

それは、同じ志を持つ者が誓いを立てる時に行う、北狼州に伝わる合図だった。

雪蛾も気づいて、同じように拳を突き出し、縦に重ねる。

「百花皇妃に、なってください」

「ええ、約束します。雪蛾さまは、神凱国との戦に出陣するのでしたね」

「はい。北狼州軍の総大将を任されました。一度、雪凌郡に戻り、軍を率いて再び帝都に来ます」

「この地より、ご武運を祈っています」

天より降り注ぐ橙色の火の下で、北狼州で生まれた二人の女性が契《ちぎ》りを交わす。

明羽は、その光景を見ながら、密かに安堵《あんど》する。

これでまだ、百花輪の儀を戦うことができる。

天灯は次第に高度を上げ、空に吸い込まれるように小さくなっていく。夜に消えゆく姿は、本物の星に変わっていくかのようだった。

明羽は、ぼんやりと思う。

この美しい光を、後宮に住まう他の貴妃たちも見ているだろうか。

◆◇◆◇◆

翡翠妃は、居室にある月洞窓を通して、天灯が空へと昇っていくのを眺めていた。

空に浮かび上がっていく光は、後宮中央に広がる栄花泉《えいかせん》の水面《みなも》にも映っていた。

天と地で輝く火は、後宮の貴妃たちがどれだけ豪奢な宴を準備しようとも届かない壮大さだった。

「美しいわね。民が、二人の貴妃へ感謝を伝えようとしている」

歌うように清らかな声を上げたのは、西鹿州の代表である陶《とう》玉蘭だった。

天女の生まれ変わり、絶世の美妃などの二つ名で呼ばれ、美しい女たちが集められた後宮の中でも飛び抜けた美貌の持ち主だ。

瑠璃の輝きを宿す瞳に桃の蕾《つぼみ》のような唇、白木蓮《はくもくれん》のような瑞々しい肌に白磁《はくじ》の取っ手のように滑らかな鼻筋、すべてが絶妙な均衡で組み合わされている。

「提灯宴の誘いにのらなかったことを、後悔しているのですか？」

横から、別の声が答える。男の声だが、立っていたのは姫だった。

それは、相伊将軍の仮の姿だった。浄身していない身ながら後宮深部に立ち入るため、妹である黛花公主《たいかこうしゅ》の名を借り、姿を模しているのだ。

将軍麗人と呼ばれる中性的で整った顔立ちは、声さえ聞かなければ、誰も男と見咎《みとが》めることができないほど美しかった。

「いいえ。今の翡翠宮が、芙蓉宮や黄金宮と競っても、見劣りするのはわかっています。ずいぶんと差をつけられてしまいました」

「まだ、あなたをお慕いする妃嬪たちは多く残っています。これは、玉蘭さまの人を魅了する力があるからこそです」

「慕ってくれるのはありがたいことよ。けれど、もはやそれで、百花輪の儀が左右される状況ではありません」

「そうですね。そのために、私がいるのです」

相伊は、金剛石を思わせる瞳で玉蘭を見つめる。

「あなたを皇后にするために、私はこの国の至る所に火種を蒔《ま》いてきた。華信の国中にも、彼の国にも。これから起こる戦は、すべて、私の手の中にあります」

玉蘭は、夜空に向けていた視線を、ふいと相伊に向ける。

そのさりげない仕草だけで、将軍麗人の心を揺らすには十分だった。

「あなたがどのような策謀を企てているのかは、私の知るところではありません。けれど、これだけははっきりしています。私にはあなたの力が必要です。あなたの働きに期待しています」

「ええ、お任せください。あなたを必ず皇后にしてみせます。その時、隣には私が立っていることでしょう」

「私は、どちらでもよいのです。私の望みは、西鹿州の民を救うこと。それさえできれば、隣に立つのは、陛下でも相伊さまでも構いません」

玉蘭はそう呟きながら、左の人差し指に嵌めた翡翠の指輪に触れる。

西鹿州を出る時、父から贈られたものだった。指輪に触れるたび、自らの使命を思い出す。

西鹿州は一領四州の中でもっとも貧しい。それは、金鉱などの資源を東鳳州に吸い上げられ、商売の要である大河の両岸を南虎州に押さえられているからだ。すべては、過去の百花輪の儀に敗れ、他州出身の皇后により政《まつりごと》をいいように利用された結果だった。

百花輪の儀で奪われたものは、百花輪の儀で取り返す。

それが、玉蘭が、後宮に入るときに自らに課した使命だった。

「今は、それだけで十分です。玉蘭さま」

相伊はそう告げると、片膝をついて拱手をする。

「けれど、あなたの隣に立つ前に、戦場でひと暴れしなければなりません。民の人気を得るには、英雄譚に描かれるような武勲が必要ですからね」

「神凱国との戦に、いくのですね」

「はい、私が手塩にかけて育てた青龍軍二千に加え、東鳳州、南虎州、西鹿州の州軍がそれぞれ編入され、合計二万の軍を指揮する予定です」

「勇ましいことです。ご無事をお祈りしています」

「私には、矢など当たりません。兄上のように、溥天に守られているわけではありませんが、あなたへの愛が守ってくれるのです。次に会うときは、私は宮城のすべてを、あなたは後宮のすべてを手に入れるでしょう」

相伊はそう言うと、長衣を翻して翡翠妃に背を向けた。

将軍麗人が振り向いた先、玉蘭の居室にはもうひとつの人影があった。後宮を管理する宦官《かんがん》の長である内侍尉《ないじい》・馬了《ばりょう》だった。

馬了は部屋を出る将軍に拱手をする。相伊はそれに、軽く頷く。

言葉は交わさなくとも、それぞれに手筈を整えたことを理解していた。火種を蒔き、油を敷き詰め、それを知らず大勢の者たちが、この華信の大地で踊ろうとしている。

後宮の奥で生まれた陰謀が、国を飲み込む巨大な炎となって広がろうとしていた。

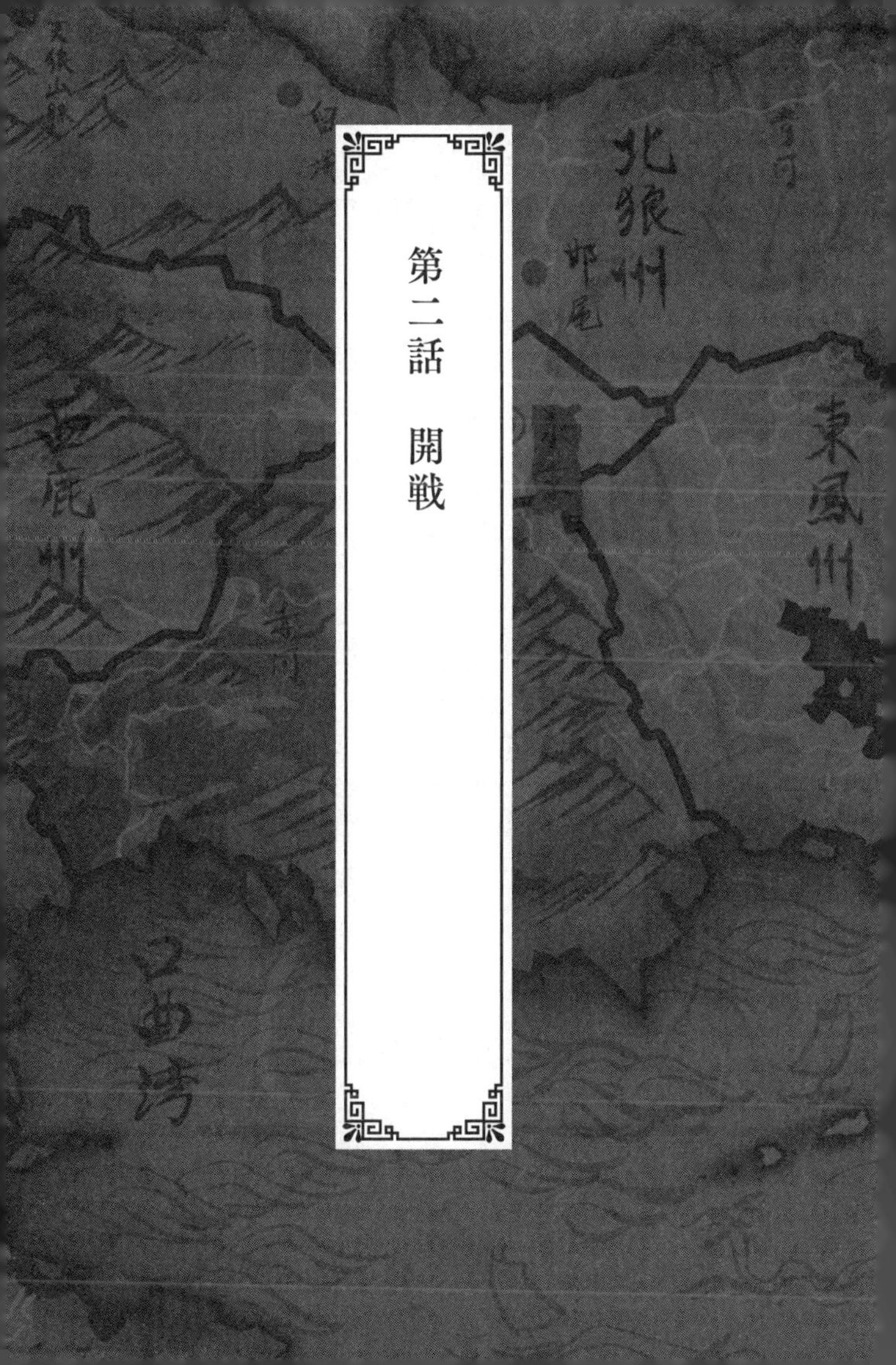

第二話　開戦

帝都から禁軍が出陣したのは、街道から雪が消えた二月の終わりだった。

春迎祭の後、帝都は不安や恐れをすべて祭りの熱気で燃やし尽くしたかのように落ち着きを取り戻した。国を貶《おとし》め不安を煽《あお》るような流言《りゅうげん》は激減し、民には戦への緊張と隣り合わせの活気が戻った。戦場へ行く兵たちも、守るべき者を改めて認識したことで鍛錬に身が入るようになったと聞く。

皇帝・兎閣《とかく》は、伝統に倣い先帝陵にて戦勝祈願を行った後、禁軍三万を率いて出陣した。皇帝自らが出陣するのを止める声もあったが、兎閣は決して譲らなかったという。

帝都を囲む大平原には、春から夏にかけて咲き誇る銀器花《ぎんきばな》が白い花をつけていた。草原を白く染め上げ、風が吹くたびに舞い上がる花弁は、国を守るために出立する軍勢への餞《はなむけ》のようだった。

馬に跨《また》がる紫色の龍袍《りゅうほう》は遠目にもはっきりと目立ち、その姿は、普段民から威風がない、覇気がない、と呼ばれているのが嘘のように神々しい出で立ちだった。

各地で他州の州軍と合流し、最終的には十万を超える大軍勢となり、南虎州の東西に長い海岸線の守りにつく予定だった。

「ついに、戦がはじまるのですね」

明羽《めいう》は、空を見上げながら呟く。

後宮では変わらぬ日常が続いており、同じ空の下で十万もの兵たちが戦の準備をしているとは信じられない。

春を感じさせる暖かな風が吹き、周りで竹の葉が擦《こす》れ合う音を奏でる。見渡す人気のない庭園の景色も、平穏そのものだった。

「まだ戦が始まると、決まったわけではない。神凱国は現れないかもしれない。これほどまでの戦支度をしたのも、すべて無駄になるかもしれない」

隣から、李鷗《りおう》の声が返ってくる。

明羽と李鷗は、石造りの亭子に並んで腰かけ、言葉を交わしていた。

この場所は竹寂園《ちくじやくえん》と呼ばれる、芙蓉宮の近くにある庭園だった。竹林と石畳があるだけの手狭な庭であり、訪れる者はほとんどいない。そのため明羽は、昼餉《ひるげ》を食べたり、武術の型の練習をしたりするのに使っていた。

たまに訪れる者がいるとすれば李鷗くらいだ。李鷗はこの場所で、芙蓉宮の利益となるような情報提供と引き換えに、たびたび後宮内の調査を依頼した。最近では、特に理由もなく明羽をからかいにくることも増えた。

今日も用事があったわけではないらしく、明羽が昼餉を食べている途中でふらりとやってきて、近況を交わしていた。

「けれど、宮城の偉い人たちはみな、口を揃えて神凱国は攻めてくると言っています」

「彼の国との因縁の歴史や、神凱国皇帝からの宣戦布告からすると、そう考えるのが妥当だろうな」

「どっちなんですか」

「あらゆることが起こりえるし、起こりえない、そういう状況だ」

明羽は上手く誤魔化された気がしたが、仕方なく話を変える。

「陛下には、出立前に、せめて一度くらい後宮に足を運んでいただきたかったですね」

皇帝・兎閣は、冬の間、一度も後宮への渡りをしなかった。

冬の初めにやってきて「この国にもっとも貢献した貴妃を皇后に選ぶ」と告げたきりだった。

來梨《らいり》は、戦の前にせめて一度お会いしたかった、出陣するところを遠くからでもいいから見送りたかった、とずいぶん落ち込んだ。

「陛下なりの、覚悟なのだろうな」

「そもそも皇帝陛下は変わっています。あんなに美しい貴妃さまたちが集まり、夜の渡りに誘い続けているというのに、まだ誰とも褥《しとね》を共にしていないだなんて。男とは、そんなに抑えられるものなのですか？」

「そのようなこと、俺に聞くな」

李鷗は顔を背ける。主の夜の営みについて口を挟むのは、憚《はばか》られるのだろう。

「ただ、陛下も、後宮の怖さをよくわかっている。だからこそ、触れないようにしているのかもしれない。今の後宮は、皇太后さまが支配していた時よりもずいぶんましになった。だが、それでも、この場所からは光も闇も生まれる。お前も、気を抜くなよ」

「肝に、銘《めい》じておきます」

風が吹き、竹の葉がさらさらと擦れ合うような音を立てる。

「それにしても、李鷗さまも大変ですね。なんでも宰相さまの補佐官になられたとか」

明羽は、女官たちの噂話に聞いた言葉を口にする。

皇帝不在の帝都において、兎閣は宰相・玄宗《げんそう》に全権を任せた。そして、その補佐官として三品位の李鷗が任じられたのだった。一品である宰相の補佐。それは、位は未だ三品であるが、限りなく二品に近づいた証だった。

「気苦労が絶えないが、玄宗さまに比べれば大したことではない。国の外が騒がしいのだ。せめて、宮城の中は静かにありたいものだ。後宮では、なにか変わったことが起きていないか？」

「特に何も。春迎祭より後は、静かなものです。あぁ、そういえば、面白いお誘いがきていましたね。後宮の貴妃、妃嬪、公主のすべてを集めて、有事を想定した訓練が行われるそうですよ」

聞き慣れない言葉に、李鷗の天藍石の瞳が困惑したように細められる。

それは、二日前に、女官長・玲々《リンリン》から届いた依頼だった。

◆◇◆◇◆

百花輪の貴妃が一堂に揃うのは、実にひと月ぶりのことだった。

三人の貴妃が招かれたのは、後宮の中でもっとも広い舎殿である桃源殿《とうげんでん》の大広間であった。祝宴や迎賓のための舎殿であり、大小様々な部屋が作られている。

明羽が、來梨に続いて大広間に入ると、すでに玉蘭《ぎょくらん》と星沙《シンシャ》が揃っていた。

二人は視線を合わせることもなく、距離をおいて、それぞれ派閥の妃嬪たちに囲まれて会話をしている。

星沙の周りには八人の妃嬪とその侍女、玉蘭の周りには五人の妃嬪とその侍女がいる。

來梨の背後にも、四人の妃嬪とその侍女が連なっていた。

派閥の妃嬪の数は、後宮の勢力図だと言われてきた。けれど、今となっては、その言葉にも首を傾げざるを得ない。

有力者の支持、民の人気を星沙と來梨が二分しており、玉蘭は大きく差をつけられている。類稀な人を魅了する力で、妃嬪たちを繋ぎ止めているに過ぎない。

「こんなに人が集まるのは久しぶりね。蓮葉《れんよう》さまが行っていた朝礼を思い出すわ」

來梨が、嬉しそうに話しかけてくる。

明羽はその名を耳にして、ひどく昔の出来事のような懐かしさを覚えた。皇后・蓮葉は、半年前に後宮を去り、今は皇領南部の江陽《こうよう》で暮らしているはずだ。

「灰麗《はいれい》さまは、やはり来られなかったのですね」

寧々《ねいねい》が、残念そうに呟く。

かつて百花輪の貴妃の一人であり、皇領の代表であった幽《ゆう》灰麗は、獣服と呼ばれる儀式にて芙蓉宮の派閥に入っている。能力の使い過ぎによって体を病み、今は自らの舎殿で療養していた。一時は回復の兆しを見せたが、冬になってからはまた寝込む日が増えている。

「すぐにお元気になられるわよ。なんせあの方には、溥天がついているのだから」

來梨の言葉に、周りにいた妃嬪たちの数名が顔を顰《しか》める。

水晶妃は、かつて溥天の名を騙《かた》った予言によって、国中を混乱に陥れた。それゆえに、多くの民や妃嬪たちからは鬼女と呼ばれ忌避されている。

「相変わらずあなたは、早めに来ることをしないのですね」

隣から声がかけられる。黄金妃が、侍女と派閥の妃嬪を引き連れて近づいてきていた。後ろに控える侍女は雨林《ユーリン》だけであり、いつも隙を見ては絡んでくる阿珠《あじゅ》の姿がないことに、明羽は密かに安堵する。

黄金妃の衣装は、相変わらず豪奢だった。身に纏うのは金糸で縁どられた長衣に金の腰帯。七宝《しっぽう》が埋め込まれた黄金の腕輪が、細い手首を艶やかに彩っている。

「これは、星沙さま。先日の春迎祭では、ご協力くださりありがとうございました」

「別に、あなたに協力したわけではないわ。私にも利があったから手伝っただけよ。黄金宮の飾り提灯の方が素晴らしかったと、市井で噂になっているのは知っているでしょう？　芸においても、この黄金宮がもっとも優れていると改めて示すことができたわ」

星沙は勝ち誇ったように答えながら、無邪気な笑みを浮かべる。

「そのようですね。私も、一領四州の獣の飾り提灯を見たかったです。話を聞いただけで、胸がどきどきしました」

來梨があっさりと負けを認めたのに、黄金妃は小さく首を振る。

「まったく。あなたと話をしても張り合いがありませんわ」

「思ったことを口にしているだけです。そうだ、もしよければ、一領四州の獣の飾り提灯を、後宮で披露してくださいませんか？」

來梨の提案に、話を聞いていた妃嬪たちがわっと沸く。芙蓉宮と黄金宮、二つの派閥に分かれていた妃嬪たちが一緒になって、それは楽しそうです、ぜひやりたいわ、と言葉を交わす。

「祭りが終わってどれだけ経ったと思っているのかしら。捨てましたわ、ああいうものは、祭りのその時だけだからこそ良いのです」

「そうなのですか、残念です」

來梨の言葉に、周りの妃嬪たちも一緒にがっかりする。

明羽はその様子に、思わず笑みを浮かべた。周りを巻き込むのも、きっと來梨の才能の一つなのだろう。

そこで、大広間の奥の扉が開く。

入ってきたのは、女官長の玲々だった。

歳は三十代半ばだろう。面長に細い顎、形のよい眉にわずかに開き残したような目。瞳にかかる長い睫毛が印象的だった。

飛燕宮の長を長年務めており、女官たちを束ねる手腕は貴妃たちからも一目置かれている。

また、作家としての一面も持ち、李鷗と禁軍の将軍・烈舜《れつしゅん》が恋仲であることを妄想した小説『後宮恥美譚』は、後宮の女官たちの間で密かな流行を生み出していた。

貴妃や妃嬪よりも下位ではあるが、玲々の招集に異を唱える者はいなかった。大広間は静まり返り、誰もが玲々の言葉に耳を傾ける。

「貴妃、妃嬪の皆さま、今日は、私のお呼び立てに応じてくださり、誠にありがとうございます。黛花《たいか》公主さまも、お集まりいただきありがとうございます」

玲々はそう言って、大広間に集まる女たちの右端に視線を向ける。

そこには、見覚えのない長身の女性が、他の者たちからの視線を避け、侍女たちに囲まれるようにして立っていた。

容姿はあまり知られていないが、その名は有名だった。

現皇帝・兎閣の腹違いの妹であり、相伊《そうい》将軍の実の妹。この後宮でたった一人の皇家の血を引く女性だった。

日中はほとんど舎殿の外に出ず、夜に人目を避けて散歩しているという噂だった。茶会や宴に顔を出すことも滅多にない來梨以上の引き籠りで、女官たちのあいだでは、変わり者の公主として知られている。

明羽が後宮にきてから十ヶ月ほど経とうとしているが、これまで一度も顔を合わせたことはなかった。

他の妃嬪たちも物珍しそうな視線を向けるが、玲々が再び口を開くと、すぐに注意はそちらに移った。

「ご存じの通り、今、この国には戦が迫っています。もちろん、陛下が敵を打ち払ってくださるでしょう。ですが、万が一、この宮城が敵軍に攻められるようなことがあったとき、私たちはどうするべきかを改めて説明するために集まっていただきました」

玲々はそれから、有事の際の心得を一つ一つ読み上げる。

号令を聞いたら桃源殿に集まること。動きやすい服装とすること。この時、舎殿の中から持ち出す物は片手に持てるくらいにすること。派閥に囚われず助け合うこと。

誰もが静かに女官長の言葉を聞いているが、実感が伴っていない者が多いようだった。まだ神凱国は姿を見せてすらいない。戦が始まったとしても、最初に戦場になるのは海岸沿いの都市であり、華信国の中央にある帝都まで戦火が及ぶとは思えない。

明羽は、自らの主の顔を覗き見る。來梨は、幼子がなんでも真っすぐに受け止めるように、真剣に頷いていた。

「さて、ここからは、敵が後宮に迫った時、どのように動くかを、後宮の中を歩いて訓練いたします。宮城の構造上、敵は真っ先に、後宮三門のうち宣武門から押し寄せてくると考えられます。その場合、私たちは反対側の龍玉《りゅうぎょく》門から外へ出ます」

玲々は龍玉門のある方向を指差す。

「貴妃さまと公主さまは、この場にお残りください。皆さまには、ある方から、特別にお伝えすることがありますので」

ある方、という言葉は、意味深長な響きを伴って聞こえた。

見渡すと、他の貴妃や侍女たちも不可解そうな表情をしている。けれど、玲々は、それ以上は話すつもりはないというようにさっと背を向けて歩き出した。

「では、一列になって私についていて来てください。先ほども言いました通り、同じ妃嬪同士、派閥に囚われず助け合いながらですよ」

女官長の背を追うように、近くにいた妃嬪たちも、誰が先に行くか視線で牽制しながら後に続いて部屋を出ていく。

大広間には、三人の貴妃と一人の公主、そして、その侍女たちのみが残される。

わずかな間をおいて、妃嬪たちが出て行ったのとは反対側にある奥の扉が開き、美しい女性が姿を見せた。

明羽は、その姿に声を上げげそうになる。

それは、先ほど懐かしく思い出していた、皇后・蓮葉だった。

華信の伝統的な美女像である細い目に真っすぐ通った鼻筋。齢は三十を過ぎているが、首や目尻の皺さえも美を形成する一部となっていた。身に纏うのは控えめな意匠の薄紫の長衣。装飾も少なく、琥珀の腕輪をつけているだけだ。

背後には、揃いの白を基調とした襦裙を纏った五人の侍女が並んでいる。

皇后・蓮葉が後宮を去ったのは、夏の終わりのことだ。もう半年も前になる。

広間は懐かしさと共に、しばらく忘れていた緊張感が漂う。

「久しぶりね、三人とも。黛花も息災だったかしら？」

蓮葉は柔らかな笑みを浮かべながら語り掛ける。

その様子に、明羽は微かな変化を感じる。美しさは変わらないが、後宮にいたときの厳かな迫力は、ずいぶん和らいでいる気がした。

それから、蓮葉は翡翠妃に視線を向け、柔らかな笑みを浮かべた。

「玉蘭、素敵な手紙をありがとう。あなたの綴《つづ》る後宮の四季は、目に浮かぶようだったわ」

「ありがとうございます。皇后さまの江陽の離宮にある庭園も、とても美しい場所と聞いています。いつか、訪れてみたいものです」

明羽はそこで、玉蘭と蓮葉が手紙のやり取りをしていたのを知る。

次に、蓮葉は黄金妃に笑みを向けた。

「星沙、あなたが送ってくれた珍しい鳥たちは、とても大切に育てているわ。今の私には、これ以上ない贈り物よ」

「どれも他国と幅広い交易をしている万《まん》家だからこそ手に入った鳥たちです。皇后さまのお気を休めることができたのであれば幸いですわ」

明羽は、前に立つ主の背中が、小さく震えるのを見た。

皇后のことを尊敬しており、普段から蓮葉は今ごろどうしているだろうかと口にしていた。けれど、來梨は一度として手紙や贈り物を送っていない。後宮で生きていくのに精一杯で、そんな考えを浮かべる余裕もなかった。

來梨は恥ずかしそうに俯き、掠《かす》れるように声を上げる。

「申し訳ありません、皇后さま。私は――」

「いいのよ、來梨。あなたは、それでいい。真っすぐに、目の前のことだけに集中なさい」

來梨の気持ちを汲み取ったように、蓮葉が微笑む。それも、以前には見られなかった安らいだ表情だった。

「それで、皇后さま。今日は、どういった理由でいらっしゃったのですか？」

星沙が問いかけると、蓮葉は笑みを消し、教えを説くような真剣な表情で続けた。

「玲々に、有事の際の訓練をするように指示したのは私なの。特別に、あなたたちに伝えることがあって来たのよ。本来であれば、百花輪の儀が終わった後、百花皇妃になった一人にだけ伝えるはずだった。けれど、今は大きな戦が迫っている。陛下のご了解もいただいて、あなた方、全員に伝えることにしたわ」

明羽には、一つだけ思い当たることがあった。

以前に、來梨と灰麗が行った回演來の裏で、白面連《はくめんれん》が貴妃の暗殺を企てた。その企てを阻止する時に、後宮の外と繋がる抜け道の存在を知ったのだ。

「私がこれから伝えるのは、宮城へと通じる隠し通路の場所よ。今、これを知っているのは、私と陛下、それから、三品以上の宦官だけよ。ここから先は、貴妃と公主にのみ話すわ。侍女は退出なさい」

その言葉と同時に、蓮葉の背後に控えていた皇后の侍女たちが広間の出口にある庭園に続く扉を開いて退出を促した。

各宮の侍女たちは、皇后の侍女たちの指示に従って出口に向かう。

明羽も後に続くが、途中で足を止めた。

驚いて、皇后の侍女の一人をじっと見つめる。

「止まるな、早く出ろ」

明羽が見つめていた侍女が、鋭い声を発した。はっとして、明羽は再び歩き出す。

各宮の侍女たちが外に出ると、皇后の侍女たちもそれに続く。外から扉が閉ざされ、大広間には貴妃と公主だけが残される。

舎殿の外は、桃の木が並ぶ庭園が広がっていた。

大広間の声が聞こえない庭園の中央までくると、蓮葉が後宮にいた時に侍女長であった年配の女性が告げる。

「こちらで、皇后さまのお話が終わるまで待ってくださいさい。後は、自由にしていいわ」

庭園には、ちらほらと早咲きの桃が花をつけていた。石造りの椅子が離して並べられており、侍女たちはそれぞれ派閥ごとに散らばって時間を潰し始める。

明羽は、大広間を出る時に目が合った皇后の侍女に歩み寄った。

小柄な侍女は、他の侍女たちから一人離れ、まだ葉もつけていない槿《むくげ》の側で背筋をぴんと伸ばして立っていた。

蓮葉の後ろに並んでいる時は、他の侍女たちの陰に隠れて気づかなかった。だが、その人物は、明羽にとって忘れられない相手だった。

赤と黒の交じった髪に冷たい目。小柄で細身だが、その佇まいには相変わらず武の気配を漂わせている。

「なんで、ここにいるの？　こんな目立つところで、堂々と顔を見せていいの？」

周りに聞こえないように、声を小さくして問いかける。

そこに立っていたのは、かつて孔雀宮の侍女であった梨円《りえん》だった。

梨円には裏の顔があった。華信国の暗部である犯罪組織『九蛇楽団《くじゃがくだん》』に暗殺の技術を叩き込まれた間者であり、密かに孔雀宮に侵入していたのだ。そして、唯一の肉親である妹を人質に取られ、敬愛していた孔雀妃・紅花《ホンファ》を死に追い込む罠を仕掛けた。

その後、梨円は妹を助けるために九蛇を裏切り、後宮から姿を消していた。

九蛇は組織を裏切った者を決して許さないという。梨円は今も、命を狙われているはずだ。

「もう、平気だ。妹も私も、やつらから解放された」

梨円は、淡々とした声で答える。

「九蛇の追手から逃げていたところを蓮葉さまに拾われた。蓮葉さまが九蛇に大金を払って、妹と一緒に買い取ってくれた。常に側に居る護衛がほしかったそうだ」

「……蓮葉さまも、九蛇と繫がっていたのか」

明羽は、思わず呟く。蓮葉は、厳しくも清廉《せいれん》な人物だった。皇太后が九蛇を利用していたのは知っているが、皇后である蓮葉まで関わりがあるとは想像できなかった。

「七芸品評会《しちげいひんぴょうかい》での暗殺未遂事件以降、皇太后に対抗するために伝手《つて》を探したそうだ」

「でも、九蛇は華信の暗部なんて呼ばれる組織でしょう？　金を積まれたからって、裏切り者を許すことなんて、あるの？」

「九蛇には、三人の頭目がいる。蓮葉さまと繫がっていたのは、私を使っていた頭目とは別だった。だから、取引が成立したのだろう」

「そっか。それで今は、蓮葉さまに仕えているのか。あんたが護衛なら、蓮葉さまも安心だね」

「私にとって主は紅花さまだけ。蓮葉さまには、金で雇われて側にいるだけだ。それと、妹の安全のためだ」

梨円は表情を変えずに答える。その迷いのなさが、心の中に残る紅花の存在の大きさを伝えてきた。

「でも、あんたが、ちゃんと安全な場所で暮らせるようになっててよかった」

「私は、紅花さまを裏切った。私に救いなんてなくていい」

梨円は、主を裏切った日からずっと、自らを許していないようだった。日の光の下で暮らせるようになっても、その心は闇に繋がれている。

「妹は、どうしてるの？」

「美杏《メイシン》は、器用だからなんでもできる。今は、蓮葉さまの舎殿で料理番をやっている。すごく楽しそうだ」

妹の名を口にした時だけ、梨円の口元が微かに緩んだ。

辛いことがあったが、彼女を支えてくれる存在が近くにいる。明羽は、少しずつ、時間をかけてでも、梨円が幸せになってくれることを願った。

「話が、終わったようだ」

梨円の言葉に促され、桃源殿に視線を向けると、扉が開かれ、皇后・蓮葉が大広間の外に姿を見せていた。

「明羽、これを。あとで読んで」

梨円が帯に挟んでいた紙片を取り出すと、周りの侍女に見られないようにさりげなく差し出してくる。

明羽は、小さく頷いて受け取った。

「大きなお世話かもしれないが、一応伝えておく。今のままでは來梨さまは、百花皇妃にはなれない。戦が始まり、華信国が勝利を収めた時、黄金妃が百花皇妃になることが決まる。まだ遅くない、すぐにでも戦への支援を行った方がいい」

梨円はそう告げると、背を向けて大広間の方に歩き出す。

同じことは雪蛾《せつが》からも指摘されていた。戦の備えに貢献することの重要さを、芙蓉宮は見誤っていたかもしれない。明羽も何度か提案したが、來梨は常に、戦の支援は貴妃がやるべきことではない、との答えだった。

皇帝が出陣した後であっても、できることはあるはずだ。もう一度、相談してみよう。

明羽は、胸の中に広がっていく不安を押し込めながら決意した。

大広間から最初に出てきた蓮葉に付き従い、皇后の侍女たちが去っていく。間を空けて、他の貴妃たちも姿を見せた。

來梨の姿を目にして、明羽も歩み寄る。

侍女の不安を他所に、來梨は、悩みなど欠片《かけら》もないような朗らかな笑みで話し出す。

「久しぶりに蓮葉さまとお話ができて楽しかったわ。落ち着いたら手紙を書きましょう。贈り物もするわ」

「それがよろしいかと思います。ところで來梨さま、舎殿に戻ったら相談したいことがあるのですが」

「ええ、いいわよ。でも、ちょっと待って」

來梨は立ち止まり、背後を振り返る。

黄金妃と翡翠妃が立ち去り、辺りは静かになっていた。

しばらくして、人がいなくなったのを見計らったかのように、最後まで残っていた公主が姿を見せた。

歳は二十くらいだろう。細身ですらりと背が高い。整った目鼻立ちは、兄であり将軍麗人と呼ばれる相伊によく似ている。けれど、相伊とは対照的に、着飾ることや衆目に晒されることに慣れていないような自信の無さが表情や仕草から滲み出ていた。

「明羽、いくわよ。私、ずっと黛花公主さまとお話ししてみたかったの」

來梨はそう言うと、黛花に歩み寄っていく。

黛花は、もう誰もいないと思っていたのだろう。來梨に気づき、蜂が肩に止まったかのようにびくりと体を震わせる。

「こうしてお目にかかるのは初めてですね、黛花公主さま。莉《り》來梨です」

「……あ、あの、どうも。黛花、です」

黛花公主は視線を合わせようとせず、おどおどした様子で答える。

公主に仕える五人の侍女のうちの二人が、主を守るように両脇に並び、なにか用か、とばかりに見つめてくる。

けれど、來梨はまるで気にせずに話を続けた。

「黛花さま、もしよければ、今度、お茶会をしませんか。私、いちど、黛花さまとゆっくりお話ししたかったのです」

「えと、私は、お茶会は、その、苦手で」

後宮で生まれ育った公主とは思えない、稚拙《ちせつ》な断り方だった。

視線は床を彷徨ったまま、一向に來梨の方を見ようとしない。

「北狼州から棗菓子《なつめがし》が届いたんです。帝都ではなかなか手に入らないものですよ」

「別に、いらない、です」

「残念ですね。黛花公主さまのお話を聞くたび、どこか私と似ているのではないかと思っておりましたので」

明羽は、主の言葉に、少しだけ納得する部分があった。

來梨も、邯尾《かんび》にいた頃はほとんど舎殿から出ない引き籠りだった。後宮にきてからも引き籠り癖は抜けない。最近はすっかり見違えるようになったが、他の貴妃と話すたびにおどおどしていたのもよく似ている。

「ではまた、なにか機会がありましたら、お話しいたしましょう」

來梨は残念そうに背を向ける。明羽も、その背に続いて歩き出した時だった。

「あの……待って、ください」

背後から、聞き逃してしまいそうなか細い声がする。

「百花輪の儀のことを、聞かせていただけるのであれば、お受けします」

來梨は立ち止まり、花が咲いたような笑顔で振り向く。

「はい。喜んで、お話しさせてもらいます」

明羽はその笑みを見て、戦への支援をもう一度相談しようとしていた考えを捨てる決意をした。

來梨は、春迎祭の夜に雪蛾に語った通り、後宮の貴妃としてなにを為すべきかを懸命に考えている。戦への支援は、その役割の外なのだ。

どちらにしても、支援金で競っても黄金宮には勝てない。來梨のやり方を信じてついていこう。明羽は、そう開き直ることにした。

黛花公主との茶会は翌日に決まり、來梨が黛花の住まいである鶺鴒《せきれい》宮を訪殿することになった。

皇族とはいっても黛花公主に発言力はほとんどなく、後ろ盾になる貴族もいない。

生家は華信国を建国当初から支えた名家ではあるが、現在は大学士寮《だいがくしりょう》へ学士を輩出する家系であり政への影響力は薄いとの噂だった。

兄の相伊将軍は、軍部と民から絶大な人気を誇るが、あくまで軍人であり宮城との関わりは少ない。

それでも、百花輪の儀が始まってからしばらくは、各宮の貴妃から、自らの派閥に取り込もうと誘いを受けていた。けれど、黛花がすべての誘いを断り続けた結果、変わり者の公主は、百花輪の儀に関わるつもりは一切ないと見なされていた。

「どうして今さら、黛花公主を取り込もうとなされたのですか？」

芙蓉宮に戻った後、明羽が尋ねると、來梨は嬉しそうに答えた。

「取り込むつもりなんてないわ。でも、ずっと話をしたいと思っていたの。手紙を書いても応えてくださらないから、直に会える時を待っていたの」

そう言いながら、來梨は、鵲鴒宮に持っていく菓子を楽しそうに選ぶ。

「皇后になるには、後宮をまとめなくてはいけないわ。黛花さまもそのお一人よ。私は舎殿から外に出ずに暮らすことだって良いとは思うけれど、なにかお困りごとがあれば力になってあげたいわ」

「なるほど。そういうお考えでしたか」

明羽は、黛花の助けを求めるような表情を思い出す。

「今まで、他のどの貴妃さまが声をかけてもまるで応じなかった黛花さまが、なぜ來梨さまの呼びかけには応じてくださったのでしょう。頼りがいのある貴妃なら他にもいらっしゃるのに」

「明羽、あなた最近、私への遠慮がなくなってきたわね」

「事実ですから。やはり、直接、顔を合わせて声をかけたのがよかったのでしょうか？　それとも、お困りごとがあるのでしょうか？」

「そうね。とにかく会ってお話ししてみないとわからないわね。まずは、楽しい茶会にすることだけを考えましょう。そういえば、皇后さまの侍女の中に、梨円がいたわね。話は、したのかしら？」

「お気づきでしたか。とても元気そうでした」

「そう、よかったわ」

來梨はそう言うと、明日の茶会の準備を再開する。

明羽は、ほんの一瞬だけ、梨円から受け取った手紙のことを打ち明けるか迷ったが、來梨の鼻歌を聞いて取り止める。

手紙は、皇后・蓮葉からのものだった。

今日の夕刻、派閥の妃嬪である寧々を連れて、かつて蓮葉が住んでいた琥珀宮《こはく》へ来るようにと書かれていた。さらに來梨には内密にして欲しいとも書き添えられていた。

主に報告するのは侍女の義務だが、蓮葉の文からは、内密にすることが來梨への気遣いであるように思えた。

◆◇◆◇◆

夕刻になり、明羽は芙蓉宮の留守を女官たちに任せて、琥珀宮に向かった。

琥珀宮は、蓮葉が後宮を去った後も、女官たちによって美しく保たれていた。

あらかじめ文を出していた寧々と、門前で合流する。

蓮葉からの手紙には、二人だけで来て欲しい、他の侍女も連れて来てはならない、と書いてあった。寧々もそれに従い、たった一人だった。

「……皇后さまが、私にいったいどのような御用でしょう。私、皇后さまと、あまりお話ししたこともないのに」

いつもは口喧《くちやかま》しい寧々も、さすがに不安げな様子だった。

「私だって、呼ばれる理由なんてわかりませんよ」

「いいえ、そんなことないわ。私、知ってるのよ。七芸品評会の後、あなたは琥珀宮に招かれていたわ。侍女が招かれるなんて前代未聞よ」

嚙みつくような勢いで、寧々が反論する。

「ご存じだったのですね」

「それだけじゃないわ。あなたは皇后さまになにかと目をかけられ、名前を覚えられていたわね。あなたが呼ばれるのはわかるわよ。なのに、なんで私っ」

寧々が早口で捲《まく》し立てるのを聞いて、明羽は思わず吹き出した。

「よかったです。いつもの寧々さまですね」

「もうっ、こっちは不安でいっぱいなのに、あなたはなんでそんなに余裕なのっ」

寧々は悔しそうに声を上げ、それから、開き直ったかのように背筋を伸ばした。そして「行くわよ」と告げて、先行して琥珀宮の門を潜る。

舎殿の前には、梨円が立っていた。

明羽と寧々に、冷たい表情のまま拱手をする。

「お待ちしておりました。どうぞこちらへ」

寧々がいるためだろう、昼間とは違って丁寧な言葉遣いだった。明羽は、あの素っ気なさは、梨円なりの親しみだったのかもしれないと気づく。

赤毛交じりの侍女に案内されたのは、朝礼が行われていた広間だった。

庭には沈丁花《じんちょうげ》が植えられ、薄紅色の花が甘い香りを舎殿にも届けている。

広間にいたのは、蓮葉一人だけだった。他の侍女も、宦官たちもいない。

中央には大理石と琥珀の象嵌《ぞうがん》が施された豪奢な卓と椅子が並んでいる。卓の中央には、折り畳まれた印花布《いんかふ》が置かれていた。

「よく来たわね、二人とも」

明羽と寧々は、揃って拱手をしてから、蓮葉に促されるまま椅子に座る。

対面に座っている皇后は、かつてより穏やかな表情を浮かべているように見えた。

「明羽、寧々をここまで連れてきてくれたことに感謝するわ。人目につかないように寧々を呼ぶには、あなたを通すのが良いと考えたの」

それから蓮葉は、視線を寧々に向ける。

十三妃は、いつもの図々しさも忘れて縮こまっていた。

「寧々、こうしてちゃんと話すのは、あなたが後宮に入った時に挨拶を交わして以来かしら」

「その通りです。私のように階位の低い妃嬪の名前を覚えていてくださり、ありがとうございます」

一度声を出すと覚悟が決まったように、寧々の口調は堂々としたものになった。

「あなたの名はずっと覚えていたわ。私は、あなたを仲間のように感じていたのよ」

「仲間、でございますか？」

「ええ。あなたと、私。そして、李鷗ね。明羽、勘のいいあなたのことだから、その理由にもう気づいているでしょう？」

明羽は、ほんの一瞬だけ躊躇《ためら》ってから口にする。

「……皇太后さま、でございますか」

「そうよ。あの女に陰惨《いんさん》な目にあわされた女は、数えきれないほどいた。けれど、報いを受けさせようとしていた者は少なかったわ」

明羽はかつて、七芸品評会にて皇后の暗殺未遂が起きた後で、琥珀宮に呼ばれたことを思い出す。

その時、蓮葉の隣には、李鷗がいた。二人は皇太后が裏で糸を引いていたことを審《つまび》らかにできないか密かに話し合っていた。

「でも、李鷗は違ったわ。あの男は、皇太后ではなく、この後宮で繰り返されてきた悪習を憎んだ。そして、後宮に血が流れないようにすることが贖罪だと考えた。妹が、あのような目にあわされたというのに」

李鷗の最愛の妹・梅雪《ばいせつ》は、先々帝に見初められて後宮入りした。梅雪は先々帝の寵愛を一身に受けたが、それが、当時、皇后であった皇太后・寿馨《じゅけい》の不興を買い、虐《いじ》め抜かれた挙句に命を落とした。

李鷗は、妹が後宮入りを渋っていた時に背中を押したこと、官吏として同じ城の中にいながら後宮内の惨状に気づくことすらできなかったことを悔いていた。

その出来事が、後宮に流れる血を少なくする、と決意させていたのだった。

「梅雪さまは、私にとっても姉のような方でした」

寧々が、辛そうな声で付け足す。

明羽は思わぬ繋がりに、いつも口喧しい十三妃を振り向く。普段は見せない、自らの手をすり抜けていった大切なものをいつまでも想っているような表情だった。

「あの方は、幼い頃、孤独だった私を救ってくれた。温かく優しい方だった。あんな風に、死んでいい方ではなかった」

「知っているわ。私が後宮に入ったのは、梅雪が死んだ後だった。けれど、女官たちが教えてくれたわ。梅雪だけではない、多くの後宮の女たちの無念と屈辱を」

「皇后さまも、ずいぶん辛い目にあわれたと聞いています」

「思い出したくもないわ。特に、ここに来たばかりの時は、私はまだ鼻っ柱の強いだけの小娘だったのよ。兎閣の口車にのせられたと、なんど悔やんだことか」

蓮葉は、皇帝・兎閣とは共に育った幼馴染の間柄だ。後宮の深部から国中に根を張り、政を捻じ曲げていた皇太后の力を削ぐため、兎閣に請われて皇后になったとの噂だった。

「私はなんとかして、あの女の支配を弱めようとした。そして、疲弊《ひへい》していったわ。寧々、あなたは、梅雪の仇《かたき》を取るために後宮に入ったのでしょう。皇太后に報いを受けさせようとしていたわね。あなたのような妃嬪がいたことは、心強かったわ」

「私は、貴妃さまたちの御力を借りようとしただけです。なにもしていません」

「私も同じよ。十年も後宮にいて、あの女と争ってきたのに。結局、あの女を失脚させたのは百花輪の儀だった。傑作だったけれど、悔しくもあった」

蓮葉は後宮の最奥の、今はもう人が立ち寄ることもなくなった鳳凰宮《ほうおう》の方を振り向きながら呟く。

「まさか、餅を喉に詰まらせるなんて最期を迎えるとは」

百花輪の貴妃たちの計略により失脚した皇太后は、それ以降も細々と鳳凰宮で暮らし、不自然なほど唐突に命を落とした。

「あれは、馬了《ばりよう》に利用されたのでしょう。結局最後は、あの女も後宮に殺された。私はあの女に、この手で報いを受けさせることはできなかった——ずいぶん苦労して、こんなものまで手に入れたのに」

蓮葉はそう言いながら、卓の中央に置かれていた布を開く。

そこには、黒水晶で作られた不気味な佩玉が置かれていた。六面体に蛇がぐるりと巻き付いた意匠が、今にも動き出しそうにてらてらと光っている。どこからも光が差していないのに影が四方に伸びるような不気味さがあった。

寧々が小さく息を呑み、胸に手を当てる。表情には怯えが浮かんでいた。

「これがなにか、わかるようね」

「……黒水晶。九蛇楽団に上客と認められた者が持つ物だと聞いています」

寧々が、震える声で答える。

「ええ、そうよ。皇太后もこれを持っていた。私も同じ力を持つことで、あの女に対抗できると思ったのだけれど、使うことはなかったわね」

明羽は、七芸品評会にて九蛇楽団によって皇后暗殺が謀られたことを思い出す。

皇太后にとっては、華信国の暗部に触れることさえ、嫌がらせの一つだったのだろう。

「そこにいる梨円と、その妹を救うことができたのは、この黒水晶を持っていたおかげよ。役にはたってくれた。でも、もう私には必要ないものよ」

蓮葉の背後に影のように立つ梨円は、名を呼ばれても、冷たい無表情のままだった。

皇后の細い指が伸び、黒水晶をのせた布を静かに、寧々の方にすべらせる。

「寧々、あなたにこれを渡したかったの。戦が始まるわ。これから先、この後宮でもなにが起きるかわからない。力は持っていた方がいいわ。たとえそれが、どのような危険を孕《はら》むものでも。あなたは、この黒水晶の恐ろしさがよくわかっているでしょう」

十三妃は、黒水晶の蛇を見つめながら頷く。

「接触したいときは、それが見えるように腰にぶら下げて、外を歩くだけでいい。九蛇は合図を見逃さない。向こうから声をかけてくる」

「……九蛇に繋がる者が、この後宮の中にもいるのですか?」

「どこにでもいるわ」

「お預かりいたします。このことを、來梨さまに内密にした理由がわかりました」

寧々の言葉に、皇后はどこか寂しそうに笑う。

「あなたなら、きっとそう言うと思っていたわ。來梨さまは、光のように後宮を照らすことができる方よ。この国の暗部に触れる必要はないわ。それは、あの方を近くで支える者がすべきこと」

寧々は決意が固まったのか、卓上の黒水晶に手を伸ばす。印花布で包むと、腰帯の中に隠すように仕舞った。

「明羽、あなたにも言っておくことがあるわ」

蓮葉は、心残りを託すような真剣な声で、視線を芙蓉宮の侍女に向けて続ける。

「相伊将軍も、黒水晶を持っている。軍閥に属する方が、なんのために九蛇との繋がりが必要なのか知らないけれど、あの方には気をつけなさい」

宮城で会った時の不気味さを思い出しながら、明羽は無言で頷く。

ほんの一瞬だけ梨円を見る。九蛇楽団を利用し、孔雀妃・紅花を死に追い込むための罠を張ったのは、相伊将軍だった。

梨円の表情は、相変わらず無表情だった。明羽の視線に気づき、余計な穿鑿《せんさく》はするな、とばかりに見つめ返してくる。

「さぁ、これでもう、私がこの後宮にできることはないわね。もうすぐ戦が始まる。百花輪の儀も、終わりが近づいている。あとは、あなたたち次第よ」

蓮葉が言い終わると、風が吹き込み、庭の沈丁花が、ほんのひと時だけ強く香った。

皇后はその日の内に後宮を去り、帝都の南にある江陽の離宮へと戻っていった。

◆◇◆◇◆

後宮の北西に、黛花公主の舎殿はあった。

來梨が訪れると、侍女たちは門前で待っており、畏まった様子で舎殿の中へ案内してくれる。

椿に囲まれた小径《こみち》を抜けて見えてきたのは、橙色の瑠璃瓦が敷かれた舎殿だった。

鵲鴒宮は後宮の端に位置しているが、広さと豪華さは貴妃たちの舎殿に引けを取らない。

侍女たちは、他宮からの客人がくるのは数年ぶりのことだと話した。

「私どもの主は、少し変わり者でございます。人と関わるのが苦手で、ずっと、後宮内には、お話相手もいませんでした。自ら声をかけ、貴妃さまを舎殿に招くなど、かつてなかったことです。どうか、仲良くしてください」

侍女長である年配の女性は、深々と頭を下げる。

黛花は変わり者ではあっても、侍女たちからは大事にされているらしい。

黛花公主が舎殿から出なくなった理由は、噂として広まっていた。

かつて、冷酷で知られた先帝・万飛《まんひ》が後宮で宴を開いた時に、まだ幼かった黛花が高熱を出した。先々帝の貴妃であった母親は、娘の身を案じて宴に顔を出さなかったため、そのことに激怒した万飛の命により処刑された。

それ以来、黛花公主はずっと舎殿に引き籠るようになったという。すでに成人しても政に関わることもなく、婚姻の噂さえ立つことがない。


「ら、來梨さま！　よく来てくださいました。どうぞ、こちらへ」


舎殿の廊下を歩いていると、背後から、勢いよく呼び止められた。

振り向くと、先ほど通り過ぎた部屋の扉から、黛花が慌てて飛び出してきたらしく四つん這いで姿を見せていた。

身に纏うのは、女官たちが着ているような橙色の襦裙。装飾の類は一つも身に着けておらず、長い髪も無雑作に彩紐で束ねられている。化粧はほとんどしていないようで、顔には寝不足のような隈が目立っていた。

あまりに公主らしくない姿に戸惑いつつも、明羽は片膝をついて拱手をする。來梨は、奇抜な登場が気に入ったようで楽しそうに笑っていた。

そこに、侍女長の苦言が飛ぶ。

「黛花さま、まずは客庁にお通しし、そこでお話を聞くべきだと申し上げたはずです。そのような場所から、慌てて飛び出してきて話しかけるものではありません」

「あ、そ、そうでした。失礼しました。お声が聞こえたので、つい」

「それに、その恰好はどういうおつもりですか。お客様を迎えるのです、公主として相応しい出で立ちというものがあります」

「そ、それは、つい書物を読んでいたら時間を忘れてしまって。ご、ごめんなさい」

黛花は立ち上がると、申し訳なさそうに拱手をする。

「お気になさらないでください、黛花さま。格式ばった挨拶などいりません。よければ、そちらの部屋でお話ししましょうか？」

來梨の言葉に、おどおどしていた黛花は、霧が晴れたかのような笑顔になる。

「よろしいのですか？　では、こちらでお話を聞かせてください」

鶺鴒宮の侍女たちは、主の無作法が受け入れられたことに不満な様子だったが、仕方なく対応してくれる。

案内されたのは、本に囲まれた部屋だった。壁際に本棚が設えられており、書物がびっしりと詰まっている。

「これは……すごい書物の量ですね」

「これでも、ほんの一部です。ここは、私が書物を書くときに使っている部屋なのですよ。さあさあ、座ってください。そちらの侍女の方も。あ、すぐに片付けますので」

部屋の中央には、横長の卓があった。卓上には書きかけの紙の束や筆が並んでいたが、鶺鴒宮の侍女たちは気持ちを切り替えたように、手際よく片付けてくれる。

來梨は手土産に持ってきた北狼州の棗菓子を侍女に渡す。代わりに、侍女たちは客庁に用意していただろう茶や菓子を運んでくる。

向かい合うように來梨と明羽が並んで座ると、黛花は興奮しているのか早口で話し出した。

「今日、来ていただいたのはですね、それはですね、百花輪の儀のこれまでの経緯を、教えていただきたいのです」

「黛花さまは、百花輪の儀にはご興味がないのかと考えていました」

「私、歴史書の編纂を、大学士寮の方々と協力しながら行っていまして、それで、知りたいことがたくさんあるのです」

「黛花さまが、歴史書の編纂をされているのですか？」

「そうです。昔、色々と辛いことがあって舎殿から出られなかった時期がありました。舎殿にずっといると、時間がたくさんあるので、大学士寮から色々な書物を取り寄せて読んでいたのです。中でも夢中になったのが、歴史書だったのです」

「この部屋にあるのも、ぜんぶ、歴史書ですか？」

「はい。中でも、やはり、真卿《しんけい》さまの歴史書は傑出しておりました。古代王朝時代、六王国時代、凱帝国の盛衰、そして、華信国の建国と黎明期、いずれも多方面から偏ることのない視点でまとめられており、膨大な史料、確かな論法、端的な文面、いずれをとっても素晴らしく感銘を受けたものです」

明羽はそっと、腰から下げている佩玉を握り締める。

頭の中に『当然だよ』と、自分のことのように誇らしげな声が響く。

「まぁ、煉《れん》家の出自の私が言うと、手前びいきに聞こえるかもしれませんが」

黛花が照れくさそうに笑う。次の瞬間、明羽の頭の中に大声が響いた。

『ちょっと待ってよっ。黛花公主も、あの相伊将軍も、煉家の者だったのか』

「わっ」

頭の中に唐突に大声が響き、明羽は思わず声を上げる。

幸いにも、他の者の注目を引くことはなかった。

いきなり大きな声を出さないでよ、と気持ちを込めて白眉《はくび》を睨む。

『煉家は、真卿の生家だよ。つまり、黛花公主と相伊将軍は、真卿や翠汐《すいせき》と血の繋がった者たちということだ』

白眉は、明羽の前に三人の持ち主がいた。その三人は、いずれも華信国の歴史に名を残す英雄ばかりだった。

一人目の持ち主の名は真卿。華信国の黎明期に初代皇帝の片腕として活躍し、律令の基礎を作ったといわれる偉大な学者だった。二人目の持ち主は真卿の娘である翠汐。華信国第二代皇帝の貴妃であり、天下無二と言われる美しさと父譲りの明晰さで、後宮の女たちをまとめ上げ、その後の華信国後宮の礎《いしずえ》を築いたと言われる。

『だから相伊将軍は、僕とそっくりな眠り狐の佩玉を持っていたのかもしれないね』

明羽は、相棒の独り言を聞き流して、目の前の黛花の話に集中する。

「真卿さまの死後も、華信国の歴史書は作られ続けています。けれど、当時の宮城に阿《おもね》った視点で描かれていたり、内乱で史料が欠落していたりと、真卿さまのものに比べると物足りない部分があります。そこで、大学士寮では、足りない部分や至らない部分を再編纂しようとしているのです」

「どういった経緯で、黛花さまが関わることになったのですか？」

「大学士寮から書物を取り寄せて、感想を添えて返していたのです。そうしたらですね、学士の方から声がかかりまして、後宮の歴史書を作るお手伝いをさせていただくことになりました」

明羽は、母の死をきっかけに引き籠っているとの流言は、後宮の物差しでしか測る事ができなかっただけの誤解だったと知る。無気力に塞ぎ込んでいただけではなく、黛花はちゃんと前を向き、日々を直向《ひたむ》きに暮らしていたのだ。

來梨も同じことを感じたのだろう、ぱちんと手を叩いて笑う。

「学士に認められるなんて、黛花さまはとても頭が良いのですね。後宮の歴史書というのも、とても面白そうです」

「ええ、ええ、とても面白いです。この後宮で起きたこと、それが外の世とどのように繋がっているのか。この後宮の歴史の中で最も興味を持っているのが、百花輪の儀です。一領四州より代表の貴妃を集め、皇帝陛下の寵愛を競い合う儀式。国難が迫ったときに開かれ、次の宮城を支える皇后を選び出す。その儀式の裏では、いつも多くの血が流れている。この儀式こそ――華信国の後宮そのものです」

「私も、過去の百花輪の儀には興味がありました。けれど、百花輪の儀がこれまで何度開かれていて、どのようにして生まれたのかさえ、よく知らないのです」

「そうなのですかっ。百花輪の儀が開かれたのは、全部で七回。そして、第一回が開かれたのは、第三代皇帝の皇后を決める時でした。その儀式を作り出したのは、華信国第二代皇帝の貴妃であった翠汐さまでです」

『翠汐が？　まさか』

明羽の頭の中に、相棒の声が響く。

白眉が後宮を出たのは、今から百五十年ほど前で、それまでに百花輪の儀は一度も開かれていなかった。白眉も全く知らなかったと語っていたことから、もっと後の時代で作られた儀式だと思っていたのだ。

「あの、一つ質問をしてよろしいでしょうか？」

貴妃と公主の会話に侍女が言葉を挟むのは、本来ならば後宮の仕来りに反することである。ここに黄金宮の侍女長・雨林がいたら冷たく睨まれただろう。

けれど、黛花は快く、なんでもどうぞ、と聞き入れてくれた。

「翠汐さまは、その明晰さで皇妃妃嬪をまとめ、現在の後宮の礎を作った方だと聞いています。そのような方が、百花輪の儀を考えられたのですか？」

「大学士寮の記録に残っていることですので、間違いありません」

「連れてくる侍女は三人のみという掟《おきて》も、翠汐さまが作られたのですか？」

「そうです。あの、おっしゃりたいことはわかります。百花輪の儀で多くの血が流れるのは、侍女を三人に定め、追加も交代も許さないとした掟が大きく関わっています。どうしてそのような仕来りを決められたのかは、わかっていません」

「そう、ですか」

「私も気になっていて、調べているところです。もし、なにかわかったらお伝えします」

「ぜひ、お願いします」

明羽はそう言って、侍女の問いに真摯に答えてくれたことへの感謝も込めて一揖する。

頭の中に、白眉の呟きが聞こえてきた。

『翠汐が皇太后になってすぐに、僕は、彼女の警護をしていた王武《おうぶ》に渡されたんだ。王武は何度も彼女の危機を救ったから、その感謝の証としてね。翠汐が百花輪の儀を作ったのが真実なら、その後ということになる』

王武は三人目の持ち主の名だった。帝都で武術家として名を揚げた王武は、やがて国中を巡る旅に出る。白眉が持つ後宮の知識は、そこで途切れていた。

『翠汐は、とても優しい貴妃だったよ。彼女が百花輪の儀を作ったなんて、信じたくないな』

白眉の声は、大切な記憶に罅《ひび》を入れられたような寂しさを感じさせた。

「それで、私は、今回の百花輪の儀について、なにを話せばよいのでしょう?」

來梨が尋ねると、黛花は今まで大井に向けたり卓に向けたりしていた視線を、初めてまっすぐに向ける。

「あの、聞きたいことはこちらでまとめていますので、それについてお話しいただければと思います」

「私の話などで参考になるのでしたら、構いませんけれど」

「なります。なりますとも。歴史書を確かにまとめるには、当事者から話を聞くことに勝るものはありません。どうか、來梨さまが見てきたこと、感じてきたことを教えてください」

黛花は立ち上がると、あらかじめ用意していた質問を書き連ねた紙を、本棚から取って戻ってくる。それは、歴史書一冊に匹敵するほど分厚い紙束になっていた。

來梨と明羽は、思わず顔を見合わせる。

「あの……それ、全部でございますか？」

「來梨さまが後宮に入内されてから今までで、気になるところをまとめさせていただきました。少し量は多いですが、後世に残る歴史書のために、ぜひともご協力ください」

來梨は、少し引きつった笑みを浮かべて「かしこまりました」と答える。想定していた茶会とはかけ離れたものになるのは確実だった。

それから黛花は、刑門部《けいもんぶ》の詰問のように、事細かに質問を繰り返した。

質問の内容は、七芸品評会では誰がどこに座っていたかというような記憶の確認から、蛇に飛び掛かった時にどのような気持ちだったのかという心情まで多岐にわたった。

最初は戸惑っていた來梨も、次第に楽しくなってきたのか、喜怒哀楽をのせて答えていく。

夕暮れ時に差し掛かり、見かねた鶺鴒宮の侍女長が声を掛けて、ようやく今日のところは終わりになった。けれど、黛花の用意した質問の半分も片付いていなかった。

「ありがとうございました。とても楽しい時間でした」

「私も、歴史書の編纂に関われて楽しかったです」

來梨も笑いながら答える。それから、ふと思い出したように口にした。

「そういえば女官たちから、春迎祭の日の夜、黛花さまが翡翠宮に入られるところを見たという噂を聞いたのですが、玉蘭さまからもお話を聞かれたのですか？」

それは、明羽が飛燕宮の女官たちから聞き、來梨に伝えた噂だった。

「……なんの、ことでしょう？　心当たりがありません」

黛花は、思いもよらないことを問われたように首を横に振る。

「今回は、來梨さまが声をかけてくださったので、こうして勇気を出して、やっと機会をいただけたのです。他の貴妃さまの舎殿を訪問するなんて、私にはとても」

今日の黛花の様子を見ていても、翡翠宮を訪れていたなど信じられない。

女官たちの噂は、ただの見間違いだったのだろう。明羽はそう判断する。

それから來梨は、次の茶会の約束を交わして、鶺鴒宮を後にした。

來梨は黛花のことが気に入ったらしく、芙蓉宮に戻ってからもしばらく上機嫌だった。

◆◇◆◇◆

皇帝が軍を率いて帝都を出立してから二十日後。

神凱国の船団が姿を見せたとの報せが、宮城に届いた。

神凱国の船は、水晶妃・灰麗の予知から、黒獣船と呼ばれていた。

黒獣船の数は約五百隻。その多くが大砲を備えていたという。

開戦の報せは、たちまち帝都中に不安と緊張を広げた。

だが、その二日後、すぐに続報が届く。

それは、華信国の勝利を知らせるものだった。


「戦に勝ったのは喜ばしいことですが、帝都の今の状況は、素直に喜べませんね」

寧々は、面白くなさそうに口を尖らせながら告げる。

広間には、來梨と寧々、それから明羽の三人が集まっていた。まだ派閥に入って日の浅い、他の妃嬪たちの姿はない。多くの妃嬪たちは、その時々の状況に応じて派閥を替えるため、芙蓉宮の今後についての相談は、信頼できる者だけで行われていた。

「戦に勝ったのだから、民たちはさぞ喜んでいるのでしょう?」

來梨が、なんの不安もなさそうに微笑む。

「それは、もちろんです。まだ戦が終わったわけではないですが、宮城前の広場では酒が振舞われたりして、お祭りのような賑わいらしいですよ」

「よいことではないですか」

「民たちは皆、この戦に勝てたのは黄金妃のおかげだと口にしています」

明羽が、寧々の言葉を引き継ぐように答える。

戦の詳細は、後宮にも伝わっていた。


開戦初日は、神凱国の有利に進んだ。

沖合に姿を現した黒獣船は船団を分け、南虎州の二つの港を大砲で同時に攻撃した。華信国は海戦を避ける戦略を取った。民を内陸に避難させ、冬のあいだに増強させた海岸線の防壁と大砲台で応戦した。

大砲を操るのは、技術力に長けた東鳳州軍が主力だった。そもそも防壁と大砲台の整備には東鳳州の資金と技術が注ぎ込まれており、それはつまり、万家の功績であった。

華信国もよく抗戦したが、砲撃戦では、操船しながらの多角からの攻撃が可能な神凱国に軍配が上がり、防壁は所々で壊され、二つの港町は大きな被害を受けた。

砲撃は夜通し行われ、夜明けと共に神凱国の兵が上陸。その数、およそ一万であった。

二日目は、皇帝・兎閣の治世になって初めて、華信国内の大地が戦場となった。

それぞれの戦場に、華信国軍最強と呼ばれる南虎州軍の項耀《こうよう》率いる山岳騎兵、禁軍の烈舜率いる第一騎兵が投入された。

各将軍たちは、東鳳州の技士たちからの進言により、あらかじめ防壁の中で壊れやすい場所を把握していた。神凱国の上陸地点も予想し、内陸に誘い込むと次々と殲滅《せんめつ》した。

二日目の夕刻には勝敗は決し、神凱国軍は上陸した兵を撤退させ、南虎州の港から黒獣船は姿を消した。

華信国側は、戦場となった二つの港町は砲撃により無残に破壊されたが、死者の数は千人に満たなかった。対して、神凱国は三千を超える戦死者を出し、五百人近くが捕虜となって捕らえられた。

華信国軍側の、大勝利であった。

「黄金宮の多大な貢献に対して、芙蓉宮は戦への支援をまったく行っていない。さらに、北狼州軍は今回の戦では一兵も戦っていないことが、より黄金宮の貢献を際立たせているようです」

明羽の言葉に、寧々も悔しそうに頷く。

北狼州軍には、季節外れの大雪によって参陣が遅れたこともあり、皇帝より戦況に応じて自由に動ける遊軍として内陸部で待機するよう命が下りていた。そのため、戦の間、皇領南方の黄岳《おうがく》平原で野営をしていただけだった。

東鳳州と北狼州の貢献度を比較して、狼はいざという時に役立たない、北胡はやはり華信の民のためには戦わない、などという批判も飛び交っている。

「北狼州軍の待機は、陛下の命に従っただけ。どちらも同じく、役割を全うしたのよ」

來梨の言葉に、寧々は呆れたように首を横に振る。

「そのようなこと、民には通じません。雪により参陣が遅れたのも、戦に加わりたくないためにわざとやった、などという言いがかりのような噂も流れています。もちろん、芙蓉宮を貶めるために、他宮が流した可能性もあります」

「そんな、ひどいわね」

「宮城の官吏や貴族たちもこぞって黄金宮を持ち上げています。さらには溥天廟《ふてんびょう》からも黄金宮を称える託宣《たくせん》が出ています。もはや国中が、黄金妃さまを皇后へ押し上げようとしています。星沙さまも、ここ数日は自らが皇后になったかのようなお振舞いです」

それから寧々は、後宮に戦勝の報せが届いてからの黄金妃の行動を並べる。朝礼を開き、舎殿に派閥の妃嬪たちを集めては新しい後宮で暮らすための心得を説いた。内侍部が取り仕切る宦官の仕事に口を挟み、女官たちに皇帝が戻ってきたあとの戦勝祝いの準備を進めるよう指示を出した。いずれも、皇后が為すべき仕事だった。

「でも、戦は後宮の貴妃の役割ではないわ。そのようなことで百花皇妃が決まるのは、間違っていると思うのだけれど」

「ですから、そんなことを言っている状況では、ないのです」

寧々は頭痛を覚えたように額に指を押し当てながら答える。

來梨の言うことは正しい。そしてそれは、おそらく兎閣の考えに近い。兎閣が望んだのは、後宮をまとめ、宮城や民の心を明るく照らすことだった。

だが、ここまで国中が黄金妃を持ち上げている状況は、皇帝といえども軽んじることはできない。

部屋の入口の方から、低く通る声が響いた。

「ちょうど、神凱国との戦のことを話しておるようじゃ。わしも交ぜてもらうぞ」

姿を見せたのは、水晶妃・灰麗だった。

雪のように白い髪。やや面長の輪郭に特徴的な青みがかった瞳。端整な顔立ちだが、目の下には隈が現れ、頬には罅割れのように血管が浮かんでいる。それらは、灰麗が持つ予知の力を使い過ぎた反動によって体を蝕《むしば》まれた結果だった。

元は皇領の代表の貴妃であったが、すでに百花輪の儀からは落花を宣言し、來梨の派閥に入っている。

貴妃であった頃より控えめな灰色の襦裙に、銀の腕輪と耳飾りが輝いている。額には、この国で広く信仰されている溥天廟の信徒であることを示す花鈿《かでん》が描かれていた。

「安静にしていなくてよろしいのですか?」

來梨が声をかける。回演來の後で倒れて以降、灰麗は体調を崩していた。床に臥せっては回復するのを繰り返している。

「今日は気分がよい。体もずいぶんと軽いようじゃ」

「灰麗さま、今回の戦について、なにか予知を視《み》たのですか？」

明羽は立ち上がり、灰麗に椅子を勧めながら尋ねた。

水晶妃の背後には、二人の侍女・花影《かえい》と宝影《ほうえい》が続いている。灰麗が椅子に座り、二人の侍女はその背後に並ぶ。

「わしはこの冬の間、戦についてできる限りの予知を行い、陛下に伝えた。いずれも激しい戦場となるのは東鳳州であった」

落花を宣言して以降、灰麗は、百花輪の儀の謀《はかりごと》によって国中に大きな被害を出した罪滅ぼしをするかのように、病に蝕まれた体をさらに酷使して戦の予知を行っていた。

今回の布陣において、東鳳州にも幅広く軍が敷かれたのには、灰麗の予知が関わっているとの噂だった。

「まだ、これだけでは終わらぬ。戦はこれからじゃ」

灰麗の言葉は、呪詛のような不気味さを伴って響く。

「黄金妃が、このたびのことで、すでに皇后に選ばれたかのような振舞いをしているようじゃが、まだなにも決まってはおらぬ。気にすることはない」

それに答えたのは、寧々だった。

「いったん船を退《ひ》いた神凱国が、東鳳州に狙いを定めてくることは軍部の武官たちのあいだでも予見されています。南虎州の戦には、神凱国皇帝の姿はおろか、牙の大陸統一で名を馳せた武慶《ぶけい》や姜園《きょうえん》といった将軍の姿もありませんでしたから」

「その通りじゃ。あの戦は、ほんの前哨戦。あるいは、華信国の意識を南虎州へ向けさせるための陽動であったのかもしれぬ」

「それでも、華信が負けるはずはありません。東鳳州には、南虎州の海岸以上に強固な防壁と大砲台が築かれております。それに、相伊将軍もいらっしゃるのですから」

相伊の率いる青龍軍は近年になって目覚ましい活躍を遂げており、烈舜率いる第一騎兵にも並ぶと言われている。

民からも軍部からも絶大な人気があり、今や華信国で最も信頼されている武将の一人だった。

「あの男は、信じてはならぬ」

「なにを、おっしゃるのです。相伊将軍は、威那《いな》国との長年にわたる紛争を終結させた英雄です。帝国暗部との繋がりがあるという噂は耳にしましたが、その程度、情報を得るためには必要なことでしょう」

寧々は、強い口調で反論する。

「私も同じ意見です。確かに、相伊将軍は油断ならない方です。けれど、今は華信国と神凱国の戦です。自国が不利になるようなことをされるわけがありません」

明羽が続けると、灰麗は他の者には見えないなにかを見つめるように、視線を斜め上に向ける。

「わしは予知で、あの男が玉座に座るのを視た。あの男が、翡翠妃と共に、この後宮を我が物顔で歩くのも視えた」

その言葉に、真っ先に反応したのは來梨だった。

「……まさか、兎閣さまの身に、なにかあるというのですか？」

相伊将軍は軍部に所属し、政からは離れている。だが、皇帝・兎閣には未だ子がおらず、皇位継承権は第一位だ。相伊が玉座に座るということは、兎閣が崩御《ほうぎょ》したのと同意だった。

「陛下は、溥天の加護によって守られています。戦で命を落とすことはないでしょう」

明羽が、來梨を落ち着かせるように告げる。

皇帝・兎閣には溥天の加護がある。明羽は、その力を目の当たりにしたことがあった。燃え盛る孔雀宮に皇帝が足を踏み入れた途端、その周囲だけ火の勢いが弱まったのだ。

「溥天の力は、不死を与えるものではない。あくまで、不慮の死から身を守るものじゃ。燃え盛る火を弱め、流れ矢を逸らす程度のことはできるが、敵意をもって襲い掛かってきた刃を逸らすことはできぬ。臓物を切られれば、当然、死ぬ」

沈黙が、芙蓉宮の広間に広がる。

「……そうであったとしても、私は、兎闇さまが無事に戻ってくるのを信じます」

「芙蓉妃の言う通りじゃ。わしの予知は外れることもある。わしが視た予知はすべて皇帝に伝えた。あの男ならばうまく対処するはずじゃ」

灰麗の言葉に、來梨は真剣な表情で頷く。

兎闇が出陣してから、來梨が祈りを欠かしたことはない。壁に囲まれた後宮でできることはそれだけだった。

「わしが伝えたかったのは、戦はまだ終わらぬ、気を抜いてはならぬということじゃ。わしは、この国に振りかかる災禍《さいか》を祓《はら》う者を見つけ出し、その者を支えるために百花輪の貴妃になった。災禍とは、まさに起きておる戦のこと。そして、災禍を祓う者はそなたじゃ、芙蓉妃。そなたが、この戦を止めるのじゃ」

「灰麗さま、そのようなことを言われても、私はただの後宮の貴妃です。戦を左右することなどできません」

「今は、それでよい。時がくれば、わしはそなたを導くための予知を視るはずじゃ。それを伝えれば、為すべきことがわかる。そなたが為すべきことを為せなければ、この国は滅ぶ。心して備えることじゃ」

水晶妃は、溥天の名を利用した謀が來梨によって暴かれて以来、溥天廟から追放され、国中から溥天の名を騙った鬼女と呼ばれている。

けれど、この場にいる者たちは、灰麗の力が本物であることを知っていた。

かつての溥天廟の巫女の言葉を、明羽は心に深く刻んだ。

◆◇◆◇◆

三日後、灰麗の言葉は現実となった。

黒獣船が東鳳州に姿を現し、二度目の戦が始まったことを告げる報せが届く。

それは、南虎州に現れた船団を遥かに上回る、五千を超える大船団だった。灰麗の告げた通り、最初の侵攻は、本命の侵攻から目を逸らすための陽動だった。

東鳳州への防備は、南虎州と同等以上であり、軍も厚く配置していた。この時点では、宮城内には、初戦と同じ結果になるであろうとの見方が強かった。

さらに三日後、東鳳州の戦況が届く。

それは、帝都を震撼させ、百花輪の儀にも大きな影響を与えた。

東鳳州に数万の軍勢が上陸し、海岸の防衛線において華信国軍が敗北した。

三万の兵を率いて防衛に当たっていた軍務尚書・蘇栄《そえい》は討死にし、華信国軍は崩壊した。同じく東鳳州防衛のために戦っていた相伊将軍も、生死不明となった。

その後、勢いに乗った神凱国軍により東鳳州の主要な都市が次々と陥落。軍勢は、東鳳州でもっとも力を持つ郡であり、華信国有数の交易港を有する商業都市、万家が治める景洛《けいらく》にも押し寄せた。

景洛は神凱国の手に落ち、郡主であった万家は、当主を始めとして一族が皆殺しにされた。万家が蓄えていた財は奪われ、屋敷は炎に包まれた。

初戦の勝利によって百花皇妃を手に入れようとしていた黄金妃・星沙は、戦により、瞬く間にその力を奪われたのだった。

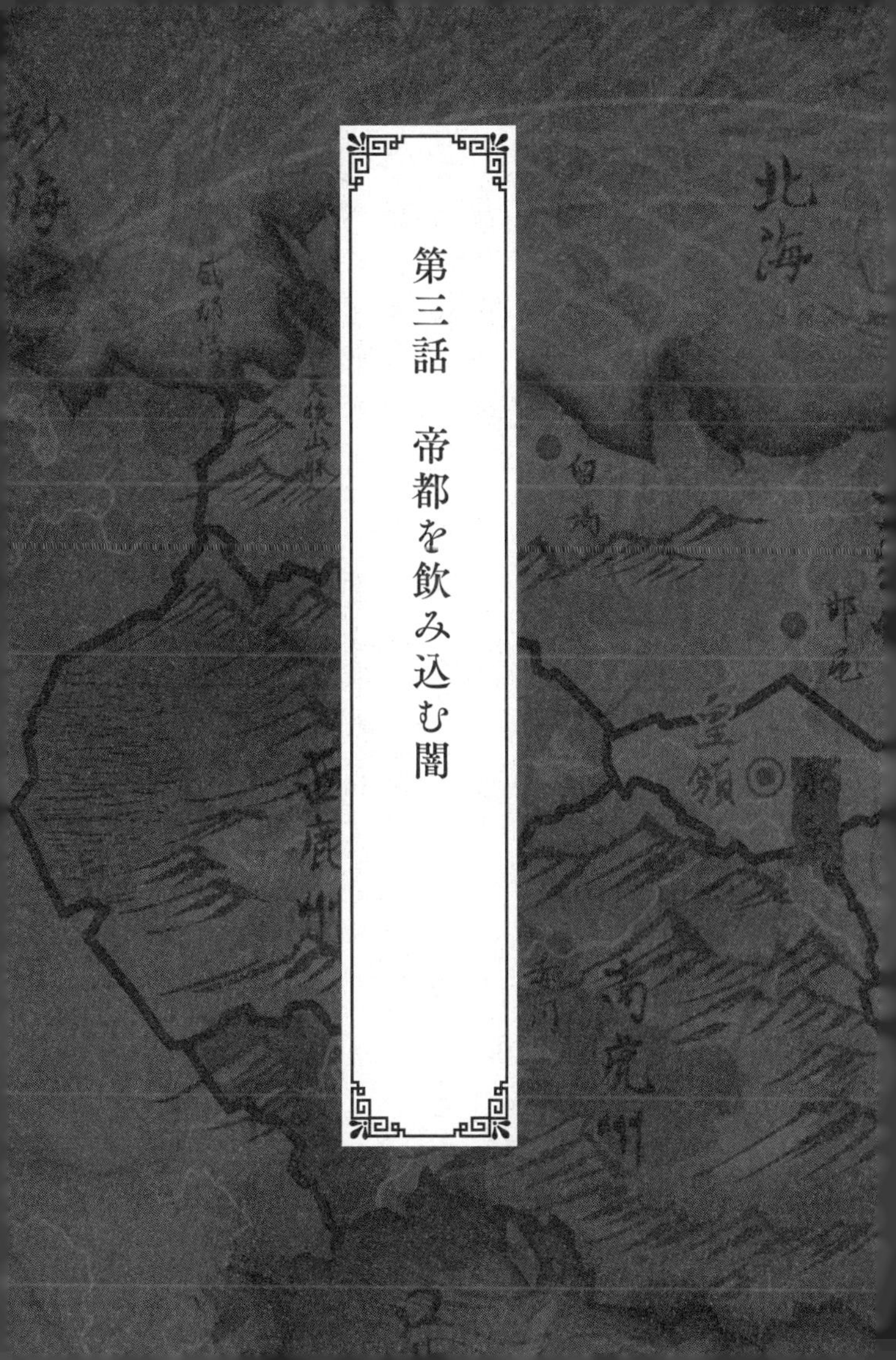

第三話　帝都を飲み込む闇

春の訪れとともに、竹林は黄色く色づき落葉する。

花も果樹もない竹寂園だが、樹々の色や鳥の声に、季節の移ろいを感じることはできた。時折、笹の葉を揺らしながら暖かい風が吹き込み、遠く鶯の鳴き声が響く。

けれど、そこを訪れた二人には、季節を楽しむ余裕はなかった。

庭園の中央にある石造りの亭子には、明羽《めいう》と李鷗《りおう》が並んで座っている。

明羽は戦の状況をより詳しく聞くため、李鷗は後宮や宮城内の噂を把握するため、それぞれ目論見があって訪れていた。

東鳳州での敗戦の報せが伝わってから三日が過ぎていた。

後宮内には不安が渦巻いている。新しい情報がなく、出口のない不安は次々とよからぬ妄想を生む。神凱国軍はすでに皇領にまで迫っているだとか、逃げ遅れて捕らえられた東鳳州の民は拷問を受け惨殺されているだとか、日に日に大きく膨らんでいた。

「黄金妃さまは、どのようなご様子だ？」

李鷗が、重い口を開く。

「景洛が攻め込まれたとの報せが届いてから、舎殿の門を閉めて喪に服されています。

派閥の妃嬪の方々の話では、心身ともに憔悴《しょうすい》され、床に臥せっておられるようです」

「さすがの星沙《シンシャ》さまでも、今回のことは応えただろう。親兄弟を一度に失くしたうえ、本家まで焼け落ちてしまったのだからな。どれほどの才女であったとしても、まだ十六歳の娘だ」

李鷗は、天藍石の瞳を曇らせる。

万《まん》家は華信国中に大店を持ち、それぞれの蔵に財をため込んでいる。全てを失ったわけではない。けれど、それでも大きな柱を失ったのだ。

「後宮内にも、緊張や不安から、体調を崩したり心を病んだりして、舎殿に引き籠る妃嬪の方々が日に日に増えています」

「そうだろうな。帝都の民も同じような状況だと聞く。先日のお祭り騒ぎが嘘のように静まり返っているようだ」

「戦況について、もう少し詳しく教えていただけませんか?」

「俺も今どうなっているかは把握できていない。二日前に届いた伝令の情報だけだ。これには機密も含まれる。教える代わりに、お前の持つ佩玉にも聞かせて、気づいたことがあれば伝えてくれ」

小さく頷くと、明羽はぎゅっと白眉《けくび》を握る。

『僕は真卿《しんけい》さまの傍にずっといただけで、頭脳まで受け継いだわけじゃないけどね。あんまり期待されても困るよ。まぁ、悪い気はしないけど』

頭の中に、まんざらでもなさそうな相棒の声が響く。

李鷗は、長袍の下から華信国の地図を取り出すと、石造りの卓に広げる。その上に、小石を拾って並べ始めた。

「東鳳州は巨大な入江があり、船団が着岸できそうな港が数多くある。軍務尚書・蘇栄《そえい》さまの軍と相伊《そうい》将軍の軍で分担し、神凱国軍がどこに現れても対処できるよう布陣していた」

李鷗は東鳳州の海岸線に、華信国軍に見立てた石を三つ並べる。

「神凱国は二箇所から侵攻を開始した。一つは、我々が想定していた港であった済南《さいなん》だ。上陸した軍勢の中には、皇帝・儀亥《ぎがい》の姿もあったらしい。つまり、これが神凱国の主戦力だったということだ。こちらは蘇栄さまが中心となって対処された」

東鳳州には大陸の裂け目のような広大な入江がある。その入江の存在が、巨大な港を育て、他国との交易により東鳳州を富ませた理由の一つだ。

だが、今回はその入江が侵攻の標的にされた。李鷗は拾い上げた石を神凱国の船団に見立てて、入江の中に置く。

「もう一箇所は想定外だった。東鳳州の北方、北狼州との州境近くの昆山《こんさん》と呼ばれる場所だ。この付近には港はないが遠浅の浜が広がっており、船団を止めて兵を下ろすことが可能だ。まさか、敵がこのような、華信国内の者にもあまり知られていない場所を把握しているとは思っていなかった」

東鳳州の北方の海岸に、石を追加する。

明羽は、東鳳州の地理には詳しくないが、馬であれば二日で縦断できるという。

「済南に集結した敵は三万、昆山は二万。しかし、ただの二万ではない。神凱国でも名を轟かせる猛将・武慶《ぶけい》が率いる軍勢だ。神凱国における烈舜《れつしゅん》のような将軍だと思えばいい」

『あんな化物が、この世にもう一人いるとは思えないけどね』

今まで黙って聞いていた白眉が、頭の中で軽口を叩く。明羽は当然のように無視した。

「昆山の二万には、相伊将軍の軍が、同じ二万の兵を率いて向かった。各個対処するのが、蘇栄さまの考えだったのだろう」

李鷗は、華信国軍の三つの石の内の一つを北に移動させる。

「だが、昆山より上陸した武慶軍は、相伊将軍に足止めされることなく、最短の二日で南下して済南に到着。蘇栄さまの軍は陸と海から挟撃される形になり、敗戦した」

李鷗は、昆山にある神凱国軍の石を相伊軍とすれ違うように南下させ、入江の防衛をしていた蘇栄の軍を挟み込むように移動する。

「東鳳州の入江は、陸から海へ向けて斜面になっている。上と下から挟まれれば極めて厳しい状況になるだろう」

「蘇栄さまは、相伊将軍を信頼して、挟撃を警戒していなかったわけですか」

「詳しいことはわからない。だが、伝令の話によると、南下してきた武慶軍は、まるで蘇栄さまの本陣がどこにあるか把握しているような動きだったということだ。真っ先に本陣が攻め込まれ、統率を失ったのだろうな」

「相伊将軍は、どうして足止めできなかったのですか？」

「それもわからない。東鳳州の北部は、岩山と森が入り組んだ複雑な地形だ。それを利用して上手く躱《かわ》されたのか、あるいは、衝突したが、半日とかからずに相伊将軍が敗北したのか」

相伊将軍の軍が、簡単に敗れ去るとは思えない。かといって、二万もの軍勢が気づかれないようにすれ違うとも考え難かった。

頭の中に聞こえた白眉の意見を、明羽はそのまま李鷗に向けて口にする。

「この動き、神凱国は、華信国の地理をかなり正確に把握しているようですね」

「それは、その佩玉の言葉か？」

明羽は頷いてから、白眉の言葉を続ける。

「華信国の正確な地図が、向こうに流れていると考えて間違いないでしょう」

「土地に詳しい者を捕らえ、案内につけただけという可能性もある。略奪を恐れて神凱国に寝返る者もいるだろう」

「武慶軍は最短の二日で東鳳州を縦断しています。昆山を上陸場所に選び、南下して挟撃する戦略は、事前に用意されていたとみるべきです。東鳳州のすべての地理を細かく把握していなければできないでしょう」

「すべては周到に用意されていたというわけか。初戦の南虎州への攻撃も、我が国が勝ちはしたが、上陸しやすい港町を的確に狙っていた」

「そもそも、なぜ神凱国はわざわざ冬の前にやってきて宣戦布告を行ったのか、気になっていたのです。華信国としては、海岸線の防備がなければ、南虎州の戦も簡単ではなかったでしょう」

「華信国内に内通者が生まれるよう、種を蒔くためだったと言いたいのだな」

李鷗は、明羽が握りしめている佩玉に視線を向けた。

「だが、その内通者は、どうやってそこまで広域で詳細な地図を入手したのだ。地図の管理は徹底されている、そう易々と手に入るものではない。大学士寮で保管されていた地図を皇太后さまが神凱国へ流そうとしたのは、水際で止めたはずだ」

「ここからは私の意見でございますが、一つ、よくない噂を聞きました」

明羽は、鶺鴒宮を訪れた時のことを思い出しながら口にする。

「春迎祭の日の夜に、黛花《たいか》公主さまが翡翠宮を訪れたのを見たという女官がいます。けれど、黛花さまにそのことを尋ねても、覚えがないとおっしゃるのです。いえ、あれは……なにかを隠されているご様子でした」

李鷗は不審そうに眉を寄せた。

急に、黛花公主の名前が出てきた意図が理解できない様子だった。

「黛花公主さまに、お目にかかったことはございますか？」

「遠くから拝謁したことがある程度だ。言葉を交わしたことはない」

「黛花さまは長身で、相伊将軍と背恰好もお顔立ちもよく似ています。春迎祭の夜に翡翠宮を訪れたのは、黛花さまの姿を借りた、相伊将軍であったのではないかと思うのです」

「玉蘭《ぎょくらん》さまが、翡翠宮に相伊将軍を招いたというのか？」

貴妃の舎殿に男を入れるなど、露見すれば不義密通を疑われ、後宮を追放になる大罪だ。事実ならば、それだけの危険を冒しても迎え入れる理由があったことになる。

明羽は以前に、相伊が玉蘭へ、異常なほどに強い思慕を抱いていることを伝えていた。玉蘭が、その感情を利用して謀を巡らそうとしている可能性は十分にあった。

「翡翠宮は、鳳凰宮を取り込みました。考えたくないことですが、皇太后さまが地図の写しを持っており、それを玉蘭さまが手に入れた可能性があります。そして、相伊将軍であれば、地図を密かに神凱国へ流すこともできたでしょう」

皇太后が地図を神凱国へ流そうとした時、百花輪の四貴妃が力を合わせて食い止めた。これが事実だとしたら、なんとも皮肉な話だった。

「相伊将軍が、武慶軍を素通りさせたのも狙い通りだったというのか。馬鹿な、いったいなんのために」

李鷗は、三品位の証である銀の腕輪を撫でながら呟く。

「……玉蘭さまを皇后にするため、か」

明羽も、同じ結論に辿り着いていた。

今回の敗戦で、百花皇妃に手をかけていた黄金妃は力を失い、百花輪の争いから大きく後退した。

それを狙って、神凱国軍に景洛を陥落させたのだとすれば、鬼畜の所業だ。だが、あり得ない話ではないように思えた。

「……もしかしたら、相伊将軍は地図を流すだけでなく、神凱国に軍略を渡していたのかもしれないな。昆山に神凱国軍を上陸させて南下するという我が軍の裏をかいた動きは、相伊将軍の考えた策であったのかもしれない」

「いくらなんでも、そこまでは」

「あくまで、可能性の話だ」

「そんなことをして、相伊将軍はなにを得られるというのです。神凱国の軍門に下り、華信国が滅んだ後に、属国の王にでもなるおつもりなのでしょうか？」

「あの誇り高い相伊将軍が、そのようなものを求めるとは思えない。推測をするにも、情報が足りなすぎるな」

明羽はそこで、灰麗《はいれい》が告げた予知を思い出す。

玉座に座る相伊将軍。後宮を我が物顔で歩く相伊と玉蘭。

あの美しく不気味な将軍が、いったいなにを企んでいるのかはわからない。だが、その先に、灰麗の視た予知が待ち構えているような胸騒ぎが広がる。

「黛花公主に、もう少し探りをいれてくれないか？　玉蘭さまと相伊将軍がどのような企みをしているのか知りたい。確証が得られれば、秩宗部を動かして、多少は強引な調査もできるだろう」

「わかりました。調べてみます」

明羽は応えながら、視線を卓上の地図に戻した。

「皇帝陛下の軍は、今はどこにいるのでしょう？」

東鳳州の蘇栄軍が敗れた以上、華信国の最大兵力は、南虎州に布陣された皇帝・兎閣《とかく》の軍だった。

「おそらくは東鳳州の奪還へ動かれているだろう。戦場にいる陛下の方が、戦局はよく見えているはずだ。戦について我々にできることなどない。我々がすべきは、これ以上、帝都や後宮で根拠のない噂が広まり人心が乱れるのを抑えることだ」

その時、騒々しい足音が近づいてきた。竹寂園の訪問者は少ない。明羽と李鷗がここで会っていることを知っている者も、数えるほどしかいないはずだった。

「李鷗さま、こちらにいらっしゃいましたか」

声をかけてきたのは、李鷗の部下である警護衛士《けいごえし》の一人だった。

緑袍に身を包んだ衛士は、亭子の側まで駆け寄ると片膝をついて報告する。

「帝都に迫る軍勢がいます」

「どこの軍だ？　陛下が戻って来られたのか？」

短い沈黙。それは、衛士が次の言葉を吐き出すため、心を落ち着けるのに必要な間だった。

「違います。漆黒の鎧《よろい》に、龍を貫く稲妻の旗――あれは、神凱国の軍勢です」

◆◇◆◇◆

帝都に神凱国の軍勢が迫る中、皇帝は東鳳州への行軍の途中にあった。

敗北の報せを聞いた皇帝は、直ちに軍を東鳳州へ向けることを決断した。南虎州の守りを項耀《こうよう》に任せ、最短で東へと向かったのだった。

三日間の強行軍により、神凱国軍が軍を展開している景洛まであと一日と迫ったところで軍勢は一度足を止めていた。

兎閤は一刻も早く東鳳州の都・景洛へ向かいたいところであったが、強行軍で兵たちの疲労も溜まっており、馬を休ませる必要もあった。さらに、行軍の途中で東鳳州の戦から敗走した兵たちが次々と合流したため、集まった情報を整理して、次の戦略を決める必要もあった。

「相伊の野郎、いったいどこでなにをしてやがる。蘇栄のおっさんは、あいつのせいで死んだようなもんだぜ」

烈舜が、苛立たしげに口にする。

休息中の軍の中央に天幕が広げられ、即席の軍議が開かれていた。

天幕の下に集まっているのは、兎閤と、烈舜を始めとする各軍の将軍たちだった。軍勢は皇家が統括する禁軍、南虎州、東鳳州、西鹿州の州軍の混成軍であるため、顔ぶれも恰好も、一つの軍とは思えないほど様々だった。

東鳳州の戦に参加した兵たちを吸収したことにより、神凱国の兵力や戦い方、軍務尚書・蘇栄の軍がいかにして敗れたかについても情報が集まっていた。

もっとも致命的なのは、相伊将軍が昆山に上陸した武慶軍を止めることができなかったこと、それが烈舜の結論だった。

「相伊が、上手く躱されたというわけではなさそうだな」

最奥に座る兎闍は、烈舜に感情の読めない視線を向ける。

「あいつが、敵に気づかず素通りさせるなんて失態をするわけがねぇ。半日と持たずに敗北するわけもねぇ。なにか、ふざけた理由があるに決まっています」

「……だが、さすが蘇栄だ。戦には敗れたが、ここまで多くの兵を撤退させていたとはな」

蘇栄は敗れつつも、兵の多くを離脱させていた。

神凱国軍は、現在、景洛の都を拠点に、周囲の村や都市に攻め入っている。狙いは兵站の確保であるが、民の多くは略奪のうえ惨殺され、家々は焼き払われていた。神凱国に攻め込まれた都市はいずれも地獄の様相を呈している。

敗走した兵たちは散り散りになりながらも、神凱国の侵攻が広がらないように周辺都市に入り守りについていた。彼らが踏みとどまっていなければ、もっと広い範囲で地獄が広がっていただろう。

皇帝の軍は、行軍の途中で、分断されながらも抵抗を続けていた兵を吸収し、軍勢は七万にまで膨らんでいた。

「皇帝陛下にご報告申し上げます」

天幕に、伝令が駆け込んでくる。

「先ほど合流した兵たちから、神凱国の新たな動きを入手しました」

「ふむ、話せ」

「そちらの地図を、失礼いたします」

伝令は歩み寄ると、地図上にある昆山を指し示す。

「景洛が落ちた日の夜、東鳳州の北側を西へ向かう軍勢を見たとのことです。その数は約一万。昆山に上陸した神凱国軍はすべて南下したわけではなく、一部は昆山の近くに潜み、時をおいて密かに西へ向かったものと思われます」

それから、地図上に示した点を西にすべらせ、今度は皇領と南虎州の境に広がる森林を示す。

「さらに三日前、別の軍が、こちらの森の中を軍勢が進んでいるような砂埃を見たとのことです。昆山を密かに立った一万の軍勢かと思われます」

「この動き……狙いは、帝都か」

帝都は、華信国の中央に位置する。

現在、戦場となり、神凱国が支配している景洛とは遠く離れていた。帝都の守りのために残した軍勢は少ないため、一万もの敵に迫られれば容易《たやす》く落とされるだろう。

だがそれは、定石ではあり得ない戦略だった。侵攻とは、面で支配地域を広げていくものだ。国の中心、いくら帝都といえども、遠く離れた一点を押さえたところで意味はない。

容易く敵軍に囲まれ、援軍も望めず、兵站もすぐに尽きる。

いや、意味があるとすれば。

皇帝・兎闍は、その思いつきに顔を顰めた。

端的に言うならば、嫌がらせ、だった。

一時的にでも帝都を支配し、民を虐殺し、後宮の貴妃たちを辱《はずかし》め、宮城に火をかける。それは、華信国中に恐怖を伝播《でんぱ》させ、士気の低下を招くだろう。

「砦《とりで》や町を迂回して目立たないように帝都を目指してやがる。やはり、奴らは華信国の地理をかなり正確に把握しているようだぜ。それに、こちらの軍の動きを読んでいる。情報を流しているやつがいる」

「まったく、頭の痛い問題だな。烈舜、今からその軍を追えるか？」

「今の情報だと、早ければ今日にも帝都に着くころです。ここから追跡軍を送っても帝都に着くまでには五日は掛かります」

「お前の第一騎兵なら何日で辿り着ける？」

第一騎兵は、不眠不休で州を跨《また》いだ都市から都市へ移動する走破訓練を行っており、通常の騎兵を遥かに超える速度で移動することができた。

かつて、明羽が來梨《らいり》の命で北狼州に向かった時も、驚くべき速さで帝都から北狼州までの道のりを踏破したのだ。

「俺たちだけならば、二日半といったところです。だが、相手は一万の大軍勢。第一騎兵だけで相手をするのはきついですね」

「第一騎兵の中でも足の速い者を厳選し、皇領南方の黄岳平原に向かわせろ。遊軍として待機している北狼州軍に帝都を救援にいくよう命じるのだ」

兎閣は、北狼州軍が野営している平原を指差す。その数は八千、現在、帝都の一番近くにいる軍であった。

「なるほど。それならば、北狼州軍が帝都へ着くまで、全てひっくるめて三日になりますか」

「先ほど通過した雲安《うんあん》の砦には、伝令鳩が残っていたな。帝都には、三日耐えろと伝えよう。絶対に降伏して城門を開けるな、助けは必ず来るとな」

華信国の砦や主要都市には、拠点同士で迅速《じんそく》な連絡を行うための伝令鳩を持っていた。伝令鳩であれば、騎兵が五日掛かる距離を半日で飛ぶ。

兎閣の指示に、異論を挟む者はいない。だが、皇帝自身を含め、その場にいる誰もが、極めて厳しい状況であることはわかっていた。

帝都には兵力は残っていない。宮城の警備のために残したわずかな禁軍がいるだけだ。その戦力差で、神凱国の軍勢から帝都を三日間守り抜くのは、よほどの天運が味方しなければ成し得ないことだった。

兎閣は目を瞑り、帝都の民の姿を、宮城に残る忠臣たちの姿を思い浮かべる。

そして、後宮に残してきた貴妃たちのことを想った。

◆◇◆◇◆

帝都へ迫る軍勢の報せを聞いた李鷗は、宮城の物見台に駆けあがった。

普段から机仕事ばかりで体を動かしていないのがたたり、息が上がり、体中から汗が噴き出してくる。

だが、そのようなことに構っている状況ではなかった。

長袍の裾で汗を拭い、壁際に歩み寄る。

物見台は、帝都の中でもっとも高い場所にある。その場所からは、帝都の周囲を見渡すことができた。

李鷗が着くとすでに、宰相・玄宗《げんそう》を始めとする重臣たちが集まっていた。

華信国帝都・永京《えいきょう》は、広大な草原の中央に、浮島のように造られた城塞都市だ。強固な城壁で囲まれているが、敵から攻められれば、それ以外の障害はないに等しい。

空は雲一つないほどの快晴であった。辺りの草原には銀器花が咲き誇り、新雪が降り積もっているような純白な塊を点在させている。

白い花弁に包まれた草原の先に、黒塗りの鎧の軍勢が広がっていた。

兵の数はおおよそ一万。帝都の東側に弧を描くように展開している。

多くの文官たちが実際に目にするのは初めてだが、黒塗りの鎧は、間違いなく神凱国のものだった。掲げる旗にも、神凱国軍であることを示す、龍を刺し貫く稲妻が描かれている。

「どういうことだ。なぜ神凱国軍が帝都まで迫っているのだ。我が軍はどうなったのだ。まさか、敗れたわけではあるまい」

李鷗が近づくと、宰相・玄宗は意見を求めるように呟く。

「東鳳州の戦の後、陛下が東鳳州へ向かう前に軍の一部を隠密に進めてきたのでしょう」

「いずれにしろ、狙いはこの帝都の陥落というわけだな」

「玄宗さま、敵に動きがあるようです」

李鷗は、敵軍の中央、本陣と思われるもっとも兵の配置が厚い部分を見つめる。

斥候と思われる数名の騎馬が放たれ、帝都に向かってきていた。

玄宗もすぐに気づき、低い声で呟く。

「……まずは、交渉というわけか。わしが出よう。李鷗、ついて参れ」

玄宗の声には、先ほどまでの迷いはなかった。

皇帝不在の帝都を任された宰相は、自らの使命を奮い立たせ、降りかかる脅威に立ち向かおうとしていた。


神凱国から放たれた騎馬は、想定通り交渉を要求した。

玄宗と李鷗は、国の代表として交渉に応じる構えを見せる。

帝都の東側の門を開き、禁軍の精兵十名を連れて外に出ると、神凱国の交渉役である騎兵が待機していた。

華信国側からは玄宗が前に歩み出ると、神凱国側からも代表者と思われる男が近づいて来る。

老人と呼んでも差し支えない高齢の男だった。身のこなしはしっかりしているが、ひどく痩せており戦う姿は想像できない。

深い皺の刻まれた顔に、蜥蜴《とかげ》を思わせるようなよく動く目。身に纏うのは黒地に襟首と袖のみを赤い布で飾った長袍だった。頭を覆うような丸い帽子を被り、左目には片眼鏡をつけている。

「初めまして。私は、神凱国軍の一角を任されています姜園《きようえん》と申します」

慇懃な口調ではあったが、薄っすらと浮《う》かべた笑みは、追い詰めた獲物をいたぶるようであった。

李鷗は、これまでに目を通していた神凱国の資料を、頭の中に広げる。

初冬に神凱国が莞門《かんもん》に現れ、宣戦布告を行った時、皇帝の背後に付き従っていた二人の将軍の一人だ。

神凱国の武将の中には、とりわけ名が轟いている二人の将軍がいた。天下無双の強さを持つといわれる武慶。それに対して、千里眼を持っているがごとき軍略の天才と呼ばれるのが姜園だった。

「華信国の宰相である玄宗だ。まずは、そちらの要求を聞こう」

玄宗の言葉に、姜園の口元が吊り上がる。

「なるほど。あなたが、玄宗さまでございますか。暗愚な先帝に歯向かい、半年もの間、地下牢に入れられていたとか。大変でございましたな。ああ、ええと、なんの話でしたか。そう、こちらの要求でしたな。話が早くて助かります」

先帝時代に玄宗が幽閉されていたなど、今回の侵攻には関わりない古い情報だ。華信国のことは調べ尽くしていると告げるかのようだった。

「私は、この戦の前に、貴国についていろいろ調べたのです。この国の民たちが注目し、熱狂している儀式が行われているのも聞き及んでいます」

李鷗は、神凱国将軍の薄笑いに嫌な予感を覚えた。

「私の要求は、たった一つです。百花輪の儀に残っている三人の貴妃をこちらへ差し出してください。それと引きかえに、我が軍は撤退します」

「百花輪の貴妃だと。これは、国同士の戦だ。後宮の女たちなど関わりのないことだ」

玄宗が声を上げるが、姜園はそれを嘲笑《あざわら》うように続けた。

「我が国の皇帝陛下は、ただの勝利ではなく、貴国にとってもっとも屈辱的な勝利を望んでおられます。そのためにはなにが必要か、私は頭を捻ったのです」

姜園は眼窩に食い込むように嵌められた片眼鏡に触れ、位置を微調整しながら続ける。

「百花輪の貴妃は、いずれも国を代表する美女と聞いています。国中が注目し、憧れを抱かれ、いずれ皇后になるはずだった貴妃たちを、我が陛下の妾とする。これほど、この国の民にとって口惜しいことはありますまい」

「そのようなこと、受け入れられるわけがない」

「受け入れないのであれば、攻め込むまでです。東鳳州の都市の惨状は聞いていますな。あれと同じことが、帝都で起きるだけのこと。我が軍は、半日でこの帝都を陥落させることができます」

姜園はさりげなく手を広げる。その仕草は、玄宗たちの視線を背後へと誘導した。白い銀器花が咲き誇る草原、さらにその向こうには、帝都を囲むように展開する漆黒の軍勢が広がっている。

「だが、それは我々の本意ではない。せっかくの百花輪の貴妃に自刃されでもしたら、もったいないからです。あなたたちは、三人の貴妃を差し出して帝都を守るか、我が軍に攻め込まれて滅ぶか、どちらかを選ぶしかないのです」

李鷗は、神凱国の将軍の発想に仕込まれた毒に、戦慄を覚えた。

百花輪の貴妃を貶めることは、華信国の民に衝撃を与える。猛将の死であれば、都市の陥落であれば、報復のために士気が上がることもあり得る。だが、国中が注目していた百花輪の貴妃を宮城が自ら差し出したとなれば、失望が勝るだろう。

「貴妃を差し出せば、軍を退くという保証はあるのか？」

玄宗が、呻《うめ》くように問いかける。

「そんなもの、あるわけがないでしょう。状況をよく見て質問をしていただきたい。我々は一万の軍で、この帝都を囲んでいるのですよ」

李鷗は話を聞きながら、物見台での自分の予想が正しかったことを確信する。

神凱国軍の本体はまだ東鳳州にあり、華信国軍と対峙している。姜園軍は単独で先行し、帝都を脅かしているに過ぎない。

ゆえに元より帝都を支配するつもりはなく、百花輪の貴妃の奪取か帝都の陥落、あるいはその両方の戦果を得て、華信国軍の援軍が到着する前に撤退するつもりなのだ。

……愚かしいが、屈辱を晴らし、華信国へ衝撃を与えるという一点のみで評価すれば、効果的な戦術だった。

「答えは、今日の夕刻まで待ちます。日が沈む前に答えをお聞かせいただきたい。貴妃を差し出すか否か」

姜園は告げると、話は終わりというように、背後に控える兵たちに撤退の指示を出す。

そして、自らも背を向ける直前、思い出したように告げる。

「ああ。そうです。偽者を用意しようとしても駄目ですよ。貴妃を見たことはありませんが、知識は蓄えています。私の日は、誤魔化せません。偽者だとわかった時には、すぐさま攻め込ませていただきます」

神凱国軍が去った後、玄宗は苛立たしげに「ふざけたことを」と呻く。

風が吹き、草原が波のように揺れる。点在する純白の花は、追い詰められた都市のことなど素知らぬ様子で風に乗り舞い上がっていた。


玄宗が宮城に戻ると、すぐさま朝議が開かれた。

皇帝不在の朝堂に三品以上の官吏が集められ、玄宗より交渉の内容が告げられる。神凱国の要求に対してどのように対抗するかは意見が割れた。

「貴妃を人質に差し出すなど言語道断、陛下が戻ってこられてからどう申し開きをするのだ」

「宮城が百花輪の貴妃を引き渡したとなれば、国全体の威信に、ひいては兵たちの士気に関わる。民からの反感も計り知れん」

「今は有事である。貴妃と引き換えに帝都が守られるのであれば、安いものではないか」

「やつらが要求通りに兵を退く保証はどこにもないのだぞ」


貴妃を差し出すなどあり得ないという意見が多数ではあったが、帝都を戦場とするのを受け入れることもできず、結論はまとまらなかった。

議論に変化が訪れたのは、それから数刻後だった。

戦場にいる皇帝・兎閣からの伝令鳩が、帝都に届いた。

文には、現在、皇帝が率いる華信国軍と東鳳州に上陸した神凱国軍主力との決戦が迫っていること。帝都に向かった一万は、単独で先行したものであり、決して華信国軍が敗北したわけではないこと。援軍は三日後に帝都に到着するため、それまでなんとかして時を稼ぎ、持ちこたえて欲しいことが記されていた。

「わずかな兵しかいないのに、三日持ちこたえよとは陛下も無理をおっしゃる」

そう口にしたのは、二品位である外務尚書《がいむしょうしょ》だった。

「……日にちを稼げばよいのであれば、貴妃さまを差し出す準備をしていると伝え、交渉により時間を引き延ばすことができないか」

「そのような交渉に応じる相手なものか。あの姜園が来ているのだぞ」

「奴らの逆鱗《げきりん》に触れれば、態度を変えて攻め込んでくるかもしれません。下手な策は逆効果となります」

玄宗が口にした提案は、すぐさま他の官吏たちの反論に晒される。

そこで、末席より、これまで沈黙を保っていた男の声が響く。

「皆さま、玉蘭さまよりお言葉を預かっております」

朝堂が、静まり返る。

声を上げたのは、後宮を管理する宦官の長である内侍尉《ないじい》・馬了《ばりょう》だった。

玄宗が、問い詰めるような声を発する。

「神凱国からの要求については、まだ貴妃さまの耳には入れないように命じたはずだ」

「玉蘭さまも独自の耳をお持ちということです。私が呼ばれて向かった時には、すでにご存じでした」

馬了が、翡翠宮に肩入れしていることは多くの者が知っていた。だが、今はそれを問い詰める時ではないと判断したのだろう。玄宗は「話せ」と先を促す。

馬了は朝堂の中央に歩み出ると、恭《うやうや》しく拱手をしてから話し出す。

「玉蘭さまは、こうおっしゃいました。まずは自分一人だけを差し出してください。そうすれば、残りの貴妃は翌日以降に引き渡すと交渉し、日を稼いでみせます」

「翡翠妃さま、たったお一人で敵陣に向かわれるというのか？」

「そのお覚悟はすでにされているようです。また、玉蘭さまは、こうもおっしゃいました。自分の二つ名には、それだけの価値がある。顔を見せさえすれば交渉はうまくいくはずだと」

玉蘭は、天女の生まれ変わり、絶世の美妃などの二つ名を持ち、その笑みは傾国《けいこく》と称され、百花輪の貴妃の中でも際立った美しさを持つことで知られていた。その噂も、姜園の耳に入っているだろう。

玉蘭は、類稀な美貌を見せることで価値を吊り上げ、交渉材料にすると言っているのだ。

自らの犠牲を厭わない玉蘭の言葉に、官吏たちの間に感嘆の声が満ちる。

貴妃が自ら提案したことならば、宮城が命じて貴妃を敵に差し出したよりも、華信国の民に受け入れられるだろう。

それから一刻ほど討議を続けた後、宰相・玄宗は結論を出した。

◆◇◆◇◆

後宮に、神凱国の要求が伝えられたのは夕刻に差し掛かってからだった。

神凱国軍が現れたことで、後宮内にはこれまでと比較にならない不安が広まっていた。今にも宮城内に敵軍が侵入し、後宮に押し寄せるかもしれない。帝都が攻め落とされれば逃げ場などない。敵軍によって陥落した後宮の貴妃たちがどのような悲惨な目にあってきたかは、歴史が教えていた。しかも相手は、華信国に積年の恨みを持つ神凱国である。

だが、続いて届いた報せは、恐怖に押し潰されそうになっていた妃嬪たちの心を奮い立たせた。

玉蘭が、神凱国に差し出される。

しかもそれは、神凱国が帝都への侵攻を止める交換条件として要求され、玉蘭が自ら申し出たことである。

その献身は、百花輪の儀において他の貴妃に後れを取り、落ち目と言われていた翡翠宮の地位を高めた。

報せを聞いた來梨は、すぐさま後宮と外廷を繋ぐ宣武門へと向かい、明羽もその後に続いた。

そこには、すでに他の妃嬪たちも集まっていた。

妃嬪たちは、後宮を出る玉蘭を囲み、今生の別れを惜しむように言葉を投げていた。

「玉蘭さま、どうか、どうかご無事で。すぐに陛下が助けにきてくれます」

「あなたこそ次の皇后に相応しい方です。きっと、戻ってきてくださいませ」

その中には、玉蘭の派閥に入っていない妃嬪たちの姿もある。

來梨が近づいてきたのに気づくと、妃嬪たちは道を空けた。

輪の中心にいた玉蘭は、美しく飾り立てられていた。

細やかな綾で花の紋様が織り込まれた長衣、その下に纏うのは流れるような絹の襦裙。

翡翠の輝きを集めて編み込んだような緑色の披帛《ひはく》。手にはいつも身に着けている翡翠の指輪はなく、代わりに細やかな翡翠の玉が埋め込まれた銀の腕輪がある。頭には七宝の簪《かんざし》と共に、大振りの翡翠の髪飾りが煌めいていた。

その姿は、天女の生まれ変わり、絶世の美妃、数ある二つ名が物足りなく思えるほどに美しかった。本来の佳麗さに加え、自ら死地へと向かおうとする心が、さらなる衣となってその身を飾り立てているようだった。

背後には、今にも崩れ落ちそうなのを必死に堪えている侍女・香芹《こうきん》と、宦官の長である馬了が立っている。

「これは、來梨さま。あなたまで、見送りに来てくださったのですね」

翡翠妃は、清らかな笑みを浮かべる。

「玉蘭さま、お話はうかがいました。どうしてなのですか？　どうして、このような大事なことを、お一人で決めてしまわれたのですか？」

來梨の声には、過酷な命運を一人に背負わせてしまったことへの罪悪感と、その決断が、自らの手の触れられないところで為されたことへの悔しさが滲んでいた。

「誰かが行かねばならないのです」

「ですが、それはあなたでなくともよかった」

「私が三人の貴妃の中で、もっとも早く耳にした。それだけのことです。あなたが早く耳にしたなら、あなたはすぐに手を挙げていたでしょうから」

「お言葉ですが、玉蘭さま。敵国は、我が国のことを調べ尽くしているといいます」

背後から、馬了が口を挟む。

「これから神凱国軍の侵攻の時間を引き延ばすための交渉を行います。交渉をうまく運ぶには、百花輪の貴妃の中でも最も美しいと知れわたっている、玉蘭さまが向かわれるより他に手はありません」

馬了の言葉に、普段は不気味な宦官を毛嫌いしている妃嬪たちも頷いた。

「來梨さま、これは些細な違いです。まず私が行き、一日を稼ぐ。そして、翌日はあなたが行き一日を稼ぐ。どちらが先か後かの違いだけなのです」

來梨はぎゅっと長衣を握り締め、覚悟を決めたように口を開く。

「わかりました。玉蘭さま、あなたのご無事を、心からお祈りいたします」

「ありがとうございます。黄金妃さまは、生家を失った悲しみに暮れて立ち上がれないでいる。私がいないあいだ、後宮をよろしく頼みます」

黄金妃は景洛の都が陥落して以来、未だ舎殿に閉じこもったままだ。神凱国の侵攻は、後宮のすべてを変えてしまった。

明羽は、玉蘭と芙蓉宮のこれまでの数々の諍いを思い出す。

初めて出会ったのは、孔雀宮の侍女に騙されて、各宮へ挨拶回りをした時だった。他の貴妃が嘲笑う中、玉蘭だけが優しく諭してくれた。明羽は、このように美しく清廉な貴妃がいるのだと衝撃を受けた。

後に開かれた親睦の宴にて、侍女の一人・風音《フオンイン》が、孔雀妃を傷つけた罪で処刑が決まった時は、その強さを垣間見た。西鹿州の民のために百花皇妃を目指すという志を目にし、來梨と比較して絶望感さえ覚えたほどだった。

百花輪の儀が進むにつれ、玉蘭には、自らの手を汚さず、人心掌握の力で周りの人間を動かす恐ろしい一面があることも知った。

自らに想いを寄せる相伊将軍を動かし、孔雀妃を罠に嵌めて自害に追い込んだ。百花輪の貴妃が同盟を結んで皇太后の企みを阻止した裏で、宦官の長である馬了を通じて鳳凰宮を乗っ取った。灰麗と來梨の回演來の裏側では、若い官吏たちを犯人に仕立て上げ、白面連を使って貴妃を暗殺しようとした。

もっとも、警戒すべき貴妃だった。

今回の神凱国へ一人差し出されることを志願したのにも、裏があると考えてしまう。神凱国の要求を、後宮の他の貴妃たちよりも先に知っていたのは、馬了が情報を流したからだろう。だが、それにしても決断が早すぎる。

もし玉蘭が人質となることで帝都が守られ、その後、無事に後宮に戻ることができれば、帝都の民からも宮城の貴族たちからも絶大な支持を集めるだろう。けれど、あまりに危険な賭けだ。

もしかしたら、すでに神凱国との間に密約があるのではないか。虜になっても殺されないという保証があるのではないか。そんな推測さえしてしまう。

次の瞬間、明羽の思考は止まった。

玉蘭の手が、震えていた。

——保証などない。命を賭けて、この場に立っている。

玉蘭は、帝都を救うために恐怖を押し殺して微笑んでいる。逃げ出したいのを堪えて毅然と立つその姿は、誰よりも後宮を統べる皇后に相応しく見えた。

自らを犠牲にして死地へ赴こうとしている貴妃へ疑いを向けるのは、なんと浅ましい行為であったか。

明羽の胸に、ついさっきまでの自分への嫌悪感が湧き上がってくる。

「それでは、いってまいります」

玉蘭が背を向けて後宮を出る。

來梨は、去り行く貴妃に向けて拱手をする。明羽も、それに倣った。

妃嬪たちが遠ざかる背中を見つめながら、次々と泣き崩れていく。悲鳴に近い泣き声に包まれながら、明羽は、翡翠妃の無事を祈った。

◆◇◆◇◆

玉蘭を乗せた馬車は、静かに帝都の東門通りを進んでいた。

馬車の周りを、騎乗した十人の禁軍精鋭が囲んでいる。

神凱国の要求は、帝都の民にも伏せられていた。だが、帝都の外へと進む豪奢な馬車を見て、なにかを察する民もいるのだろう。路肩で両膝をついて祈りを捧げる者や、地面に頭を擦りつける者もいた。

馬車の中には、玉蘭と二人の官吏が向かい合って座っていた。

宰相・玄宗と、その補佐を任じられた李鷗であった。

馬車の中は沈黙に満ちていたが、東門が近づくと、玄宗が重々しく口を開いた。

「宮城の官吏のすべてが、このたびの玉蘭さまの決断には感謝しております。陛下にこの帝都を任された者として、貴妃さまを差し出すのは痛恨にございます。どうか、無力な我々をご容赦《ようしゃ》ください」

「百官の長であるあなたが、私などに謝らないでください。帝都の民を守りたい気持ちは、私も玄宗さまも同じ。私たちは同志にございます。私が稼ぐ時を、どうか有効につかってください」

「この玄宗、玉蘭さまの覚悟は忘れません」

李鷗はその様子を見ながら、未だ玉蘭への疑いを捨てきれずにいた。

それは、明羽が玉蘭に抱いていたものと同じだった。

だが、李鷗も、毅然として微笑む玉蘭の指が、微かに震えているのに気づく。

ちょうど、帝都の東門を潜るところだった。

翡翠妃は、窓の外から差し込む夕日を切なげに眺めていた。

李鷗は女が苦手であったが、その横顔を、心から美しいと感じた。

帝都を出た馬車は、銀器花に彩られた草原を駆ける。傾きかかった夕日が、銀器の花を橙色に染める。その先には、漆黒の軍が天幕を並べている。

近づいて来る馬車を目にした神凱国の軍勢からも、今朝と同じように騎兵の一団が向かってくる。一団の中には、漆黒の鎧の兵士たちに囲まれた、姜園の姿もあった。

敵対する二国の騎兵は、帝都と神凱国軍の真ん中辺りを交渉の場と定める。

馬から降りた姜園は、蜥蜴のように目を動かしながら口を開いた。

「よく来てくれました。さぁ、百花輪の貴妃をこちらに渡していただきましょう」

馬車より降りた玄宗は、神妙な表情で答える。

「百花輪の貴妃をお連れした。これで、軍を退いてもらおう」

続いて、馬車より玉蘭が降りる。

先に降りた玄宗と李鷗の背後に隠れ、顔を伏せるようにして後に続いた。

「……これは、どういうことですかな？」

姜園は目ざとく馬車の中に視線を向け、他に誰も乗っていないことを確認する。それと同時に、薄く浮かんでいた笑みが消えた。

「百花輪の儀の貴妃を全員連れてくるのが、撤退の条件だと言ったはずです」

玄宗は、馬車の中とは別人のように、堂々とした口調で答えた。

「今日、引き渡すことができるのは一人だけだ」

「ふざけないでいただきたい。私は、全員と言ったはずです。それが我が陛下の命であり、貴国への要求です」

「玄宗さま、あとは私がお話ししましょう。他の二人の貴妃は、本日は体調を崩されており、後宮を出ることが叶いませんでした。なので、今日は私一人で参りました」

琴の調べのように美しい声。玉蘭が、二人の官吏の前に歩み出る。

「そのような言い訳、誰が信じるのです」

「私は、百花輪の貴妃の中でもっとも美しい貴妃と称されています。私の美貌には、それだけの価値があります」

後宮内では、玉蘭は決して、自らのことを美しいとは口にしなかった。

だが、今だけは、その言葉がもっとも効果的に響くことを知っている。

姜園の前に立つと、伏せていた顔を上げる。

草原に差し込む夕日が、玉蘭の顔を橙に染める。

姜園は、吐き出そうとしていた言葉をすべて忘れ、ここが交渉の場であることさえ忘れたように、呆然と敵国の貴妃を見つめた。

長い沈黙の後、姜園は、震える声で呟いた。

「…………美しい」

口元から、硬直していた間に溜まった涎が垂れる。

我に返った姜園は手の甲で口元を拭うと、興奮したような声で続けた。

「そうか……あなたが、陶《とう》玉蘭か。まさに噂通り、いや、噂以上だ。この美しさは、真偽を確かめる必要もなさそうですな」

玉蘭は、自らの価値が伝わったことを見て取ると、そっと手に隠し持っていた細長い道具を見えるように持ち上げる。

それは、女官たちが裁縫を行う時に使う錐《きり》、目打ちであった。

朱色の持ち手に、鋭い釘状の切っ先がついている。武器として使えるものではないが、切っ先を突き刺せば相手を傷つけることくらいはできる。

姜園の周りにいた神凱国の兵士たちは咄嗟に身構えるが、玉蘭は、その切っ先を自らの喉に向けた。

「もし軍を退かなければ、私はこの場で自刃します。それは、あなたも望んでいないことでしょう」

裁縫用の錐であっても、喉を突けば死に至らしめることはできる。

玉蘭は、美しさを認めさせたうえで、自らを人質に取ったのだった。

姜園が動揺を浮かべたのは、ほんの一瞬だった。視線を素早く左右に走らせる。

すでに神凱国の多くの兵士が、玉蘭の美しさを目の当たりにした。美妃が傷つくようなことがあれば、その噂はたちまち姜園の落ち度として広がるだろう。

「……確かに、これほどの美妃をむざむざ目の前で失ったとなると、陛下は激怒するでしょうな」

「ならば、私を連れて、この地より軍を退いてください」

「あなたの美貌を失うのは惜しい。ぜひとも我が陛下の前にお連れしたい。だが――流石に貴方一人だけでは、帝都目前にまで迫った我が軍が撤退するには足りない」

　姜園はそう言うと、視線を玄宗に戻す。

「玉蘭さまの美しさと勇気に敬意を示して、もう一日、猶予《ゆうよ》を差し上げます。明日の朝までに、残りの貴妃を差し出してください」

「それは、受け入れかねる。先ほど玉蘭さまが、他の貴妃さまたちは体調がすぐれないと言った通りだ」

「見え透いた嘘は不快なだけですよ。あなたたちの狙いは、時間稼ぎでしょう。我が軍の動きに気づいた貴国の軍は、急いでこの場に援軍を送る算段をしているはずです」

　姜園は、粘つくような笑みを浮かべると、左目の片眼鏡に触れて位置を調整する。

「これは、賭けです。私はあと一日、猶予を与える。それまでに貴国の軍勢がこの場所に辿り着けば、あなたの勝ちだ。正々堂々と戦をしましょう。辿り着かなければ、あなた方の負け。他の貴妃を差し出してください」

　李鷗は、目の前の痩せた老人が、神凱国の二大将軍などと呼ばれている理由を悟った。

　姜園は、華信国の動きを把握し、あと一日では華信国の援軍が帝都まで届かないことまでも読み切っている。

次の瞬間、姜園は、玉蘭に向けて素早く手を伸ばした。

左手で玉蘭が自ら喉に向けていた錐を摑むと、右手の甲で玉蘭の頰を叩く。

草原に渇いた音が響く。

玉蘭は、叩かれた衝撃で膝をついていた。握っていた錐も手放している。

姜園は、錐を手元に引き寄せると、嘲《あざけ》るように見下ろした。

「これで、自刃はもうできませんな」

姜園の左手には、取り上げる時に切っ先が刺さったのだろう、血が滴っていた。だが、痛みなどまるで感じていないようだった。

「貴様っ、貴妃さまに手をあげるなど、なんということをっ」

「貴妃を敵国に差し出した男が、血迷ったことをほざくな」

夕日が沈み、辺りに薄闇が広がる。虜となった貴妃の顔にも、翳《かげ》が広がっていった。

「安心してください。これ以上、手荒な真似はいたしません。あなたを陛下に差し出すまでは、傷一つつけるわけにはいきませんから」

姜園は、玉蘭と視線を合わせるように片膝をつく。

「但し、陛下があなたのことをご不要になったら、私が貰い受けます。ああ、そうだ。陛下はきっと、この戦に勝利した暁には、私に褒美をとらせるというでしょう。そのときは、あなたを所望しましょう。たっぷりと可愛がってあげますよ」

玄宗が非難の声を上げようとするが、神凱国の兵士が、剣を鳴らして警戒する。無言のやり取りが交わされる中、姜園の声が響く。

「あぁ。そうだ、もう一つ」

姜園は懐から手巾を取り出すと、舌を噛めないように玉蘭の口に巻き付ける。

猿轡《さるぐつわ》をされた貴妃の姿を見て、姜園は嗜虐《しぎゃく》的な表情を浮かべた。

「美しいあなたに、自死などぜったいに、させませんよ」

それから、気づいたように玄宗を振り向く。

怒りが滲む玄宗の表情など気にも留めず、呆れたように告げた。

「まだいたのですか。早く戻って、後宮に籠っている残りの貴妃を、引きずり出してきてください」

神凱国軍は、玉蘭を馬車に押し込むと、ゆっくりと去っていく。

草原の向こうに日が沈み、薄闇が夜へと変わる。

満月が浮かぶはずだが、空には雲が広がり月は見えなかった。

◆◇◆◇◆

戻ってきた玄宗の報せを聞いた宮城の官吏たちは憤慨した。

同時に、それは自分たちの決断が招いた結果であることを誰もが理解していた。貴妃を引き渡すと決めたのは百官の階段の頂きにいる三品以上の文官たちなのだ。揃って玉蘭からの提案に飛びつき、我が身可愛さに怪物の群れの中に放り投げた。

だが、その日の夜には、翌朝、次の貴妃を神凱国へ引き渡すことを決定した。姜園の態度は許されないものであったが、交渉自体は、玉蘭の描いた通りに進んだのだ。

すでに、百花輪の貴妃の一人を引き渡した。最早、引き返すことはできない。

もしかしたら、皇帝からの連絡よりも早く、援軍がやってくることもあり得る。

夜闇の中でもがくようにして手を伸ばしたそれは、姜園が口にした賭けだった。敵国の将軍の甘言に、宮城の官吏たちは知らず知らずのうちにのせられていた。

夜になり、芙蓉宮に馬丁が訪れ、翌日、來梨を神凱国へ引き渡すことを告げた。

來梨はそれを、躊躇うことなく受け入れた。

玉蘭が、帝都への侵攻を引き延ばすために自ら進んで神凱国へ引き渡されたことは、いつの間にか帝都にも広がった。

人々は、自分たちが生きながらえているのは玉蘭のお陰であることを知り、誰もがその献身に感謝した。

商人たちは、店の前に緑色の手巾を掲げて翡翠宮を称えた。それは瞬く間に広がり、帝都の家々や廟の前には緑の手巾が並んだ。手巾のない者は、陶器でも服でも、とにかく翡翠の色である緑の物を並べた。

闇に包まれた帝都は、縋《すが》るように翡翠宮への祈りに包まれたのだった。


來梨が寝入ったのを確認した後、明羽は一人、眠ることができずに外に出た。

自然と足が向いたのは、後宮にきてからずっとお気に入りの場所としてきた竹寂園であった。

空の隙間から皓々《こうこう》とした満月が顔を覗かせ、月明かりが夜道を照らす。灯りを持たなくとも、十分に道が見えるほどだった。

……なんなのだ、これは。

歩きながら、拳を握り締めた。

後宮にきてから、ずっと、百花輪の儀を生き残るために必死だった。他の貴妃の奸計に取り込まれないように戦い続け、一人でも多くの後ろ盾を得るために命懸けで駆け回ってきた。

それなのに——すべてが、わずか数日で変わってしまった。

黄金妃は、すでに百花皇妃の座に手を掛けていたというのに、戦禍にて力を失った。

翡翠妃は、敵国の虜となり、明日の朝には來梨も同じく差し出される。

後宮にきてから競い続け、積み上げてきたもの。

戦は、あっという間に、理不尽に、すべてを奪い去ってしまう。

竹藪に囲まれた小径を抜けると、見慣れた石畳の広場が見えてくる。

叫びたかった。なんなのだ、これは。こんなことがあっていいわけがない。

誰かに、話を聞いて欲しかった。相棒の白眉に、あるいは——。

佩玉を握り締めようとした手が、止まる。

明羽は、石畳の広場に立つ人影を見つけた。

「……李鷗、さま」

名前を呼ばれ、驚いた様子で李鷗が振り向く。

その顔を見た途端、明羽は駆け出していた。

どうして夜更けにこんな場所にいるのかも、相手が本来なら話しかけることも許されない高位であることも、今はどうでもよかった。

李鷗に、抱きつく。

白梅の香りに包まれる。

躊躇いがちに、李鷗の手がそっと背に回される。

抱きつくと、明羽の顔は、李鷗の胸辺りにちょうど埋まるようになる。

明羽は、叫んだ。涙は出ない。悲しいわけではないのだ。

ただ、悔しい。大切にしていたものたちが、たくさんの人々の想いが、どうしようもない力によって理不尽に踏み荒らされていくのが悔しかった。

最初は、絞り出すようだった叫びは、次第に大きくなる。李鷗の香りと温もりが、心をそっと解《ほぐ》してくれる。

風が吹き、笹の葉が揺れ、波のような音を立てる。

しばらくして、明羽はやっと心を落ち着けることができた。

体を離し、改めて、三品位と侍女であることを思い出して拱手をする。

「申し訳ありません、ここ数日の出来事が、あまりに辛くて」

「当然だ。宮城の高官たちでさえ常心を乱している。この国の誰もが、不安に苛まれているのだ」

月光に照らされた天藍石の瞳は、明羽と同じく、この世の理不尽に憤っているようだった。

李鷗の言葉に、明羽は、自らの主のことを思い出す。

「……來梨さまは、あまり動じていないご様子でした。いつの間に、あれほど強くなられたのでしょう」

馬了から、明日の朝に神凱国に引き渡すことを告げられても、表情一つ変えなかった。

わかりました、それが、民のためになるのでしたら。

來梨はそう答えた。それから、いつものように夕餉《ゆうげ》を食べて寝室に入った。明羽がどんな言葉をかけても「きっと陛下が助けに来てくださるわ」と笑うだけだった。

「百花輪の儀が、貴妃を成長させたのだろうな。忌まわしい儀式と思っていたが、そういう側面もあるのだ」

李鷗の言葉に、明羽は強く頷いた。

玉蘭の態度が、來梨を奮い立たせたのは間違いない。けれど、後宮に来たばかりの來梨であれば、泣き叫んで逃げ出していたはずだ。現実から目を逸らし、考えるのを放棄して舎殿に引き籠っていたかもしれない。

「お前には、後宮を出る時の玉蘭さまはどう見えた？」

「凜としておいででした。この国のために、自らを犠牲にして敵軍に向かうなど、とてもできることではありません。正直に申しまして、これまでの百花輪の儀で、玉蘭さまには色々と思うところがございましたが――やはり、この国の皇后にならんとする方なのだと痛感しました」

「その佩玉も、同じ意見か？」

明羽は、そっと白眉を握る。

『そうだね。紛れもなく、皇后の器に見えたよ』

頭に聞こえてきた相棒の言葉に、明羽は小さく頷いて答える。

「俺も、同じ印象だった。だが、神凱国の侵攻に、玉蘭さまが関わっているのではないかと疑ってもいる。先日、相伊将軍から神凱国に地図が流れた可能性を口にしたな。帝都へ神凱国軍が易々と侵攻してきたのも、不自然に思えてならない」

「後宮を出る時、玉蘭さまはいつもと同じく笑っておられましたが、手は恐怖に震えていました。あれは、偽りには思えませんでした」

「神凱国の将軍の態度も、神凱国と玉蘭さまが通じていたとは考え難いものだった。だが——なにか引っかかる」

「さすがに、考えすぎではないでしょうか」

「今の帝都の状況が、どうなっているか知っているか？」

明羽は頷く。多くの民たちは玉蘭に感謝し、祈りを捧げている。もし無事に戻ってくることができれば、誰もが玉蘭を皇后にと口にするだろう。

「今回の玉蘭さまの献身を考えれば、無理もないことかと思います。ついこのあいだ、南虎州の戦勝が伝わった時は、黄金妃さまこそが百花皇妃に相応しいとお祭り騒ぎをしていたのに、寂しいものです」

「人心とはそういうものだ」

李鷗はそう呟いてから、左腕に嵌めた銀の腕輪に触れる。

「あの方はそうなることを見越して、賭けをしたのかもしれない。この戦を利用して、百花皇妃の座を手に入れることが真の狙いなのではないか。神凱国の虜になったとしても、必ず助けが来るという確証があれば、それは十分に賭けるに値する」

「まさか、そんな」

驚きを口にしながらも、明羽の頭の冷静な部分が考える。

神凱国に向かうことが賭けであるならば、恐怖で手が震えていたことも頷ける。

「もし、俺の予想が当たっているならば……明日のうちには、なにかが起きるはずだ。あらゆる可能性を、考え続けねばならない」

天藍石の瞳が月の光を弾き、曇りのない輝きを見せる。

「李鷗さまは、強いのですね」

「俺は、この強さを、君から教わったと思っていたのだがな」

李鷗はやや照れたように顔を逸らした。

普段の皮肉っぽい様子からは考えられない態度に、明羽は思わず微笑んだ。

「共に、進みましょう。どのように、辛いことがあっても」

明羽は、この状況下で、笑えたことに驚く。目の前では、李鷗も笑っていた。

月にかかった雲が、李鷗の表情に微かな翳を作る。

戦によってすべてが変わってしまった。けれど、すべてを奪われたわけではない。

明羽は、この手の中にあるものを握り締め、足掻き続けようと改めて誓った。

翌朝、帝都を囲む神凱国の軍に、三人の騎兵が合流した。

帝都からの監視に見つからないように闇に紛れてやってきた騎兵を、将軍である姜園は自ら出迎えた。

騎兵は、黒塗りの鎧に身を固めていたが、神凱国の兵士ではなかった。

騎馬から降りた兵士たちは、周囲を囲む神凱国の兵士たちに指示されるまま、身に着けていた剣を手渡す。武器をすべて手放したところで、姜園が近づいてきた。

「初めてお会いする、相伊将軍」

蜥蜴のような目で、訪問者を上から下まで嘗め回すように見つめる。

三人の兵のうち、先頭に立っていた男が兜《かぶと》を脱ぐ。その下から露《あらわ》になったのは、将軍麗人の呼び名に相応しい美貌だった。

「出迎え痛み入ります。相伊でございます」

相伊と二人の従者は、片膝をついて拱手をする。

「なるほど、噂通りの美形の将軍ですな。あなたから受け取った地図は、実に正確だった。あなたのおかげで、この戦は、すべて我が国の思い通りに進んでいます。さぁ、こちらへ。歩きながら話しましょう」

姜園は、敵国の将軍を立たせると、天幕へ案内しながら話を続ける。

「神凱国皇帝である儀亥さまは、華信の民の中でも、あなたは特別だと考えられている。この度の武功に対して、陛下はこの華信国の一部を分割し、褒賞とするでしょう。あなたも晴れて神凱国の郡主となるわけです」

「ありがとうございます。陛下にお目通りするのが楽しみです」

相伊は、自国を裏切る算段をしているとはとても思えない、爽やかな笑みで応じる。

そこで、姜園は大きな咳をする。咳を受け止めた手にわずかな血が滲んでいることを、相伊は見逃さなかった。

「……おや、体調がすぐれないのですか?」

「ええ、質の悪い風邪が流行《はや》っておりましてな。この土地は、我が国より少し寒いですからな。まぁ、大したことではありませんが」

「ところで、玉蘭さまは、どこにいらっしゃるのですか?」

「そういえば、あなたもあの方にご執心でしたな。では、先にそちらの天幕にお連れしましょう」

姜園はそう言うと、進む方向を変えた。

向かった先には、槍を持った見張りの兵に囲まれた天幕があった。相伊は、従者に外で待つように指示をする。見張りの兵士が天幕を開き、二人の将軍は中に入る。

天幕の中には、翡翠妃・玉蘭が囚われていた。

椅子に座らされ、口には布を巻きつけられている。長時間、口を開けたままにしているせいで、貴妃の口から垂れた涎が顎を伝い、膝に染みを作っていた。

背後には、三人の帯剣した兵士が立ち、貴妃の様子を見張っている。

玉蘭の瑠璃の輝きを宿す瞳が、驚いたように相伊を見る。

相伊は、片膝をついて玉蘭に視線を合わせた。それから、うっとりとした声で呟く。

「あぁ、玉蘭さま。囚われのあなたも美しい」

貴妃の顎から垂れた涎をそっと指先で掬ってから、さりげない仕草で自らの唇に触れさせる。

「頬は、どうされたのですか?」

相伊はすぐに、玉蘭の右頬が腫れているのに気づいた。

「自刃しようとされたので、刃を奪うために少し手荒な真似をしました。約束通り、それ以上の怪我はさせておりません」

「そう、ですか」

次の瞬間だった。

周りの兵士たちが誰一人として反応できない速さで、相伊の両手が、姜園の顔に伸びた。頭と顎を押さえつけ、顔を捻る。

骨の折れる音がささやかに響き、首をあり得ない方向に曲げた姜園が、その場に崩れ落ちた。

一拍遅れて、周囲の神凱国の兵士たちが剣を抜いて襲い掛かってくる。

相伊は武器を、すべて手放している。だが、将軍麗人の前では、些細な問題だった。

右から斬りかかってきた兵士の手首を摑むと、それを思い切り左に反らせる。

切っ先が、背後から襲い掛かってきた別の兵士の右目に突き刺さった。動揺し、剣を握る力が弱まったのを見逃さず、手首を捻り上げて剣を奪う。

剣を手にした瞬間に、勝敗は決していた。

相伊にとって、剣は体の一部だった。剣を握り直しながら、舞うように体を一回転させる。それが終わった時には、周りにいた兵士たちは、全員が首を斬られて死んでいた。

さらに驚くべきことに、兵士たちを斬った返り血は、一滴も玉蘭には飛んでいなかった。

兵士たちが全員動かなくなったのを確認すると、相伊は、剣を勢いよく振り上げ、姜園の体に突き刺した。

「玉蘭さまに、その汚らわしい手で触れたのかっ。痴れ者めっ、この屑めっ、この私でさえ、玉蘭さまの頬に触れたことさえないのにっ」

剣を抜いては、場所を変えて何度も突き刺す。

「相伊さま、もう死んでおります」

背後から声がかかる。

玉蘭は、自らの口に回されていた手巾を外して立ち上がっていた。

「申し訳ありません。取り乱してしまいました」

相伊は最後にもう一度、姜園に剣を突き刺すと、興味がなくなったように翡翠妃を振り向く。

「お迎えが遅くなりました。どうやら、賭けは私たちの勝ちのようですね」

玉蘭は立ち上がり、周囲に転がる死体に動揺一つ浮かべず答える。

「賭けなど知りません。私はこの帝都を守るために自ら神凱国に差し出されただけです」

「ああ、そうでしたね」

「けれど、相伊さま。よく助けに来てくださいました」

「そろそろ、我が軍が突入してくるころです。外に出ましょうか」

その言葉に合わせたかのように、天幕の外から、雷鳴のような轟音が響いてきた。

相伊は、天幕を堂々と開いて外に出る。

天幕の外にいた見張りの兵士は、すでに相伊の従者たちによって倒されていた。従者の一人が、無言で剣を差し出す。

天幕の外は、戦場になっていた。

草原に展開する神凱国軍を、東鳳州から密かに戻った相伊軍が強襲したのだった。

明け方の奇襲に、神凱国軍はまるで対応できていなかった。しかも、先行して突撃してきたのは、相伊が自ら鍛え上げた青龍軍だ。青龍軍は、華信国軍の中で、烈舜の第一騎兵にも並ぶと呼ばれる強兵の集まりだった。

「お前たち二人は、玉蘭さまを守れ。傷一つでもつけたらその首を刎《は》ねる」

相伊は、受け取った剣の具合を確かめるように振り回しながら命じる。

従者たちは、無言で剣を胸に当ててそれに答えた。

すぐに、攻め入ってきた友軍の騎馬隊が相伊に近づいてくる。相伊は、用意された騎馬に跳び乗ると、戦場にそぐわない美しい笑みを浮かべた。

「さぁ、楽しい戦の始まりだな」

相伊将軍が加わった青龍軍はさらに勢いを増し、瞬く間に神凱国軍を削り取っていく。

そして、朝日が完全に昇り切るころには、帝都を囲んでいた神凱国軍を壊滅させたのだった。

第四話　英雄の凱旋

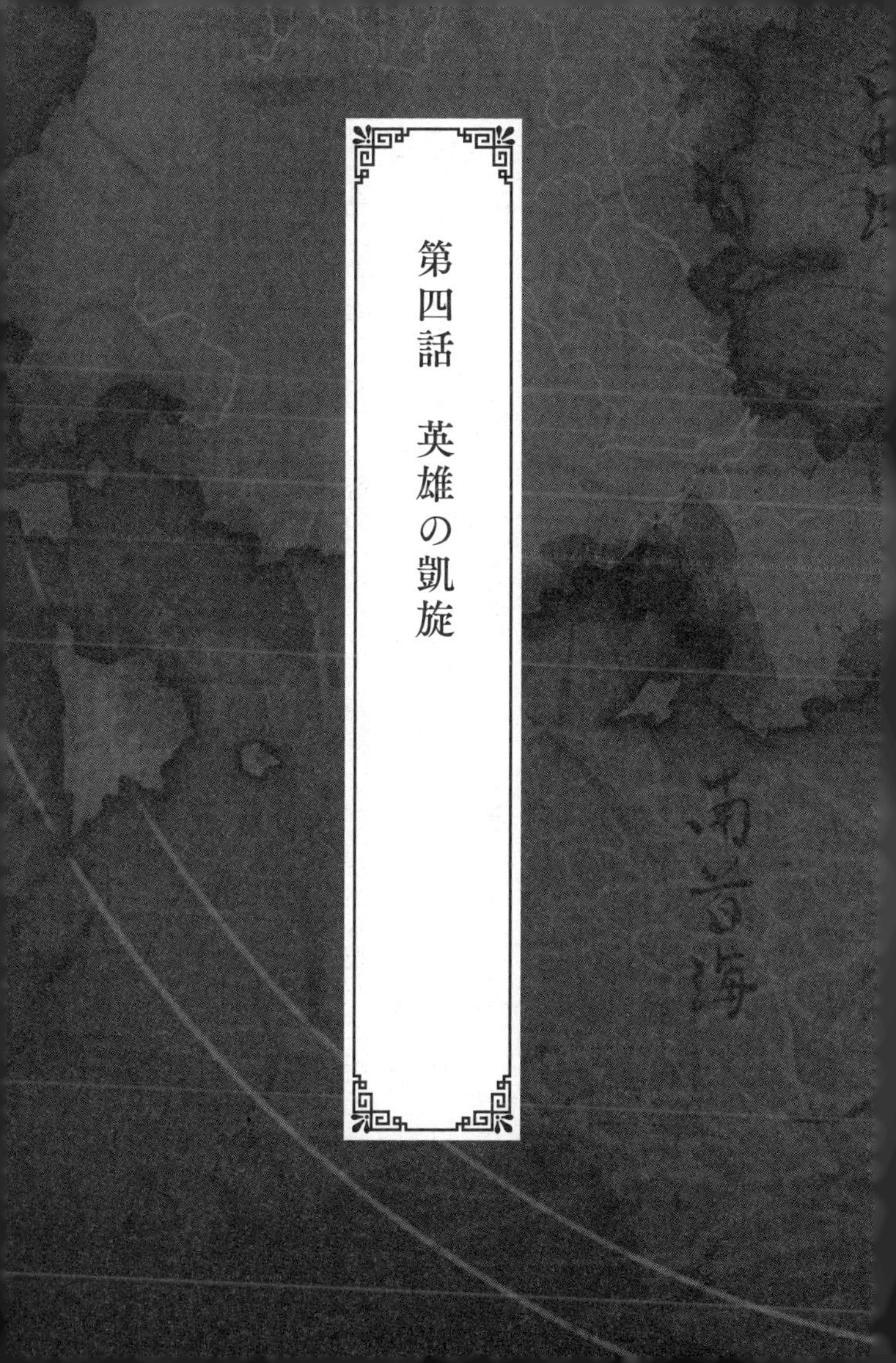

神凱国の兵が現れてから、閉ざされ続けていた帝都の大門が開かれる。

東門からは相伊《そうい》将軍と翡翠妃・玉蘭《ぎょくらん》が帝都に帰還した。

先頭で入門したのは、相伊将軍だった。その背後には、百名ほどの青龍軍の精鋭を従えている。残りの兵たちは、帝都には入らず、野営を続けながら戦の後始末をしていた。

帝都の民は大通りに詰めかけ、滅亡の危機を救った英雄を大歓声で迎えた。

敵軍に囲まれ、逃げ場もなく、いつ滅ぼされてもおかしくないという状況に追い込まれていた。それが、夜が明けると状況が一変し、敵が滅ぼされていたのだ。誰もが、英雄の凱旋《がいせん》に歓喜した。

入門した青龍軍の列の中ほどには、玉蘭を乗せた馬車があった。

帝都の民は、玉蘭へも惜しみない歓声を送った。帝都が無傷のまま救われたのは、玉蘭が神凱国軍の虜となり侵攻までの時間を稼いだからだ。

翡翠妃への感謝を伝えるために、人々は緑の手巾を手にし、大通りは緑色の陶器や布で覆い尽くされた。

玉蘭を百花皇妃に、との声もあちこちで上がる。このまま戦が終われば、多くの貴族や商家が翡翠宮を支持するのは明らかだった。

英雄たちの一団は宮城へ辿り着くと、そこで行先が分かれた。

玉蘭は後宮へと戻り、多くの妃嬪たちに迎えられた。その中には、今日の朝に神凱国に差し出されるはずだった來梨《らいり》の姿もあった。

戦が始まる前まで、百花輪の儀で他宮から大きく差をつけられていた玉蘭は、今や誰もが認める百花皇妃の候補筆頭だった。

そして相伊は、戦況を報告するため、朝議に招かれた。


朝堂には、三品位以上の文官たちが集まっていた。

その数は二十六人。李鷗《りおう》は、朝議に集まった官吏の中では高位ではないが、兎閣《とかく》より、宰相・玄宗《げんそう》の補佐を任じられていたため、玄宗のすぐ隣、皇帝不在の玉座の近くに立っていた。

扉が開かれ、相伊が姿を現すと、桃の花びらが天から降ってくるような華やいだ雰囲気が辺りを包む。

その場にいたすべての官吏たちが片膝をついて拱手をする。帝都の危機を救った英雄への、最大の敬意を示すためだった。

宮城の文官を代表して、宰相・玄宗が告げる。

「この帝都を救っていただき、誠にありがとうございます」

「帝都に攻め込まれる前に間に合い、安堵いたしました。私は軍部に属する者ですが、朝議に加わらせていただいてよろしいか？」

「もちろんです。相伊将軍のご意見も、ぜひともお聞かせください」

相伊は全員の顔を見渡して頷くと、無言で朝議の間を奥へと進む。

官吏たちは拱手をしたまま、帝都を救った英雄の行動を見守った。

だが、その向かう先がわかった途端、玄宗は思わず声を上げた。

朝堂の最奥には、皇帝のために設けられた金色の玉座がある。相伊は、玉座へ座ろうとしていた。

「お待ちください。そこは、皇帝陛下のみが座ることを許された玉座でございます。この帝都を救った英雄とはいえ、座るのは許されません」

「許可があれば、よいのだろう？」

相伊は、玉座のすぐ隣で足を止め、朝議に集まった官吏たちを振り返る。

その顔には、淀み一つない笑みが浮かんでいた。

「私は陛下から、皇帝代理として宮城を治め、万が一のことがあれば皇位を継ぐように勅命を受けた。これは、許可にはならないか？」

相伊への感謝を口にしていた官吏たちに、不信の表情が浮かぶ。

皇帝には子がいないため、相伊の皇位継承権は第一位だった。だが、軍部に属した者は皇帝にはなれない。そのため、兎閣に万が一のことがあったとしても、相伊を皇帝に押し上げるには、それなりの段取りや根回しが必要となる。

それを兎閣が知らないはずはなく、勝敗も見えない戦場の中で、次の皇位継承に関わる言葉を伝えるなどあり得ないことだった。

「それは、いつのことですか?」

「帝都へと軍を走らせている途中だ。陛下からの伝令が我が軍に追いつき、勅命を賜わった」

「皇帝陛下からの勅旨をお持ちですか?」

「戦場でのことだ、そのような物はない。伝令を通じて陛下の御言葉を受け取っただけだ。私の話だけでは信じられないか?」

将軍麗人は、佞臣《ねいしん》を疑うような視線で辺りを見渡す。

「いえ、そういうわけではありませんが……差し支えなければ、どうして相伊将軍が、この帝都を救うことができたのかお教えいただけないでしょうか? 相伊将軍は、東鳳州に上陸した神凱国軍と戦っているものとばかり思っていました」

「神凱国の軍が、二つに分かれて東鳳州に上陸したことは知っているな。昆山に上陸した約二万の軍は、上陸と同時に二つに分かれた。一つが南下した武慶《ぶけい》軍。もう一つは、この帝都を陥落するために西に向かった。つまり、今朝、私の軍が打ち倒した姜園《きょうえん》軍だ。それに気づいた私は、蘇栄《そえい》さまに西へ向かうとの伝令を送り、姜園軍を追った」

「その結果、蘇栄さまの軍が南北から挟撃されることになり、敗北したのはご存じですか?」

「あれは、私の読み違いだった。まさか、蘇栄さまがあの程度の挟撃で敗北するとは思っていなかった。もし、あの軍を指揮していたのが私であれば、まったく逆の結果になっていただろう。武慶軍がどれほど精強であったとしても、敗北などあり得ないと考えていたのだ」

その言葉に、朝議の間は静まり返る。

相伊は、蘇栄軍が滅んだのは、蘇栄が弱かったからだと言っているのだ。

だが、今朝の戦いぶりをみた後では、文官たちにそれを否定することはできなかった。

「それとも、帝都へ向かう姜園軍を放置し、南下した武慶軍と私の軍が戦えばよかったとでも?」

「とんでもないことです。帝都を救っていただいたことには感謝しております」

「そもそも、玄宗さま。あなたは、百花輪の貴妃を敵国に引き渡した。私には、そちらの方がよほど許されないことだと思っている。帝都を守るためだとしても、あり得ない。

恥ずべき行いだ」

　相伊の言葉は強烈な毒となり、この場にいる官吏たちに広がる。

　玄宗が言い澱んだのを見て取り、近くに控えていた李鷗が前に出る。

「相伊将軍、お言葉を疑うわけではありませんが、律令では、玉座に座ることができるのは現皇帝のみです。仮に宮城をまとめることを陛下より任せられたとしても、龍印の示された聖旨がなければ、玉座に座ることはできません」

「律令とは、平時の太平を治めるためのもの。戦時には、国を守るために特別な判断が要求される。律令は、敵国の侵攻から国を守ってくれはしない」

「戦時であっても、律令は守られるべきです」

「では、律令と勅命であれば、どちらが重いのだ？　私が玉座に座るのは、陛下からの勅命である。これに異を唱えることとは、勅命に背くことと心得よ。それでも異を唱える者は、すぐさま名乗り出るがいい」

　相伊は一息に告げ、朝議の間を見渡す。

　金剛石のような瞳から輝きが消え、冷たい闇が宿る。官吏たちは、その瞬間、巨大な龍に睨みつけられているような恐怖を感じた。

　誰もが、声を発せなくなる。

　玄宗が李鷗の腕を摑む。それは、もう何も言うな、という合図だった。

「異論はない、ようだな。では今日より、朝議は私が皇帝代理として取り仕切る。さあ、はじめるとしよう」

相伊は揚々《ようよう》と告げると、玉座に腰を下ろす。

李鷗は将軍麗人に気づかれないように、左腕の銀の腕輪を握り締める。どうしても、相伊が義のために帝都を救った英雄には思えなかった。

◆◇◆◇◆

後宮は帝都の危機が去ったことに浮かれ、玉蘭への賛辞で満ちていた。

そんな中、芙蓉宮の二人は、黛花《たいか》公主の舎殿を訪れていた。

鶺鴒宮に流れる空気は、後宮に迫っていた危機など無縁のように、以前と変わらなかった。侍女たちに迎えられ、黛花の書斎へ通される。

黛花公主は以前と変わらず、侍女のような襦袴に身を包み、真剣な眼差しで書物を読んでいた。

芙蓉宮の二人が部屋に入ってくると、嬉しそうに声を上げる。

「來梨さまっ。よく来てくださいました。私、この間の茶会で愛想をつかされて、もう二度と来てくださらないのではと心配していました。侍女たちにも、あんなに質問攻めにすべきではなかったとずいぶん叱られました」

黛花と約束をしていた二回目の茶会は、神凱国の侵攻によって延期になっていた。黛花はそれを、一回目の茶会の印象が悪かったせいに違いないと悶々と悩んでいたようだった。

「そんな、前の茶会は私も楽しかったですよ。それよりも、今日は突然のお願いに応じていただき、ありがとうございます」

「來梨さまのご訪問なら、いつでも大歓迎です。百花輪の儀の続きの話も、ぜひまたお聞かせいただきたいですし」

芙蓉宮の二人は、鶺鴒宮の侍女に勧められるまま席に着く。

黛花の正面には來梨が、その隣には明羽《めいう》が座る。すぐに香りのよい白茶と菓子が運ばれてきた。

「……黛花さまは、神凱国との戦について、あまりご興味がないようですね」

來梨は、不思議そうに尋ねる。

黛花からは神凱国の侵攻によって帝都が味わった恐怖も、それが兄である相伊将軍によって救われたことへの安堵も感じられなかった。

來梨の問いに、黛花は苦手な話題を振られて困ったような表情をする。

「興味がない、わけではありません。歴史家としては、とても興味深いことです。このたびの戦が、どのように歴史書に残されるのか。後世の者たちが、この事件をどのように読み解くのか、考えただけでわくわくします」

「歴史書にどのように残るか、ですか。一歩間違えば、この後宮にも敵が攻め入ってきたのですが、それも黛花さまにとっては、観察すべき歴史の一部なのですね」

「私はただ、見守ることしかできませんから」

「大学士寮の方からあなたが認められた理由がわかる気がします。あなたの考え方は、後宮の女よりも学士に近いのですね」

「そんな風に言ってくださるのは、來梨さまだけです。本当は、ただ、臆病なだけです」

黛花はそう答えると、寂しそうに視線を机に落とした。

「ところで黛花さま、今日は、私の侍女の明羽から、いくつか確認させていただきたいことがあってきたのです。百花輪の儀について話をするのは、またの機会とさせてください」

「そうなのですか。あ、でも、なんでも聞いてください。私、明羽さんにも興味があったのですよ。芙蓉宮に鼻が利く侍女がいるという話は有名ですから。あなたがいなければ、百花輪の儀はまったく違う姿になっていたと思います」

來梨は、隣に座る明羽を振り向く。あとは自由に話して、という合図だった。

明羽は小さく頷いて、口を開く。

「もったいない御言葉、ありがとうございます。では、さっそく確認させていただきます」

今回の訪問は、明羽が來梨に頼んだものだった。

李鷗の予想通り、神凱国へと引き渡された玉蘭は、突如として現れた相伊軍によって解放され、二人は帝都を守った英雄として凱旋した。

そこに、なんらかの謀がなかったかを調べるのが、李鷗からの依頼だった。

「先日の、黛花さまが翡翠宮を訪れたのを見た女官がいるという話、覚えていらっしゃいますか？」

翡翠宮の名が出た途端、黛花の表情が曇る。

「……翡翠宮に行ったことなどありません、覚えがないと、答えたはずです」

「あなたが行ったことがないというのは真実でしょう。あれは、あなたの振りをした、お兄さまの相伊将軍だったのではないですか？」

黛花は答えなかった。代わりに、視線が天井と卓の上を往復する。

「私は、疑っているのです。このたびの一連の出来事は、あまりに都合が良すぎる。神凱国軍の帝都への侵攻。玉蘭さまが虜になった翌朝に、相伊将軍が駆けつけて敵を殲滅したこと。翡翠宮と相伊将軍が通じていたのではないかと思うのです」

悩んだ末に辿り着いた結論は、真っすぐに疑惑をぶつけることだった。

前回の茶会から、明羽は、黛花公主が嘘のつけない人物だと判断していた。

長い沈黙の後、黛花は、ゆっくりと視線を明羽へと向けた。

「……私が、舎殿に閉じ籠った理由について噂を聞いたことはありますか？」

明羽は、小さく頷く。

冷酷で知られた先帝・万飛《まんひ》が後宮で宴を開いた時に、まだ幼かった黛花が高熱を出した。先々帝の貴妃であった母親は、娘の身を案じて宴に顔を出さなかったため、そのことに激怒した万飛の命により処刑されたという。

「あれは、真実です。それから私は、なにもかもが怖くなり舎殿に閉じ籠るようになり、そして、歴史書に救われました。歴史書は教えてくれました。この世に起きるあらゆることは大いなる歴史の一部です。歴史を動かせるのは選ばれた人間だけなのです」

幼い頃の辛い出来事を思い出したのか、机の上に置いた黛花の手は、微かに震えていた。

「私は、歴史を動かせる人間ではない。できるのは、見届けるだけ。それに気づいた時、やっと楽になれたのです。なにが起きても、私はただ、この場で見届けるだけです。だから――私を、放っておいていただくことは、できませんか？」

幼い黛花にとって、歴史に縋ることは、後宮で心を保つ術だったのかもしれない。

けれど、明羽はそれを、残酷な行為だと知りながら否定する。

「今、目の前に起こっている危機は、決して歴史などではありません。それに、歴史を動かせるのは選ばれた人間だけではありません。歴史は、その時代を生きるすべての人々が、懸命に考え、思い悩み、最善はなにかと行動し続けた結果だと思うのです」

明羽は、かつて自分にも辛い日々があったのを思い出しながら、真っすぐに黛花を見つめる。

「そこには、身分も立場も関係ありません。私の予想が当たっているのであれば、真実は闇に葬られ、歪んだ歴史が作られます。今ここで、あなたが真実を話してくだされば、より良い方向に引き戻すことができると思うのです」

長い沈黙が続く。

明羽は、自分の選択が間違っていなかったことを知った。黛花は、ただ歴史に縋っていたわけではない。心のどこかで変わりたいと願っていたのだ。

黛花公主が、顔を上げる。

「……私などに、歴史が変えられるでしょうか？」

「変えるもなにも、今より先の歴史は、まだありません。どんな歴史家も記すことができないのです」

そこで、來梨が、気が抜けるほど柔らかい笑みで付け足す。

「黛花さま、私も最近わかったのです。一人で引き籠ることも時に必要ですが、それだけでは前に進みません。どうか真実をお話しください」

來梨の言葉が最後の一押しとなったように、黛花が口を開く。

「幼い頃、兄はとても優しく控えめな人でした。ですが、私たちの父であった先々帝が崩御し、皇位継承の争いが激しくなると、煉《れん》家の人たちは優しすぎる兄を争いから遠ざけようと、南虎州の炎《えん》家に預け、軍人となる道を選ばせました。何年かして再会したときには、すっかり逞しくなっていて驚きました」

黛花が話し出したのは、相伊将軍のことだった。

明羽は、相伊と会った時の底知れない怪物のような気配を思い出す。しかしそれは、黛花が語る人物像とは大きく離れていた。

「ですが、兄が本当に変わってしまったのは、その後です。煉家の当主が亡くなり、兄が当主となりました。そして、当主の証である佩玉と、歴代当主が受け継いできた密書を手にし、兄はすぐに大学士寮へと向かいました」

「大学士寮、ですか？」

「密書に、そこに向かうように書かれていたのだと思います。それから兄は、十日間、帰ってきませんでした。戻ってきた兄は、別人のように暗い目をしていた。そして、こう言ったのです――この国に真実はなかった。ならば、その嘘を利用させてもらう」

「どういう、意味でしょう？」

「わかりません。ただ、私にわかったのは、兄は大学士寮で、この国が隠していた秘密を知ったということだけです」

明羽はふと思いついて、腰についていた眠り狐の佩玉を外して見せる。

「当主の証である佩玉とは、もしかして、これと同じものでしょうか?」

「それ、それです! どうして、持っているのですか?」

「母から、貰ったものです。北狼州の古物店で買ったといっていました」

「眠り狐の佩玉は、歴代もっとも偉大な当主であり、私の敬愛する歴史家でもある真卿《しんけい》さまが愛用していた物の一つです。その逸話から、真卿さまが持っていたものと全く同じ意匠の、瑠璃で作った眠り狐の佩玉が、当主の証となったのです」

『……まさか、僕がそんなことになっていたとは、知らなかったよ』

手のひらの上で、白眉《はくび》が照れくさそうに呟く。

「これは、ずいぶん古いものですね。当時は、真卿さまの真似をして、眠り狐の佩玉を持っていた文官たちも多かったといいますから、その中の一つかもしれません」

明羽は、春迎祭の準備の途中で、相伊から佩玉を見せろと迫られた理由にやっと思い至る。

「私は、大学士寮から戻った後から、兄が怖くて仕方なかった。だから、兄の言うことはすべて聞き、余計なものは見ない振りをした……でも、あなたの言葉に勇気を貰いました」

　黛花は、伏し目がちだった視線を真っすぐに來梨に向ける。

「……春迎祭の夜だけでは、ありません。百花輪の儀が始まってから、兄に衣装を貸したことは何度もあります。兄は、玉蘭さまに執着しています。それだけが理由だと思っていたのですが……そんな恐ろしいことを企んでいるなんて、知りませんでした」

　黛花は、瞳を潤ませながら続ける。

「お願いします、兄を、止めてください」

　來梨が手を伸ばし、卓の上でぎゅっと握り締められていた黛花の手を握る。

　手の温もりは、ずいぶんと公主を落ち着けたようだった。

「よく話してくださいました。無駄には、しません」

　來梨の言葉に、黛花の目から涙が零れる。

　黛花の証言により、翡翠宮と相伊が繋がっていることが明らかになった。

　けれど、玉蘭と相伊将軍の企みを暴くには、まだ情報が足りない。

　明羽は、翡翠宮の中で交わされる密談を入手する方法について考えを巡らせた。

◆◇◆◇◆

満月より少し欠けた月が、後宮を見下ろしていた。

中央に広がる栄花泉の水面には、月明かりを浴びて光の粒が揺れている。

翡翠妃は、夜の後宮を見つめながらため息をつく。

玉蘭は、翡翠宮の奥にある自らの居室にいた。丸く開いた月洞窓からは栄花泉を囲む他の貴妃たちの舎殿を広く眺めることができた。

百花輪の儀が始まった時は、栄花泉の周りには一領四州の代表である五人の貴妃と皇后・蓮葉《れんよう》の舎殿が並び、夜になるとそれぞれが明るく輝いていた。

今では孔雀宮が失われ、皇后・蓮葉の琥珀宮にも光はない。黄金宮、水晶宮の光は弱々しく、芙蓉宮のみが、かろうじて変わらぬ光を灯している。

夜空に浮かぶ月だけが、百花輪の儀の趨勢も、この大陸で起こっている戦乱さえも、素知らぬ顔で変わらず見下ろしていた。

「おかえりなさいませ、玉蘭さま」

背後から、馬了《ばりよう》の声がする。

部屋にいるのは、内侍尉・馬了と、翡翠宮の侍女である香芹《こうきん》の三人だった。

「後宮を出る前となにもかもが変わりました。すべて、玉蘭さまの描いていた通りですな」

部屋の暗がりに立つ馬了が、静かに告げる。

後宮に帰還した玉蘭は、発つ時とは比べ物にならない歓迎を受けた。すべての妃嬪たちと芙蓉妃が門前で出迎え、口々に帝都を救ったことへの感謝を口にした。舎殿に戻ってからも、貴族や商家の遣いが次々と訪れ、翡翠宮を支援することを伝えた。

「この馬了も、無事に戻ってこられると信じておりました。今や後宮も宮城も、帝都の民たちも、玉蘭さまこそが百花皇妃にふさわしいと口にしております」

「皇帝陛下は、この華信国にもっとも貢献した貴妃を皇后に選ぶとおっしゃいました。私は陛下のために、やるべきことをしただけです」

月に視線を向けたまま、玉蘭が答える。馬了の返答までは、わずかに間が開いた。

「……その言葉は、相伊将軍の前では口にされるのを控えた方がよろしいですね。今朝の朝議で、あの方は玉座に座られました。本気で皇帝になられるおつもりです」

「私は、この国の皇后となるために後宮に来たのです。相伊さまの計画通り進めば、相伊さまのものになりましょう。もしそうならなければ、私は陛下のものになります。そう、お伝えしています」

「玉蘭さまの想いはわかっているつもりです。ですが、一つだけ言わせてください。私は、これまで皇太后さまと共に、数多くの権謀術数に関わってきました。相伊将軍は、これまで関わってきた誰とも違う。この私が怖いと思った方は、久しぶりです」

玉蘭は月光を横顔に受けながら、わずかに興味を引かれたように振り向く。

「鳳凰宮から地図を見つけ出し、神凱国へ渡すことを考えたのは我々です。ですが、それを利用して、ここまで大胆な計略を描くとは思っておりませんでした。今や、この華信国と神凱国の二百年の因縁による戦でさえ、相伊さまの手のひらの上で踊っているようなものです」

「地図など、私は知らないことです。何度も言わせないでちょうだい」

「そうでございました。たまたま、皇太后さまが残していた大学士寮の地図の写しが、元鳳凰宮の侍女たちの手によって神凱国へ流れていたのでしたな」

馬丁は、わざとらしい口ぶりで答えてから続ける。

「私が言いたいのは、相伊将軍には十分にお気をつけください、ということです。あの方を逆撫でするような言動は控えた方がよろしいかと思います」

「気に留めておきましょう。私の目的は、飢えに苦しむ西鹿州の民を救うこと。そのためであれば、悪鬼であろうと渡り合わなければなりません」

玉蘭の回答に満足したのか、馬丁は改めて慇懃な態度で拱手をする。

そこで馬丁は、ふと、壁際に置かれている花瓶に目を留める。

視線の先には、松の枝に止まる雲雀《ひばり》が描かれた青花玲瓏《せいかりんろん》が置かれていた。絵柄も彩色も美しく、古くから使われ続けてきたであろう格式も備わっている。

「その花瓶は、どうしたのですか？」

「黛花公主さまからの贈り物です」

「……相伊将軍からでございますか？」

馬了がそう尋ねたのは、相伊が、妹である黛花の振りをして、舎殿を訪れていたことを知っているからだった。

「いいえ、違うわ。本物の黛花公主さまよ。帝都を守ったお礼として届けていただいたの。これまで、あの方には何度お茶会に誘っても断られ続けていました。今回のことで、やっと心を開いてくださったようですね」

玉蘭が侍女の方を振り向くと、香芹は頷いて続ける。

「月の光の当たる所に飾るとよく映えると言づかりましたので、玉蘭さまの居室の窓辺であればと思い、飾らせていただきました」

「私が皇后になった暁には、後宮のすべての女たちを束ねる必要がある。黛花さまとも打ち解けていきたいと考えているの」

「素晴らしいお考えです。けれど、あの方については、少しお気をつけになった方がよろしいかもしれませんな」

馬了は、顎鬚を撫でながら続ける。

「最近、芙蓉宮の來梨さまが、黛花さまと仲良くされていると聞きます。それからもう一つ、奇妙な話を耳にしました。桃源殿から、松と雲雀の文様が描かれた花瓶が行方不明になっているという訴えが、飛燕宮の女官たちから上がっております」

「……桃源殿から奪った花瓶を、贈り物として渡したというのかしら。変わり者の公主という噂は本当のようですね。それとも、芙蓉宮が関わっているのでしょうか。どちらだったとしても、今の状況を考えれば、もはやささやかすぎる悪戯ですね」

馬了は薄く笑ってから、頷く。

「黛花公主については、私の方でもう少し調べておきましょう。その花瓶は、私から適当な言い訳をつけて、桃源殿に戻しておきます」

馬了の言葉に反応したのは、侍女の香芹だった。

不愉快そうに窓辺に歩み寄り、花瓶を持ってきて馬了に渡す。

「芙蓉宮が今からどのような企てをしたとしても、もはや相手にはなりますまい。黄金宮も力を失い、星沙《シンシャ》さまはずっと舎殿に閉じこもったまま。百花皇妃を目指す気力さえ失われたようです。もはや、あなたに敵はいない」

花瓶を受け取りながら、馬了が満足そうに告げる。

「安心はできないわ。來梨さまは、後宮に来た時とは見違えるように変わられた。あの方は、きっと最後まであきらめないでしょう」

玉蘭はそう答えて、もう一度、視線を栄花泉に向けた。

光を失った舎殿の中で、芙蓉宮だけが、まだ最後の力を振り絞って輝こうとしているように見えた。

◆◇◆◇◆

朝の光が、桃源殿の庭に咲いた梅花に優しく降り注いでいた。

辺りを見渡しながら歩いていた明羽は、目当ての花瓶を見つけて駆け寄る。

触れた瞬間、頭の中に、不平不満が響き渡った。

『小娘っ、なんのつもりだ。許さん、許さんぞっ！　わしを、このわしを、あんな恐ろしい場所に勝手に運びよって！』

「そんなに大声で怒鳴らないで。頭が痛いって」

『これが怒鳴らずにおれるかっ。この、桃源殿で慎ましく使われておるわしを、あのような密談を聞くのに利用しおって』

「ってことは、聞けたのね？」

『うるさい。お前の思い通りには話さんぞっ！』

偏屈な老人のような声がさらに大きくなる。

翡翠宮の企みを明らかにするためには、確証となる情報が必要だった。だが、密談が交わされるのは翡翠宮の奥であり、証拠を集めるのは難しい。

そこで、〝声詠み〟の力で話ができる道具を、貢物として送り込むことを思いついた。受け取ってもらうために、黛花公主に頼み込んで名前を借りる。

そのうえで、後に桃源殿から行方不明になっていたものであることがわかり元の場所に戻されるように仕組んだのだ。

貢物に選んだ青花玲瓏とは、明羽が後宮にやってきて間もない時から、これまで何度も話をしてきた。友と呼べないまでも、からかいがいのある隣人のような感覚を抱いていた。

「そんなに怒らないで。今日は、とってもいい物をもってきたから」

明羽は、腰にぶら下げた小袋から小瓶を取り出す。

『な、なんじゃそれは』

「これは、飛燕宮の掃部司《そうぶし》の女官たちが新しく開発した、花瓶が窯《かま》から出てきた時のように純白になるという噂の、磨き粉です」

『そ、そんなもので、わしは誑《たぶら》かされんぞ。小娘っ』

明羽は無視して、小瓶から粉を摘み上げると、すべり具合を確かめるように親指と人差し指で擦る。

『こちらの言うことを聞かず、いきなり攫《さら》って、箱に詰めて、勝手に貢物にして、乱暴狼藉《ろうぜき》にもほどがある』

明羽は庭の方に腕を伸ばすと、指についた磨き粉をぱらぱらと払い落とす。

『あんな怖い場所に送りこむなんぞ、あんな場所に――いいから磨けっ、小娘ぇっ』

明羽は手巾を手に取ると、薄く磨き粉をつけて花瓶を磨き始めた。

『うおぉん、これはたまらんっ』

しわがれた声が、頭に響き渡る。明羽は顔を顰めながら、できるかぎり静かな声で問いかける。

「それで、いったい、翡翠宮でなにを聞いたの？」

『おい、小娘、お前、すっごく無愛想で悪い顔をしておるぞぉう。あふん』

「無愛想なのは関係ないでしょ」

青花玲瓏の花瓶は、翡翠宮で聞いた玉蘭と馬丁の密談について話した。

それは、明羽が求めていた、相伊将軍と玉蘭が共謀したという確かな証だった。

◆◇◆◇◆

相伊が宮城入りした翌日、朝議に臨む文官たちの立ち位置は三つに分かれていた。

新たに玉座に座った将軍に阿ろうとする者、律令に反する許されない行為として憤りを覚える者、そして、どちらにつくか日和見を決め込む者。

議題は山積だった。衛士の不足により悪化した帝都の治安をどう回復するか、逃げ延びた神凱国の兵にどのように対処するのか、相伊の軍の兵站が尽きた場合にどうするのか。翌日には北狼州軍が帝都に戻ってくる可能性もある、そうなると兵站の問題はさらに深刻になる。

だが、難題に対する相伊の判断は的確で、確実に求心力を高めていた。

衛士の不足に青龍軍を使うことを提案し、街道の警備も相伊の軍が引き受けることになった。敗残兵への対処はすでに為されており、相伊の率いる軍は十分な兵站を持っていた。帝都へ向かっていた北狼州軍にはすぐさま騎兵を遣いとして送り、黄岳平原に引き返すように求めた。

やがて朝議は、相伊が口を開くたびに静まり、多くの者が相伊による判断を求めるようになった。

相伊は、将軍麗人の二つ名の通り、皇帝・兎閣よりも華がある。帝都の危機を救った英雄としての威光が、さらなる風格を与える。

それは、新しい皇帝が誕生したような錯覚を起こすほどだった。

「……うまくいきすぎておる」

苦しげに玄宗が呟くのを、李鷗は聞き逃さなかった。

朝議が終わった後、李鷗はそっと玄宗に歩み寄って囁いた。

「玄宗さま、後で折り入ってお話ししたいことがあります」

李鷗の言葉に、玄宗は無言で頷く。

長年にわたり華信国を支えてきた官吏は、宮城で起こっている異変を敏感に感じ取っていた。


宮城の外廷と内廷との間に聳える律令塔《りつりょうとう》は、秩宗部の拠点だった。

朝議の後、李鷗は宰相・玄宗を、三階にある執務室に案内した。

部屋の中央に置かれた卓に、李鷗と玄宗は向かい合って座る。窓からは、春を迎えつつある後宮の庭園を見渡すことができた。

三階にいるのは二人だけだった。階下を守る衛士たちには誰も通すなと命じている。

「このような場所にお呼び立てして、申し訳ありません。どこに、相伊将軍に繋がる者がいるかわかりませんので」

「やはり、そのことか」

「玄宗さまは、今回の相伊将軍の活躍をどう思われますか？」

「……できすぎている、と思っている」

玄宗はそう言うと、太い指を卓の上で組む。

「相伊将軍には、確かに救われた。だが、あまりにも時宜《じぎ》にかなっている。あの方は、これしかないという、民がもっとも熱狂するような時に颯爽《さっそう》と現れた。偶然に起きるようなことではない」

その言葉に、李鷗は、玄宗と自分が同じ疑念を持っていたと確信する。

「それに、相伊将軍が宮城に入られてから、たった一日で官吏たちを統率していった手際もそうだ。あらかじめ官吏たちを取り込んでいたのかもしれない。今日の朝議の結論も、理にかなっているように思えた。だが、帝都内に兵を入れるのも、帝都に向かっている北狼州軍を引き返させるのも、すべて、相伊将軍がこの帝都を支配するために有利な判断だ。相伊将軍は、すでに陛下へ状況を伝えるために伝令鳩を送ったと言ったが、本当に出したのかもわからぬ」

「そこまで、お考えでしたか。では、見ていただきたいものがあります」

李鷗は頷いて立ち上がると、自らの執務机の引き出しから一枚の紙を取り出す。

それは、神凱国からの証文だった。華信国の地図と引き換えに、神凱国が華信国を滅ぼし属国とした後の地位を約束することが記されている。その証文に署名し印を押しているのは、神凱国側は帝都を恐怖に陥れた将軍・姜園。華信国側は相伊将軍だった。

「……なんなのだ、これは」

「秩宗部の密偵から得た情報です。馬了の側近の宦官を捕らえて尋問し、密かに内侍《ないじ》寮《りょう》を調査しました。馬了の執務室の隠し部屋で、その密書を見つけました」

「馬了の側近を捕らえたのか。そのようなことをして、馬了が黙っていないぞ」

「その者が、一人で宮城の外へ出た時に捕らえました。馬了には、すぐには私たちが捕らえたと気づかれることはないでしょう。密書についても、隠し部屋の奥に隠されていました。気づくまでには多少の猶予はあると考えます」

「お前らしくない、思い切ったことをしたものだ。その証文が見つからなければ、お前の首が危ういところだったぞ」

「確信がありました。芙蓉宮の侍女より、相伊将軍と馬了が繋がっており、神凱国を利用して華信国を乗っ取る企てがあるとの証を得ました」

「あの、鼻が利くという噂の侍女か。やってくれる。馬了が関わっているのであれば、皇太后さまが持っていた地図に、写しがあったということか」

李鷗は、明羽が桃源殿の花瓶を使って入手した情報を聞いた後、国の危機と判断して強硬手段に出たのだった。馬了の側近は、密かに衛士寮《えしりょう》に捕らえている。

「この企みのことは、翡翠妃もご存じのようです」

「……玉蘭さまが、自ら神凱国軍に差し出されたのも、相伊将軍がすぐに攻め入ることを知っていたからだったというのか」

「相伊将軍は、地図を渡しただけではなく、神凱国へかなりの入れ知恵をしたのでしょう。でなければ、こんなに易々と敵軍が帝都に迫れるわけがない」

「だが……あの男は、神凱国軍を攻め滅ぼした。この密書に記された、属国となった後に地位を約束する、とはどういうことだ」

「その密約は、相伊将軍が神凱国に近づくための方便だと思います。真の狙いは、神凱国を思いのままに動かすこと。今、東鳳州で戦っている神凱国の内部にも、華信国軍の内部にも、相伊将軍と通じている者がいるのでしょう。あの方は、この帝都で名声を得ながら、東鳳州の戦場を操っている」

「可能なのか、そのようなことが」

「おそらく、相伊将軍はすでに計略を立て終えているかと。戦場で陛下を亡き者にした後で、華信国を勝たせるおつもりだ。そうすれば、次の皇位継承権を持つのは、帝都を救った英雄である相伊将軍です」

「……だが、万が一、我が軍が敗れたらどうするつもりだ。他に対抗できる軍はいないぞ」

「神凱国が勝つことはないという確証があるのでしょう。それが、いったい何かはわかりませんが」

重い沈黙が、執務室を支配する。

「このことを知っているのは？」

「私の信頼できる部下を除けば、玄宗さまだけです。今の宮城で、信じられる者は少ない。そこで、次の一手を相談したいのです。まずは、陛下にこの事実を伝え、御身を守れるよう警戒いただくべきです」

「伝令鳩は、相伊将軍に軍同士のやり取りに使うとしてすべて接収された。宮城にはもう残っていない。おそらく、そこまで考えていたのだろう」

玄宗の思わぬ返答に、李鷗はもっとも期待していた一手が、あっさりと打ち砕かれたことを知った。

「なんとかして、この状況を陛下に伝えなければ。御身を守っていただかねばなりません」

「……それよりも、相伊を糾弾《きゅうだん》するのが先ではないか。儂《わし》は、陛下より帝都を預かったのだ。これ以上、あの男の好きにはさせん」

一度も戦場に出たことのないはずの文官から、歴戦の武将のような気迫が立ち上る。

「ふざけるな、東鳳州の戦場では大勢の兵が死んだ。帝都が敵に囲まれ、民がどれほどの苦しみを味わったか。それなのに、自らは英雄気どりで凱旋し、偽りを並べて玉座に座っているのだぞ。この国を欺くにもほどがあるっ」

「……玄宗さま、お気持ちはわかりますが、今はお鎮めください。冷静に次の一手を」

「李鷗、儂はお前の、そのように冷静なところを常に評価してきた。だが、性急さが重要な局面もある。あやつはじわじわと宮城内を支配していくだろう。すぐに動かなければ、身動きが取れなくなる。今日の午後、再び朝議がある——その時に、この証文をつきつけてやろうではないか」

宰相・玄宗の目は、激しく怒りながらも冷静さを失っていなかった。

「宮城内に入ったやつの側近は多くない。宮城に残っている禁軍の精鋭を集めれば、捕らえることは可能だ。糾弾し、相伊を捕らえるべきだ」

「外には、二万の軍勢がいます。相伊将軍は、この帝都を人質に取っているのです」

「相伊将軍の直轄である青龍軍は二千人程度。残りはこたびの戦のために編入された西鹿、東鳳、南虎の州軍だ。あの男の罪科を説けば通じるはずだ」

李鷗は、百官の長の言葉に逡巡する。

狙いはわかる。だが、それでも危険が大きすぎた。李鷗は静かに首を振る。

「相伊将軍は、兵からの人望が特に厚い御方です。そう簡単ではありません。それに、万が一、相伊将軍を外に逃がせば……我が国の軍によって、宮城が攻められる可能性すらある」

「逃がさなければよいのだ。逃がさずに捕らえるには、今、動かなければならない」

「玄宗さま、あなたにこの話をしたのは、共に陛下を守る手立てを考えるためです。今、あなたを失うわけにはいかないのですっ」

玄宗は立ち上がり、巨大な槌を振り上げるような圧のある声で告げた。

「止めるな。これは、宰相としての命である」

李鷗は、卓の上にある密約の証文を見る。使い道がこれで正しかったのか、悔いずにはいられなかった。

「密かに、そして速やかに、衛士を集めよ」

百官の長の言葉が、二人きりの部屋に静かに響いた。

◆◇◆◇◆

夕刻になり、朝堂に再び官吏たちが集まる。

午後の朝議が始まる時間であった。尚書や各部の長を含む三品位以上の官吏が朝堂に入ると、銅鑼《どら》が鳴らされる。玉座には当然のように、相伊が座っていた。

通常であれば、内務尚書から朝議の議題が示される。だが、それを遮って、玄宗が話し出した。

「相伊将軍、朝議の前に、あなたに見ていただきたい物がある」

玄宗が合図をすると、五人の衛士が、宦官であることを示す丸襟に黒色の長袍を着た男を引き連れて入ってくる。宦官は後ろ手に縄で縛られていた。

「何者ですか?」

相伊が問いかける。

宦官は、緊張して声も出せないようだった。辺りを見渡し、自らの上官である馬了を見つけ、救いを求めるような表情をする。だが、馬了は素知らぬ顔で状況を見守るだけだった。

「馬了の側近の者です。馬了、お前は知っているはずだな。この者から、相伊将軍と内侍尉・馬了の命で、大学士寮で保管していた地図の写しを神凱国へ流したことを聞きました。そして、これがその証です」

玄宗は、相伊将軍と神凱国の密約を示す証文を掲げる。

文官たちの間にざわめきが広がる。

「玄宗、二人だけで話さないか?」

「いえ、相伊将軍、この場で申し開きをしていただきたい」

玄宗の気迫のこもった言葉を受け流すように、相伊は爽やかに笑う。

「申し開きはしない。なぜなら、私は皇帝陛下の代理としてここに座っているからだ。お前は、ここにいるのが陛下だったとしても、同じように迫るのか?」

「関係ありませんな。申し開きいただけないのであれば、その玉座から降りてもらうだけです」

宦官を連れてきた五人の衛士は、いっせいに剣を抜き放った。五人のいずれからも、研ぎ澄まされた武の気配が溢れてくる。

だが、相伊は焦り一つ浮かべなかった。

ゆっくりと玉座から立ち上がる。その手には、長袍の袖に隠していたのだろう、いつの間にか短剣が握られていた。

「私に剣を向けるとは、お前たち、死ぬ覚悟はできているのだな」

衛士たちには、可能であれば殺さず捕らえたいという思惑があった。相手は皇族であり、帝都を救った英雄なのだ。

だが、その迷いが仇《あだ》となった。

相伊の神速の突きが、もっとも近くにいた衛士の喉を貫く。

そこからは一瞬だった。

相伊は舞うように体を回転させ、相手の剣を躱しながら、最短の突きで一人ずつ衛士を斬り伏せていく。朝堂に五人の死体が転がるまで、時間はかからなかった。

「……なんという、ことだ」

玄宗が、想定外の事態に呻く。

相伊将軍は、軍略において右に出るものはいない、との評判だった。だが、個としての強さは、烈舜将軍の強烈な名の前に霞《かす》んでいた。

それも相伊の策略の一つだったと気づく。烈舜にも並ぶ剣技を持ちながら、それを隠していたのだ。

「これが、宮城を守る禁軍の精鋭か？　弱いな。紅花《ホンファ》姉さまの方がずっと強かった」

相伊は、手に持っていた短剣を投げ捨てると、代わりに床に転がった衛士から長剣を奪う。それから「入ってこい」と声を張り上げた。

次の瞬間、朝堂の間の扉が開かれ、十数名の紺色の鎧を纏った兵士が入ってくる。相伊の率いる、青龍軍の兵士たちだった。

「朝堂の周りも、衛士で固めていたようだな。だが、私の手勢がここに来たということは、外がどういう状況であるか、わかっているな？」

相伊の金剛石のような瞳が、真っすぐに玄宗を見る。

「もう一度いう。玄宗、二人だけで話をさせてくれ。私は、この場にいる優秀な官吏たちを失いたくない」

「わかりました。二人で話をしましょう」

玄宗の言葉に、他の官吏たちが、不安と安堵が入り混じった顔で退出していく。

李鷗は、その場から動けずにいた。これから先、この場で起きることは想像に難くない。玄宗は、まだこの国にはなくてはならない男だ。なんとか守らなければ。必死に頭を働かせる。

秩宗尉《ちそうい》の苦慮を見透かしたように、相伊が告げた。

「李鷗、馬了、お前たち二人は残れ」

文官たちが出ていくと、朝堂の扉が閉じる音が響き渡る。

残されたのは、相伊とその部下の兵士たち、そして、玄宗、李鷗、馬了、縄に縛られたまま床に倒れている馬了の側近だけになる。

「できれば穏便に、英雄のまま、兄上からこの国をゆずり受けたかったのだがな。少し、小細工をしなければならなくなったようだ」

相伊は手慰みのように、足元に転がる馬了の側近の首に剣を突き立てる。くぐもった悲鳴が朝堂に響き、男はすぐに動かなくなった。

「相伊将軍、あなたは、この国を、どうするおつもりかっ」

玄宗が声を上げる。相伊は、未だ気迫を失わない愛国心に敬意を表するように笑う。

「ここで死ぬお前には、関わりないことだ」

次の瞬間、長剣が一閃した。

玄宗が、その場に崩れ落ちる。

「……玄宗、さま」

李鷗は咄嗟に駆け寄るが、すでに息はなかった。心臓が深く抉《えぐ》られている。最期の言葉を聞き取ることもできないほど、的確に急所を切り裂いていた。

先程まで、どうにかして助けられないかと逡巡していた自分が愚かに思えてくる。言葉の通じない暴力の前では、知恵など無力だった。

「李鷗、お前は殺さない。私は、お前のことを非常に優秀な官吏だと買っているのだ。この先、私が造る国を治めるのを手伝ってくれ」

「ふざけるな……俺は、兎閣さまの臣下だ。このような非道を働くお前に尽くすわけがないだろう」

「知っているとも。そして、それと同時に、律令の下僕であり、民を愛する者だ。兄上がいなくなったとしても、律令で国を守り抜き、民を助けるためならば、お前は意に沿わない主にも仕えるだろう」

相伊が顎で示すと、紺色の鎧に身を包んだ兵たちが李鷗を取り囲む。李鷗は、もはや抵抗することもできなかった。

「非道なのは、今だけだ。皇帝になれば、私は民のために善政を行おう。それだけの実力があるのは、わかっているだろう。その時まで牢でゆっくり考えろ」

相伊はそれから、一人離れた場所に立つ宦官の長を見つめた。

「さて、馬了。次はお前だな」

「相伊将軍、この度の我が部下の不始末、どうかお許しください。今後は、これまで以上にあなたのために働きましょう」

馬了は片膝をついて、拱手をする。

「それは、もういい。せっかく私に靡こうとしていた文官たちは、私のことを恐れるだろう。馬了、だから、お前はもういいのだ」

返り血を浴びた笑みは、異様なほどに美しかった。馬了は自分の命運を悟り、神に縋るかのように声を荒らげる。

「もう一度、機会をお与えください。私は、あなたの期待に見合う働きをいたしましょうっ」

「新しい国に、お前はいらない」

「馬鹿なっ。私が、あなたと玉蘭さまの国のために、どれほど尽くしたかっ」

「だからだ、馬了。お前はすべてを知っている。あぁ、それから、軽々しく玉蘭さまの名を口にするな」

それがもっとも重い罪だというように、相伊の視線が鋭くなる。

「お前たち、私を守れっ」

馬了が声を上げると、朝堂の柱の陰から二つの影が姿を見せる。

白面を被った宦官だった。それぞれ、手には剣を下げている。

「この者たちが、白面連。宦官どもの暗部か」

相伊は楽しそうに剣を構える。

白面連は、後宮の闇を長きにわたって支配してきた暗殺集団だった。目の前の相手を殺すという一点においては、禁軍の精鋭よりも遥かに優れた能力を持つ。

だが、相伊の前では大した違いではなかった。

得意の暗器を使って襲い掛かる白面連を、相伊はあっさりと斬り伏せる。

腕を斬り、足の腱を裂き、止めに首を刎ねる。

「……そんな、ばかな。私はっ。私はぁっ」

馬了は、背を向けて逃げ出した。

相伊は爽やかな笑みを浮かべたまま、その背に、剣を投げる。

矢のように飛んできた長剣が、背後から馬了の胸を貫いた。

「……こんな、はずでは……寿馨《じゅけい》、さま」

宦官の長に昇りつめ、かつて皇太后の片腕として後宮を思いのままにした男の末路だった。

床に伏した死体から流れ出た血が、朝堂の床に広がり、繋がって血の池を作っていく。

李鷗にはそれが、これから相伊が築こうとしている新しい国の姿に見えた。

◆◇◆◇◆

夜に呼び出しがかかるのは、初めてのことだった。

芙蓉宮で夕餉の支度をしていた明羽の元に、女官長・玲々《リンリン》の遣いが訪れ、すぐに桃源殿に集まって欲しいと告げた。

「せっかく夕餉のいい匂いが漂ってきたのに。こんな時間にいったいなにかしら」

不満そうな來梨をなだめながら身支度を整え、桃源殿の大広間に向かう。

來梨と明羽が大広間に着くと、すでに他の妃嬪たちは集まっていた。黄金妃と水晶妃の姿はない。黛花公主の姿も見つからなかった。

大広間の一番奥には、貴妃と妃嬪たちを集めた女官長・玲々と並んで、玉蘭の姿があった。

來梨が広間に入ると、派閥の妃嬪たちが近寄ってくる。

すっかり馴染みになった妃嬪たちと挨拶を交わしながら、広間を奥へと進む。

現在、芙蓉宮の派閥に入っているのは四人。翡翠宮の派閥は神凱国軍に自ら差し出され帝都を救ったことと、黄金宮が力を失ったことにより十人に増えていた。

來梨と玉蘭、この場にいる二人の貴妃は静かに見つめ合う。

明羽は、來梨には桃源殿の花瓶から聞いた翡翠宮の密談のことは話していなかった。密談の内容を話すには、〝声詠み〟の力について打ち明ける必要があるからだ。李鷗が、明羽の摑んだ情報を元に、揺るがない証を見つけることを期待していた。

それでも來梨は、なにかを察しているようだった。

いつもの柔らかい笑みを浮かべて、玉蘭に問いかける。

「玉蘭さま、今日は、玲々さまから声をかけていただいたと思っていたのですが、あなただったのですね」

「はい。玲々さまにお願いして、皆さんを集めていただきました。これで、集まったようですね。では、始めましょう。來梨さまはそちらでお聞きください」

玉蘭が、來梨に妃嬪たちの隣に並ぶように示す。

翡翠妃と玲々が大広間の奥に並び、それに向き合うようにして來梨と他の妃嬪たちが並ぶ。まるで、玉蘭を皇后とした朝礼が行われるような立ち位置だった。

寧々《ねいねい》を始めとする芙蓉宮の派閥の妃嬪たちは、揃って不満そうな顔をするが、來梨は気にもしていないように微笑んでいる。

「陛下の勅命を受け、相伊将軍が皇帝陛下の代理として華信国を治められています。これは、相伊将軍からの勅命です。私が、代わりにお伝えします」

來梨の背後に並ぶ妃嬪たちの表情がさらに険しくなる。皇帝の命を伝えるのも、本来であれば皇后の役割だ。

「先日、この帝都は敵国に包囲され、私はひと時ですが、敵軍の虜となりました。帝都を囲む軍勢は相伊将軍が追い払ってくれましたが、いつまた、他の神凱国軍が夜襲をかけてくるかわかりません」

実際に神凱国の虜となった玉蘭の言葉は、重々しく広間に響いた。

「今、この宮城内にいる禁軍は少数。後宮に入ることが許される警護衛士はさらにわずかです。そこで、この戦が終わるまでの間、私たちを守るために、相伊将軍の青龍軍の兵を後宮内に配置していただくことになりました」

短い沈黙の後、真っ先に声を上げたのは、寧々だった。これは黙っていられない、とばかりに、來梨の背後から叫ぶ。

「待ってください。今まで後宮に入る事が許されていた警護衛士は、すべて秩宗部にて厳しく調べられ、問題がないとお墨付きを貰った者です。相伊将軍の兵は、誰がその見極めをされるのですか？」

「後宮に入る青龍軍の兵士は、いずれも相伊将軍が自ら選ばれた者たちです。それでは、不足ですか？」

玉蘭の口調は、柔らかくも一切の反駁を許さないものだった。

「玲々さまは、それでよろしいのですか？」

來梨は、女官長に声をかける。

「……皆さまの御身を守るためであれば、致し方ないことです」

短い間をあけて答えたことは、この勅命に納得していないことのせめてもの表明のようだった。

明羽はその様子を見て、外廷で異変があったことを悟る。

桃源殿の花瓶の証言を、李鷗に話したのが朝のことだ。李鷗によって相伊の企みが暴かれるはずだったが、そうはならなかった。むしろ、相伊が外廷を掌握したかのようですらある。

「それからもう一つ。貴妃の皆さまは、この戦が終わるまで、舎殿から出ないようにしていただきたいのです。このあいだの神凱国軍の侵攻で、神凱国が百花輪の貴妃を狙っていることが明らかになりました。後宮に密偵を放ち、貴妃を攫おうとする可能性があります。貴妃の舎殿には、内にも外にも青龍兵を配置し、寝ずの番をしていただきます。ゆえに、舎殿に留まってください」

その言葉には、他の妃嬪たちからも不満の声があがった。

「百花輪の貴妃さまの舎殿に、夜通し男を入れるというのですか？」

声を上げたのは、玉蘭の派閥に入っているはずの妃嬪だった。

それに続くように、次々と声が上がる。

「そのようなこと、陛下が聞いたらなんと思われるか」

「あまりにひどいご指示です。貴妃さまが舎殿から出られないなど、あり得ません」

次の瞬間、背後から澄み切った声が響く。

「百花輪の貴妃を守るために、もっともよい方法と判断したのです。私にとっても苦渋の決断でした。どうか、わかっていただきたい」

大広間に、桃の花が舞うような華やかな気配が広がる。

そこに立っていたのは、相伊将軍だった。背後には、濃紺の鎧を纏った青龍軍の兵士を二人引き連れている。

唐突に将軍麗人が現れたことへの驚きと、その美しい容姿に、妃嬪たちの不満の声はたちまち萎んでいく。

「戦が終わるまで、それまでの短い間です。どうかお許しください」

相伊が、片膝をついて拱手をする。

皇帝代理となっている男にそこまでされれば、もはや反論はできなかった。

妃嬪たちは顔を見合わせ、この美しい将軍が言うのならば、帝都を救った英雄の命であれば、と受け入れる覚悟をする。

その時だった。

「……騙されるな。その男は、恐れているだけじゃ。自らの計略が、予期せぬものによって揺るがされるのを恐れておるのじゃ」

相伊が入ってきた入口とは別の方向から、地の底より響くような不気味な声がする。

将軍麗人が振り返る。広間の外、庭園の方へと続いて開かれた大扉の向こう側に、灰《はい》麗《れい》が立っていた。

灰色の長衣に薄墨を垂らしたような被帛を纏っている。背後から月の光に照らされ、暗く笑う水晶妃の姿は、幽鬼のようだった。

「これは、灰麗さま。他の皆さんの不安を煽るような流言はやめていただきたい」

「その男は、わしが、芙蓉妃が災禍を祓うと予知したことを警戒しておるのじゃ。ゆえに、貴妃の動きを封じようとしておる」

「なにをおっしゃるかと思えば。あなたは、ご自身が民からなんと呼ばれているかご存じないようだ。溥天の名を騙り、偽りの予知で世を乱した鬼女。あなたの予知など塵に等しい戯言です。それに、この帝都に降りかかる災禍を祓った貴妃は翡翠妃ですよ」

「あんなものは、災禍ではない。芙蓉妃が祓うのは、今、華信国を飲み込もうとしている戦そのものじゃ」

「……話が、通じませんね。どうやら灰麗さまは疲れておられるようだ。舎殿まで送って差し上げろ」

相伊の言葉に、背後に付き従っていた青龍兵たちが素早く動く。灰麗の前に立ちはだかり、桃源殿から出るように手で示した。

だが、水晶妃はそれが見えていないかのように、低い声で続ける。

「……知の最奥、聖緑尤《せいろくゆう》の地下、六章九節の真実……そこに、闇を祓うための道標がある。災禍を祓う者は、その場所に辿り着かなければならない」

それは、灰麗がこれまで口にしていた予知とは違う、あまりに断片的な情報の羅列だった。

それを聞いて、相伊は目を細める。

「おや、面白いこともあるものじゃ。相伊将軍、どうやらお主も、その場所を知っているようじゃな」

「……舎殿に戻っていただこう。あなたはもう百花輪の貴妃ではない。従わないなら無理にでも従っていただく」

青龍兵が、腰に掛けた剣に手を掛ける。

「告げるべきことは告げた。もう、わしがここにいる意味はない。あとは、為すべき者が為すべきことをするのみじゃ」

灰麗は暗い笑みを浮かべると、あっさりと立ち去っていく。

桃源殿の広間には、おぞましい怪物が通り過ぎていったような不気味な気配が残った。

だが、相伊の花を纏うような声が、瞬く間に不穏な空気を追い払う。

「みなさん、どうか私の兵を信用してください。すべてはみなさんを守るため。やがて戦が終わった後で、誰も欠けることなく兄上を迎えることができるようにするためです」

将軍麗人はそう言って、桃源殿を立ち去っていった。

その姿が見えなくなると、広間には妃嬪たちの囁きが満ちる。

相伊の美しさを称える声、青龍兵が後宮内を出入りすることへ不安を訴える声などさまざまだった。來梨も心配そうに、寧々と言葉を交わしている。

明羽の頭の中を、水晶妃が告げた三つの言葉が過ぎる。

暗い闇が広がっていく後宮で、あの不気味な言葉だけが、一筋の光のように感じた。

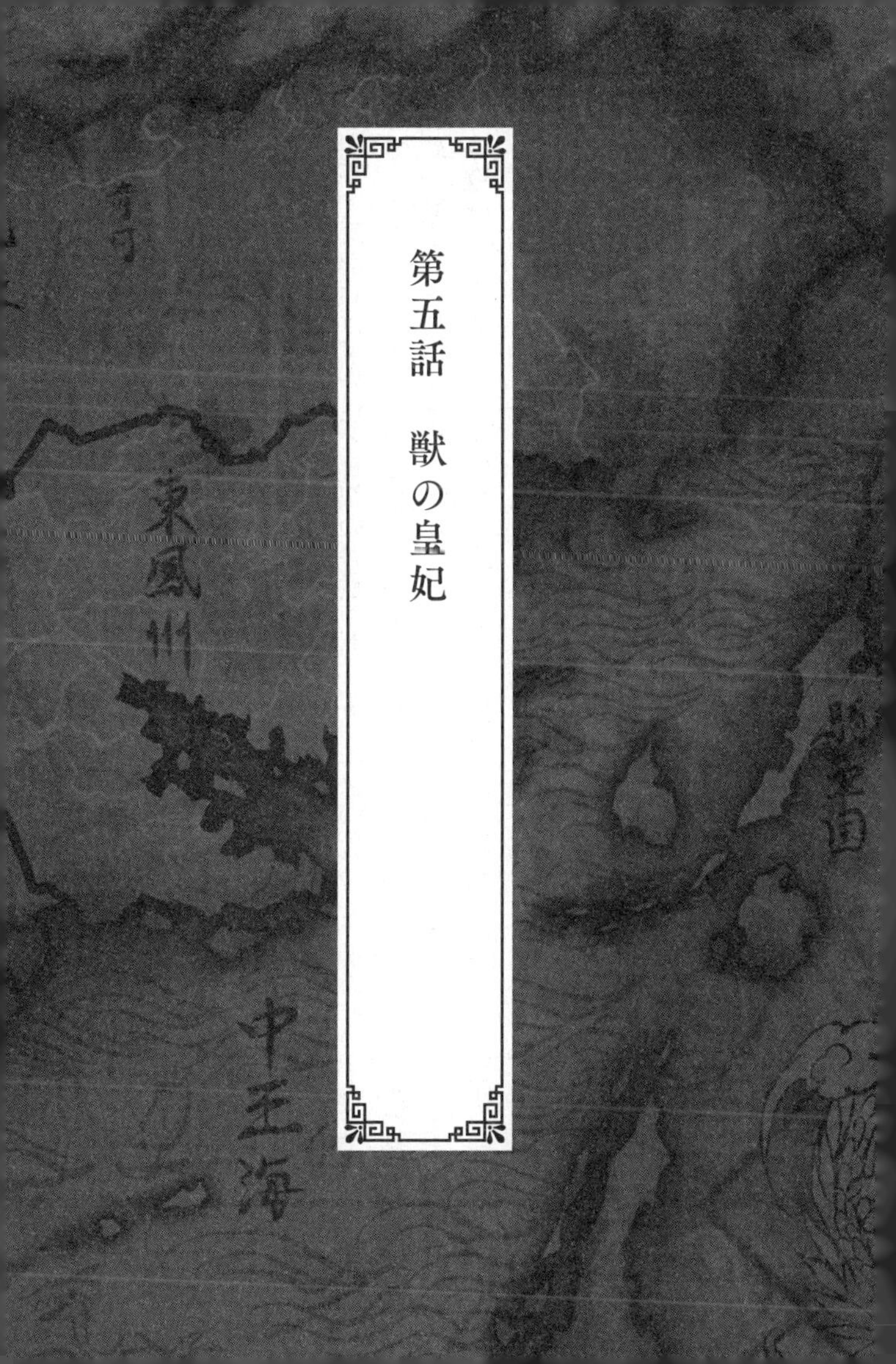

第五話　獣の皇妃

玉蘭《ぎょくらん》より勅命が告げられた翌日、後宮の景色はそれまでと一変した。

濃紺の鎧を纏った青龍軍が闊歩《かっぽ》するようになり、代わりに庭園や通りを歩く妃嬪たちの姿はほとんど見なくなる。誰もが、嵐が過ぎ去るのを待つように舎殿に籠っていた。

だが、青龍兵は、平然と貴妃の舎殿を囲む塀の中にも入ってくる。

さすがに舎殿の中にまでは踏み入って来ないが、我が物顔で舎殿の周りを囲み、門を塞ぐ。妃嬪たちが化粧をしていようが、湯浴みをしていようが構う様子はなく無遠慮に見つめる。「立ち去れ」「警護など不要だ」と声を上げる妃嬪もいたが、濃紺の鎧を纏った男たちは「勅命である」と繰り返すだけだった。

芙蓉宮を訪れた寧々《ねいねい》は、不満たっぷりに告げた。

「まるで警護ではなく、私たちを監視しているようです。本当に不快です」

「後宮のことよりも、心配なのは外廷ね。玄宗《げんそう》さまも李鷗《りおう》さまも、このようなことを許すはずはないわ。なにが起きているのかしら」

來梨《らいり》は、外廷の方を案じるように見つめながら答える。

芙蓉宮を訪れていたのは、寧々だけだった。他の妃嬪たちは、自らの舎殿に籠って様子を窺っている。

外廷と自由に行き来することができ、色々な情報を運んでくれていた衛士も宦官も姿を見せない。女官たちは手伝いに来ているが、口止めされているかのように声をかけても話に応じてはくれなかった。

外廷でなにかが起きているのは間違いない。だが、その情報はまるで入って来ない。

明羽《めいう》は頭に挿した、月長石の羽の簪にそっと触れる。

それは、李鷗から贈られた物だった。

早朝から竹寂園へ向かい、しばらく待ってみたが李鷗は現れなかった。

李鷗の執務室があるはずの律令塔の三階を見上げても、人の気配はない。

どうか、無事でいてください。

心の中で、祈るように呟く。

誰かの安否が、ここまで心を揺らすのは、明羽にとって初めての経験だった。

「明羽。灰麗《はいれい》さまがいった三つの言葉、あれはなんだと思う?」

來梨が、ずっと気になっていたように尋ねる。

知の最奥、聖緑尤の地下、六章九節の真実。

「私も昨夜から考えていました。いつか灰麗さまがお話をされていた、來梨さまを導くための予知ではないでしょうか?」

「やっぱり、そう思うわよね。意味がわかるかしら?」

明羽は首を横に振る。一つとして、なにを指し示しているのかわからなかった。

白眉《はくび》を握り締めるが『聖緑尤は、学問の神さまの名前だね。それくらいしかわからないや』という声が返ってきただけだ。

「私には、一つだけわかったことがあるわ」

「ほんとですか?」「まさか、ご冗談を」

明羽と寧々が揃って疑わしげな声を上げるが、來梨は堂々と答える。

「黛花《たいか》さまから借りている本に書いてあったのよ。六章九節は怪しいって。きっとそれに違いないわ」

鶺鴒宮を訪れたとき、來梨は、黛花から数冊の歴史書を借り受けていた。

神凱国と華信国の因縁について詳しく知っておきたい、そう話した來梨に、黛花は関連する歴史書を渡してくれた。

來梨は得意げに、二百年前の事件を語り始める。

凱帝国は、かつて龍の大陸の半分を支配した大帝国であった。

だが、次第に腐敗が進み、王族は民を顧みることなく享楽《きょうらく》に耽《ふけ》り、官僚は堕落し、圧政に苦しんだ国々で次々と反乱が起きる。

今より約二百年前――反乱の旗印となったのが、華信国の初代皇帝・黎明《れいめい》帝だった。

黎明帝は凱王朝を打倒し、その後に華信国を建国する。

黎明帝は凱の民との融和を望み、新王朝には元凱王国の官僚も幅広く登用した。さらに、初代皇后には、凱王家の血を引く銀髪の美女・紫香《しこう》を迎えた。

黎明帝と紫香は政略結婚であったが、互いに深く愛し合っていたと言われ、二人の物語は数多くの演劇や小説になっている。

けれど、新旧王朝の融和は長くは続かなかった。国が豊かになるにつれ、華信の民と凱の民の間の溝は徐々に深まっていった。

官吏には華信の民が重用されるようになり、凱の民の間では不満が噴出し始める。やがて、凱の民による反乱や皇族の暗殺が立て続けに起きた。

皇后・紫香が流行り病で死んだのがきっかけとなり、黎明帝は凱の民に対する扱いを豹変させる。

それが、真卿《しんけい》の残した歴史書の、六章九節に記載されている事件だ。

黎明帝は、凱の民は未だ華信国への忠誠なく、国の太平を揺るがせると断じ、国外追放を言い渡す。反発した凱の民との戦は二年にわたり、追い詰められた民の多くは、黎明帝が用意した船で海を渡り、牙の大陸に向かった。移民の大船団は一月以上も列を成すように続き、その数は、五万人とも十万人とも言われる。

この凱の民こそが、やがて牙の大陸を統一し、現在、華信国への恨みと共に侵攻している神凱国の祖先だった。

「これが、真卿さまの歴史書に記された神凱国との因縁なのよ。でも、黛花さまからお借りした本の中に、それを否定するものがあったわ」

「真卿さまの歴史書を、ですか?」

真卿の歴史書は、華信国でもっとも権威がある書物といってよかった。

膨大な史料、確かな論法、端的な文面、どれをとっても一級品と評されている。

「他の章と比べると、六章九節の部分だけは記述が曖昧《あいまい》だったり、日にちや時間に矛盾があったりするそうよ。歴史家の間では、六章九節だけわざと手を抜いたようだとか、後世に改変されたものだとかいろいろな説があって、学士たちを悩ませ続けている謎の一つと書いてあったわ」

白眉を握るが、期待した答えは返ってこなかった。

『その事件が起きる頃には、僕はもう翠汐《すいせき》に譲り渡されていたからね。だから、詳しくは知らないよ。でも、真卿が歴史書の記述に手を抜くなんてあり得ないと思うけど』

そこで、明羽はふと思い出す。

「相伊《そうい》将軍は、煉《れん》家の当主になってすぐに大学士寮に籠り、戻ってくると人が変わっていた。そして、この国に真実はないと話した──黛花公主は、そうおっしゃっていました」

相伊将軍は、神凱国と華信国の因縁にまつわる真実を知り、今になってそれを利用しようとしている。強引な思いつきだが、昨夜の相伊将軍と灰麗のやり取りを見た後だと、確かな説得力があった。

『相伊将軍が、灰麗さまの言葉に反応したのは、思い当たるものがあったからってことか』

白眉の言葉に、明羽は頷く。

「もしかしたら、知の最奥とは、大学士寮の深部のことかもしれません。聖緑尤も、学問の神さまの名前ですから」

「でも、聖緑尤の地下、とはどういう意味かしら？」

「わかりません。ただ、相伊将軍がなにかを知っているのは間違いないと思います。灰麗さまはそれを確かめようとして、あの場で口にしたのかもしれません」

「もう少し詳しく、灰麗さまから話を聞きたいわね。すぐに水晶宮に行きましょう」

來梨は立ち上がり、颯爽と歩き出す。その背に、慌てたように寧々が声をかける。

「百花輪の貴妃が舎殿から出るのは、禁じられたはずです。入口にも、青龍兵が怖い顔で待っていますよ」

「もし止められたら、明羽、寧々、あなたたちに頼むわ」

舎殿の入口に近づくと、門前の見張りの青龍兵が鋭い声を上げた。


「お下がりください。來梨さまとその侍女は、これから戦が終わるまで、芙蓉宮から一歩も出ずに過ごしていただく」


見張りの兵は二人だった。額に傷のある男と、背の高い大男だった。どちらも、大振りの剣を腰に帯びている。

明羽は、そのうちの額に傷のある男には見覚えがあった。夏に開かれた戦勝祝賀会において、相伊が引き連れていた側近の一人だ。

「命を狙われているのは百花輪の貴妃だけでしょう。侍女は、関係ないはずよ」

來梨が声を上げるが、男たちは表情一つ動かさなかった。

「勅命にございます。どうかご理解ください。それから、今より、他の妃嬪の出入りも禁止し、舎殿の門も閉じさせていただく」

「なっ、それはいくらなんでも横暴よ」

寧々が声を上げるが、男たちは『勅命です』と繰り返すだけだった。それ以上は、話をする気もないというように剣の鍔を鳴らす。

ふと視線を感じて背後を見ると、芙蓉宮の庭園で見張りについていた青龍兵が、こちらを見つめていた。もしかしたら、先ほどの会話を聞かれて警戒されたのかもしれない。

「……寧々、簪の位置がずれているわ」

來梨はそう言うと、寧々の背後に回り、髪飾りを直すふりをして耳元で囁いた。

「私たちの代わりに、灰麗さまのところへ行ってちょうだい。なにを為すべきかを確かめて」

それから体を離し、二人の兵士に向き直る。

「わかりました。勅命に従いましょう」

來梨はそう告げると、舎殿の中に引き返す。

明羽は、青龍兵たちの態度に、外廷で起きている事態が自分の想像よりもずっと悪いことを察した。寧々は無言で舎殿を出る。その背にはいつもの潑剌さはなく、与えられた使命に緊張しているようだった。

◆◇◆◇◆

日が傾き、小径《こみち》に咲いた花を橙色に染める。

春の花は淡い色が多く、いずれの花弁にも夕日が良く映えていた。

例年であれば、あちこちの舎殿から貴妃や妃嬪が繰り出して、それぞれお気に入りの庭で花を愛でる季節だった。だが、辺りには人の気配はない。

寧々は、連翹《れんぎょう》と雪柳の並ぶ小径を、侍女も連れずに一人で歩いていた。目的の場所があるわけではなく、ひたすら後宮内を彷徨うように行き来している。

その表情は、獣に後をつけられているように青ざめていた。

寧々の腰には、蛇が巻き付いた黒水晶が光っていた。

皇后・蓮葉《れんよう》から受け取った、『九蛇楽団』の上客である証だ。後宮内でこの佩玉をつけて歩くことは、九蛇との連絡を取るための手段だった。

どこかで九蛇に見られているかもしれない。

震える腕を抱くようにして歩き続けながら、寧々は、水晶宮で聞いたことを思い出す。

來梨に頼まれた通り、水晶宮を訪れた。

急な訪問だったが、雰囲気のよく似た二人の侍女は、寧々が来ることを知っていたかのようにあっさりと客庁へ通した。

水晶宮にも青龍兵は配置されていたが、客庁は彼らの目の届かない舎殿の奥にあった。庭園を望むことができる円形の窓があり、庭に植えられた数本の梅が、香りを舎殿の中まで届けている。

円卓に座る灰麗は、再び体調を崩しているのか、顔色が優れなかった。日の光の下だからというのもあるだろうが、顔に浮き出た血管も昨夜より濃く見える。

灰麗は、青みがかった瞳を向けて問いかけた。

「そなたがここへ来たということは、芙蓉妃だけではなく、その侍女も外出を禁じられたということか?」

「はい。來梨さまと明羽は青龍兵により舎殿に軟禁されています」

「そうか。なかなか徹底した男じゃな」

「代わりに私が、來梨さまの命にて、灰麗さまに昨夜の言葉の意味を伺いに参りました」

灰麗は咳を数回し、心配して近づいてきた侍女を手で制しながら続けた。

「いつか、時が来れば、芙蓉宮を導くための予知を視ると言ったはずじゃ。昨日話した言葉が、それじゃ」

「やはり、そうでしたか。なぜ、あの場所で口にされたのですか？」

「相伊将軍がどのような反応をするか見たかったのじゃ。目論み通り、あの男と関わりのある場所のようであった」

「三つの言葉が、どういう意味か教えてくださいませんか」

「わしにもわからぬ。視えた物を、口にしただけじゃ。ただ一つわかるのは、芙蓉妃はあそこにいかねばならぬ。あの場所にいけば、災禍を祓うためになにを為すべきか、おのずとわかるはずじゃ」

そこで灰麗は、大きく咳きこむ。一時は回復したようにも見えたが、溥天の力を使い過ぎた代償は、確実に水晶妃の体を蝕んでいるようであった。

「わかっておるじゃろうが、猶予はない。もうすぐ東鳳州では、華信国と神凱国の総攻めが行われる。どちらが勝とうとも、多くの人間が死に、この国は炎に包まれる」

「それも、予知ですか？」

「溥天廟の者たちから得た情報じゃ。追放されたといっても、未だわしを支えてくれる者たちは残っておる」

灰麗の言葉に、寧々は拳を握り締める。総攻めとは、華信国軍と神凱国軍の決戦ということだ。今までの戦が前哨戦にすぎなかったような規模になるだろう。

「それに、外廷も酷い有様になっておる。今、この国は、滅びに向かっておる」

「灰麗さまは、外廷でなにが起きているか、ご存じなのですか?」

「隣室におる者に聞いた。花影《かえい》、呼んで参れ。十三妃にも話を聞いてもらうべきじゃな」

灰麗の言葉に、侍女が部屋を出て、すぐにもう一人の客を連れて戻ってくる。

その姿に、寧々は思わず声を上げた。

「玲々《リンリン》さま、どうしてここにいらっしゃるのですか?」

女官長・玲々は、後宮の女官たちを取りまとめるという立場から、百花輪の貴妃には肩入れしないように立ち振舞っていた。落花したとはいえ、灰麗は芙蓉宮に獣服している。貴妃の舎殿を訪れるなど、これまでないことだった。

「飛燕宮の女官たちも、相伊将軍の兵に見張られ脅されているのです。後宮の貴妃さまや妃嬪のみなさまに余計なことを話さず、すべて命に従うようにと。このようなこと、先帝・万飛《まんひ》さまの時ですらなかった。昨夜の様子を見て、灰麗さまのお力を借りるのがいちばん良いと考え、こうしてきたのです」

それから玲々は、外廷の状況を語った。

朝議にて、宰相・玄宗により、相伊が神凱国と内通し地図を流したことを告発された。

だが、その日の夜、玄宗と馬了《ばりょう》は急病による死が伝えられ、戦時中のため死は伏せられることが決まった。玄宗の告発は無かったことになり、今や外廷は相伊の支配下にあるという。

「玄宗さまが……亡くなられた。それにしても、告発した日の夜に、急病によって死ぬなど都合がよすぎます」

「誰もが、そう思っておるじゃろうな」

「秩宗尉さまはなにをしているのです？　宮城の秩序を守るのがお役目のはずです」

寧々の言葉に、玲々は残念そうに首を振る。

「李鷗さまも、姿が見えないそうです……灰麗さま、本当に、來梨さまが災禍を祓えるのですか？　この状況をどうにかできるというのですか？　私には、とてもそうは思えませんが」

今まで弱音を吐くところなど見せたことのなかった女官長が、縋るように、水晶妃へ問いを投げる。

「わしにもわからぬ。じゃが、それをできるとすれば、芙蓉妃だけというのは確かじゃ。わしはそれを見極めるために百花輪の儀に参加したのじゃ」

水晶宮に重い沈黙が降りてくる。

庭から響いてきた春を告げる鳥の鳴き声が、空々しく響く。

その沈黙の中で、寧々は、自らが今、この場所にいることが運命のように感じ始めていた。覚悟を決めて、告げる。

「來梨さまは、灰麗さまが予知した場所へ行かなければならないのですね。それなら、一つだけ考えがあります」

寧々は、自らの舎殿の引き出しの奥底に仕舞っている皇后・蓮葉から受け取った黒水晶を思い浮かべた。


寧々が黒水晶を腰につけて後宮内を歩き続けてから、半刻が過ぎた。

何も起きず、少しずつ恐怖も薄らいでくる。代わりに、九蛇が声をかけてくるなど嘘だったのかもしれないという不安が浮かんできた。

突如、背後から声をかけられた。

「あら、寧々さま。落としましたよ」

驚いて振り向くと、見慣れない顔の女官が立っていた。

彼女の手には、紅色の手巾が握られている。

「……私のものではないわ」

「おかしいですね。でも、ここには寧々さましか歩いていませんよ」

見渡すと、確かに女官の言う通りだった。前にも後ろにも、人の気配はない。分かれることのない一本道だ。

そこで、寧々も気づく。一本道を、女官はいつから背後をついて歩いていたのだろう。話しかけられるまで、気配すら感じなかった。

寧々が手巾を受け取ると、女官は一揖し、身を翻して去っていく。

女官が立ち去ってから手巾を開くと、中には紙片が挟まっていた。そこには、雷鳥《らいちょう》宮にて待つ、と記されていた。

雷鳥宮は、後宮の外れに配置された冷宮《れいぐう》の一つだった。

冷宮とは、かつて後宮で罪を犯した皇妃が送られ監禁された離宮のことだ。現在は使用されていないが、舎殿はそのまま残されている。

雷鳥宮は、過去に自死した貴妃がいたことで、幽鬼が出るとの噂がある場所だった。女官たちも近寄ろうとせず、荒れ放題になっていると聞く。

寧々は、九蛇がこれまでに引き起こしてきた凶悪な事件の噂や、女官たちが話していた幽鬼の噂を思い浮かべながら、恐怖を抑えて雷鳥宮へと向かう。

震える体を動かすのは、国や帝都に迫っている危機ではなかった。かつて、來梨を裏切ってしまったことへの償いと、そんな自分を、変わらず芙蓉宮に受け入れてくれたことへの感謝だった。初めは、一領四州の代表の中で、もっとも愚かな貴妃だと思った。

けれど今は、その人柄に惹かれ、もっとも皇后に相応しいと考えている。

雷鳥宮へと続く門扉は、開け放たれていた。

扉の向こうには丸石を敷いた小径が延び、その先には、緑を基調とした広い舎殿がある。かつては豪華な舎殿だったのだろうが、今や柱は劣化し瑠璃瓦は色褪せ、当時の面影はない。

屋根の上にある宮の名と同じ青銅の雷鳥が、かつての姿を誇るように、夕日を浴びながら雄々しく立っている。

寧々が小径を通り抜け、舎殿に足を踏み入れた時だった。


「そこで、止まれ」


掠れた声が、響いてきた。

男とも女ともつかない中性的な声が、壁を挟んだ向こう側から聞こえてきた。

「こちら側を覗き込もうとするな。そのまま、話せ」

どうやら、姿を見せるつもりはないらしかった。

唾を飲み込み、寧々は震える声で問いかける。

「あなたは……九蛇、なのですか?」

「その水晶がいったいなにか知っていて、持ち歩いていたのだろう？」

九蛇の言葉に、寧々は無言で頷く。どういうわけか、向こうからは寧々の姿は見えているらしい。九蛇は話を続ける。

「それは、九蛇に繋がる者の中でも限られた者が持つ、上客の証だ。だから特別に、この私が足を運んだ。九蛇には三人の頭目がいる。番号はあるが序列はない。私は、九蛇の二番目の頭目だ」

その言葉は、寧々の不安を増大させた。

ここが後宮であることなど関係ない。もはや、声の主の機嫌一つで、妃嬪の命一つなど簡単に奪われるだろう。

「それで、どのような依頼だ？」

寧々は腰に下げていた匂い袋を摑み、顔に近づける。乾燥させた桂皮と金木犀の花を混ぜて自ら配合したもので、心を落ち着ける効果がある。

「今、芙蓉宮に囚われている來梨さまと侍女の明羽を、密かに後宮の外に連れ出して欲しいのです」

短い沈黙のあと、九蛇の頭目が答える。

「お前では無理だな」

「なぜ、ですか？」

「相伊将軍も、黒水晶を持つ九蛇の上客だ。上客を裏切るとなると、我々も痛手を被る。相応の対価を用意してもらう必要があるが、お前の生家程度では用意できない」

「対価とは、お金でございますか？」

「それだけではない。信用に足るか、受けるに値する格式か。依頼を受ければ敵を生む、それだけの価値があるのか、そのすべてだ」

「そんな……せっかく、こんなところまできたのに」

寧々は、失望が胸に広がり、急に足の力が抜けるのを感じた。

「もう一つ教えておいてやろう。蓮葉さまは、なにか勘違いをしておられる。その水晶は、我々が上客と認めた方に渡している。他者へ譲れるものではないのだ」

頭目の声に、微かな苛立ちが混じる。

「黒水晶を置いて立ち去れ。そして、ここでのことは忘れろ」

寧々は、長衣のうえから自らの胸を摑む。諦めるしかない、そう理解したときだった。

「來梨さまを、後宮から出すとなにが起こるのかしら？」

舎殿の入口の方から、堂々とした声が響いた。

寧々の体がびくりと震える。振り向き、驚きの声を上げた。

「……どうして、ここにいらっしゃるのです？」

そこに立っていたのは、黄金妃・星沙《シンシャ》だった。

戦禍により万《まん》家の拠点であった景洛が陥落し、親兄弟が殺されたとの報せを受けてから、舎殿に籠り、食事も喉を通らず塞ぎ込んでいると噂されていたはずだ。

だが、現れた黄金妃は以前と変わらず、揺るぎない自信を纏っていた。金糸がふんだんに使われた衣装が、舎殿に差し込む夕日を受けて輝いている。

背後には、侍女長・雨林《ユーリン》と、護衛を兼ねている武術家の侍女・阿珠《あじゅ》の二人を引き連れていた。

「黒水晶をつけて後宮を歩くことがなにを意味するかくらい、私も知っているわ。十三妃であるあなたには、不釣合いな物であることもね。あの芙蓉妃が、またなにか企んでいるのかと思って尾けてきたの」

「……星沙さまは、舎殿で悲しみに暮れていると聞いていましたが」

「動きやすいように、そういう噂を流しただけよ。おかげで、見張りの青龍兵を出し抜いて舎殿を抜け出すことも簡単だったわ。それよりも、先ほどの質問に答えなさい。芙蓉妃は、今度はなにを企んでいるのかしら」

寧々はそこで、驚きの余り、貴妃を相手に立ったまま話していることに気づいた。遅れて、片膝をついて拱手をしながら続ける。

「來梨さまは、なにも企んでいません。ただ、この国を救うためには、あの方が大学士寮に行かなければならない。そこに、この国に降りかかる災禍を祓うための道標がある……それが、灰麗さまの予知です」

言葉足らずな説明だと理解していた。芙蓉妃が、この国に降りかかる災禍をどうして祓うことができるのか、寧々も信じてはいないのだ。

「そう、わかったわ」

けれど、星沙はあっさりと納得した。

代わりに、右手を差し出してくる。

寧々はすぐにその意図を理解し、腰から下げていた黒水晶を渡した。

蛇の巻きついた黒水晶を握り締めると、黄金妃は堂々とした足取りで寧々の横を通り過ぎ、九蛇の頭目が潜んでいる壁に歩み寄る。

「まだ、そこにいるわね。この私が対価を払う。芙蓉妃を後宮から出すために力を貸しなさい」

短い沈黙のあと、掠れた声が返ってくる。

「なにを言い出すかと思えば。かつての万家であれば、相伊将軍を切り捨てても構わないほどの価値があった。だが、今は違う。戦禍によって本拠地を焼かれ、万家は力を失った。かつての万家ではない」

「いいえ、なにも失っていないわ」

黄金妃は、自信に満ちた笑みを浮かべながら続ける。その瞳には夕日が差し込み、黄金色に輝いているように見えた。

「私は、百花輪の儀を降りる。そして、万家を継ぐわ。私は、万家と東鳳州をさらに豊かにすることこそが、この国をより豊かにするための道だと信じて皇后を目指した。万家がなくては、もはや、皇后になる意味などない」

「そのようなこと、私の知ったことではない」

「あら、そう。では、こう言えばわかるかしら。万家は必ず蘇る。この私が、当主になるのだから当然よ。万家とはこの私よ。いいから、私に貸しを作りなさい」

途端、壁の向こうから女の笑い声が響く。

今まで出していた中性的な声は、なんらかの技だったのだろう。思わず声を上げて笑ったせいで、地声が出てしまったようだった。

しばらく笑った後、頭目は、声を元に戻して告げる。

「なるほど。今のうちに、お前と繋がっておけというわけか」

「そうよ。私が当主になれば、万家はたちまち、これまで以上の繁栄を得ることを約束するわ」

「……大した度胸だ。お前の父によく似ている」

「父を、知っていたのね」

「お前の父には世話になった。せめてもの手向けだ、特別に力を貸してやってもいい。だが、九蛇を動かすわけではない。かつて九蛇だった者と繋いでやろう。その者は、後宮のことをよく知っている。決行は今日の真夜中だ」

そう告げた直後、壁の向こうから放たれていた圧力が消える。

星沙の背後で、常に警戒するように目を動かしていた阿珠が、敵がいなくなったことを確認したように肩を竦めて見せる。

「……星沙さま、ありがとうございます」

寧々は、黄金妃に声をかける。星沙は無邪気な笑みを浮かべて答えた。

「礼を言われる筋合いはないわ。すべては、私が決めたこと。九蛇の力も、これから先、役に立つこともあるかもしれない。すべてを糧にして前に進むわ」

星沙は、右手に残った黒水晶を握り締めながら続ける。

「そのためにも、この状況をなんとかしなければならない。まさか、芙蓉妃に命運を託す日がくるなど、この後宮にきたばかりの時には考えもしなかったわ」

黄金妃の瞳は、運命の皮肉さえも楽しむかのように金色に輝いていた。

◆◇◆◇◆

真夜中に、明羽は誰かが近づく気配で目を覚ました。

体を起こし、辺りを見渡す。

人の姿はない。窓の外はまだ暗く、月の光でぼんやりと白んだ桃の花が見える。春先の冷たい風が吹き込んできて、再び布団の中に潜ろうとしたときだった。

「意外と鈍いな。それでは、暗殺者にはなれない」

頭上から声が聞こえてきた。

心臓が跳ねるが、すぐに声の主に気づいた。

「私は、ただの侍女だよ……あんた、こんなところでなにをしてるの？」

明羽はそう言いながら、背後を振り返る。

そこに立っていたのは、黒色の動きやすそうな襦袴に身を包んだ梨円《りえん》だった。

かつては孔雀宮の侍女であり、九蛇に育てられた暗殺者だった。今は、皇后・蓮葉の侍女として妹と共に暮らしているはずだった。

「蓮葉さまからの頼まれごとだ」

「目的は、なに？」

「お前と來梨さまを、後宮の外に連れ出す。向かう先は、大学士寮と聞いた」

「大学士寮……灰麗さまが示されたところね。でも、なんで、あんたなの？」

「少しは自分で考えろ。蓮葉さまにこの話を持ち込んだのは九蛇だ。そして、九蛇に依頼したのは十三妃と黄金妃だ。そう言えば、事情はわかるか？」

その言葉で、明羽はおおよその経緯を理解する。

寧々は、來梨から頼まれた通りに水晶宮へ向かい、灰麗から予知の真意を聞いた。その結果が、この行動なのだろう。

それから梨円は、現在の宮城の状況を説明した。相伊将軍によって支配され、皇帝より帝都を任されていた宰相・玄宗が死に、秩宗尉・李鷗は捕らえられた。

「……李鷗さま、そのようなことに」

明羽は、三品位の皮肉っぽい笑みを思い出し、胸が苦しくなる。

……どうか、ご無事でいてください。

宮城は闇に飲み込まれ、東鳳州の戦場では決戦が迫っている。

灰麗が告げた、來梨が災禍を祓うという予知を信じたわけではない。けれど、もしそれが真実ならば、時は今だった。

「でも、庭と門の前は青龍軍の兵士たちが見張ってる。どうするの？」

梨円の赤い瞳が、馬鹿にするなと言うように明羽を見つめる。

「庭園にいた二人は、もう眠らせた。門前にいる兵たちを同じように眠らせるのも造作ないことだ。早く、芙蓉妃を起こして準備をしろ」

「さすが、元暗殺者。手慣れたものね」

「もう仕事を引き受けるつもりはなかった。でも、お前と蓮葉さまには借りがある」

明羽はすぐに、できるだけ音を立てないように來梨の居室へ向かった。

來梨はぐっすりと眠っており、声をかけるだけでは目を覚まさなかった。枕を取り上げ、体を揺すって、ようやく目を開ける。

寝たりなそうに目を擦る主に向けて、明羽は事情を説明する。

「大学士寮……そのようなところに行って、私に、なにかができるとはとても思えないけれど」

「思えないのは、私も同じです。でも、今は、それに賭けるしかないのです。申し訳ありませんが、こちらに着替えてください」

明羽が差し出したのは、普段、侍女たちが着ている襦袴だった。もしかしたら敵に追われて走ることがあるかもしれない。後宮内で纏っている煌びやかな襦裙や長衣を着ていくのは論外だった。

「宮城がそのような状況になっている以上、やるしかないのね。それで陛下の御身を守れるなら、なんだってするわ」

「残念ながら、引き籠って気持ちを奮い立たせる時間はありません」

來梨は頷いてから、ぎゅっと襦裙の裾を握り締めながら告げる。

「一つ、わがままを聞いてちょうだい。持っていきたいものがあるの。紅花《ホンファ》さまからいただいた弓、それと矢を一束、それから、灰麗さまからいただいた簪よ」

紅花の名に、明羽は思わず梨円に視線を向けるが、かつて孔雀宮に仕えていた侍女の表情はまったく揺らがなかった。

「わかりました、すぐに用意いたします」

どちらも百花輪の儀の中で、來梨が他宮の貴妃と縁を結んだ証だった。それを身に着けることで、二人の貴妃の想いを背負うつもりなのだろう。

來梨の支度を終え、足音を忍ばせて芙蓉宮の門外に出る。紅花から貰った弓は矢とともに、來梨の背中に括りつけ、灰麗から貰った簪を頭に挿す。

「なんだか、楽しくなってきたわ。あなたたちの服も、いちど着てみたかったの。思ったより動きやすいのね」

來梨のまるで緊張感の無い声に、明羽は安心を覚える。

芙蓉宮の門前まで辿り着くと、予想外の光景が広がっていた。

門を見張っていた屈強な二人の兵士が倒れ、その傍に、大柄な侍女が立っている。

黄金宮の侍女・阿珠が、不敵な笑みを浮かべていた。

「よぉ、面白そうなことになってるな。あたしも、交ぜてくれよ」

「なんで、あんたがいるのよ」

明羽が、呆れたように尋ねる。

「星沙さまから、お前たちを手伝えと命じられた。こういう時のために、私を連れてきていたそうだ」

「明羽、足手まといは來梨さまだけで精いっぱいだ。黄金妃のわがままに付き合っている時間はない」

梨円が冷淡に告げるが、この侍女を足手まといと言うには無理があった。青龍兵が倒れているのは昼に見張りに立っていた相伊の側近の男ではなかった。だが、青龍兵はいずれも精鋭のはずだ。なにより驚くべきは、阿珠が二人を倒したのに、舎殿の中にいた明羽たちは気づかなかったことだ。

「梨円、大丈夫。こいつは馬鹿だけど、戦いにだけは役に立つ。あんたと同じくらい強いよ」

明羽が答えると、かつて華信国史上最強と呼ばれた武人英雄・王武《おうぶ》の子孫は、嬉しそうに尖った八重歯を見せて笑う。

梨円も納得したらしく、あっさり受け入れてくれた。

「ついて来て。見張りとは別に、巡回している兵士もいる。すぐに気づかれるはずだ。

「ここからは、時がすべてだ」

元孔雀宮の侍女は、足音を立てずに先頭を歩き出す。

向かった先は、桃源殿の側にある祭具が納められた倉庫だった。

◆◇◆◇◆

倉庫の奥の暗がりに、貴妃と二人の侍女が佇んでいた。

室内は夜が霧となって立ち込めているかのように薄暗い。天井近くに設けられた明かり取りの窓から差し込む月光が、かろうじて辺りが見渡せる程度の光量を与えていた。

桃源殿の東側にある広い倉庫は、後宮内では祭具が納められた場所として知られているが、それは本来の目的を欺くために流された噂だった。

倉庫の奥底には、地面に向かって取り付けられた鉄の扉がある。

そこには、後宮内部から宮城へと通じる隠し通路が造られていた。かつて明羽が、阿珠と共闘して白面連と戦い、皇后・蓮葉から貴妃たちに伝授された場所でもあった。

「お前たちまで、共にくることはなかった」

暗がりに立つ貴妃が、掠れた声で囁く。

「灰麗さまのお供をするのが、私たちの天命でございます」

「どうか、最後までお供をさせてください」

二人の侍女が、一つの言葉を分け合うように答える。

倉庫にいるのは、水晶妃と、水晶宮に仕える二人の侍女だった。灰麗は時折、咳をしては体を苦しそうに曲げる。痛みに蝕まれる体を、無理して奮い立たせていた。

その時、倉庫の扉が外から開く。

灰麗は、体の不調を悟られないように背を伸ばし、中に入ってきた四つの人影に声をかけた。

「思ったより、遅かったようじゃな。待ちくたびれたぞ」

倉庫に入ってきた四人は、奇妙な組み合わせだった。芙蓉宮の貴妃と侍女と、かつて孔雀宮の侍女であった梨円と、黄金宮の侍女・阿珠。

「灰麗さま、どうしてこちらに？」

來梨が、驚いたように声をかける。

次の瞬間、倉庫の外で、銅鑼の音が響き渡った。後宮内を見張っていた兵士たちが、大声で叫び合うのも聞こえてくる。

「お主らが芙蓉宮を抜け出したことが知られたようじゃ。相伊将軍には、玉蘭がついておる。この隠し通路のことも知っておるはずじゃ。この場にも、すぐに手下どもが押し寄せてくる」

灰麗は、天窓から差し込む月光に照らされた場所へ歩み出る。

月明かりの下に立つ水晶妃を見て、明羽たちの顔に戸惑いが浮かぶ。頰に黒く変色した血管が盛り上がっており、顔の下を百足《むかで》が這っているかのようだった。

灰麗は、明羽たちの戸惑いなど気にせずに続ける。

「わしがここで時間を稼ぐ。この隠し通路の仕掛けのことは、皇后から聞いているようじゃな。わしのことは気にせず、隠し通路の中央を過ぎたら、迷わずに楔《くさび》を外せ」

「そんなことをすれば、灰麗さま、あなたは——」

來梨が、思わず声を上げる。

「大丈夫じゃ。仮にもわしは貴妃じゃ、一介の兵ではわしを殺すことはできぬ」

神凱国が相手ならば、どのような目にあわされるかわからない。だが、追手としてやってくるのは同じ華信国の兵だ。貴妃に対する扱いは心得ているはずだった。

「なにを呆けておる。時間がない、さっさと進め」

來梨は水晶妃に近づき、白く冷たい指先を手に取った。

「灰麗さま、どうかご無事で」

そう告げると、水晶妃の横を通り過ぎ、倉庫の奥にある隠し通路の入口へと向かう。

阿珠が鉄の扉を横にずらす。その向こうには、深い地の底へ向かうような洞穴が延びていた。

芙蓉宮の侍女である明羽が先に入って中の様子を窺い、その後、來梨、梨円、阿珠の順に続く。四人は隠し通路の中に消え、内側から鉄の扉が閉められる。

しばらくすると、倉庫の入口の扉が開き、男たちが中に入ってきた。

先頭に立って姿を見せたのは、額に傷のある、相伊の側近の兵士だった。背後には五人の青龍兵を引き連れている。

額に傷のある男は、目を細めて告げる。

「灰麗さま、どうしてこのような場所におられるのですか？　貴妃のみなさまには、外出は控えるようにお願いしたはずですが」

灰麗は、静かに答える。

「わしにもわからぬ。今宵、この場所へくるように、溥天からの託宣があった。すべては溥天の意思じゃ」

「直ちに、舎殿にお戻りください。これは勅命です。従わぬ場合は、力ずくでもそうさせていただきます」

その返答を聞いて、灰麗は笑う。幽鬼が、怯え惑う人々を嘲笑うかのような暗い笑い声だった。

「言い直すがよい、相伊将軍の命令であろう。そんなものが、勅命であるものか。じゃが、万が一、勅命であったとしても、溥天の託宣に背くわけにはいかぬ」

額に傷のある男は、部下たちに灰麗を捕らえるように命じる。

兵士たちが、貴妃の前に歩み出ようとした時だった。

「それ以上、わしに近づいてみよ。溥天より神罰が下るぞ」

その言葉を聞いた途端、金縛りにあったかのように兵士の動きが止まる。

灰麗の体から、地の底から漏れ出てくる瘴気を纏ったような気配が立ち上る。その禍々《まがまが》しさは、青龍軍として名を馳せた兵士たちを怯ませるほどだった。

「わしが、巷でなんと呼ばれているか知っておるな。帝都を焼いた鬼女、溥天の名を騙った悪女と呼ばれておる。じゃが、忘れるな。わしは、神凱国の来訪を、この国の災禍を予知した。わしの力は、本物じゃ。民はわしを恐れて鬼女悪女の名を与えた」

兵士たちは、月明かりの下に照らされた灰麗の顔に、幾筋もの黒い血管が浮かんでいるのに気づく。その姿は、異形でありながら、目を逸らせなくなるほどに美しかった。

「剣を引け。そうすれば、見逃してやるぞ」

灰麗が、一歩前に出る。兵士たちはたちまち後ずさり、中には尻もちをついて剣を落とす者もいた。額に傷のある男も「怯えるな、迷信だっ」と部下を叱咤するが、自ら踏み込むことを躊躇っている。

その時、だった。

「惑わされるな。水晶妃の言葉は、すべて時間稼ぎだ」

扉が開き、たちまち辺りを掌握するような落ち着いた声が滑り込んできた。

光によって影が薄れるように、灰麗の禍々しい気配も弱まる。

そこに立っていたのは、相伊だった。右手に抜き身の剣をだらりと垂らし、美しい笑みを浮かべて歩み寄ってくる。

青龍兵の表情に、たちまち安堵が広がっていく。自然と兵たちが割れ、相伊は水晶妃と向き合う。

「灰麗さま、溥天があなたに与えた力は予知だけだ。そもそも、呪いをかけるようなことは、できはしない」

「ほう、面白いことを言う。ならば、試してみるか？」

「私が治める国には、溥天などいらぬ。さっさと、道をあけるがいい」

相伊は歩みを止めず、伸ばせば灰麗に手が届くところまで近づく。

すぐさま、背後に控えていた二人の侍女、花影と宝影《ほうえい》が、相伊から灰麗をかばうように前に歩み出る。

相伊は表情一つ変えず、爽やかな笑みを浮かべたまま、剣を振り抜いた。

花影と宝影が、胸から血を噴き出して倒れる。二人の侍女が床に伏し、灰麗の足元に血の池が広がっていく。

相伊の顔には返り血一つかかっていない。その表情は、たった今、二人の命を奪ったというのに欠片も揺らいでいなかった。

灰麗は、床に倒れた侍女たちのために、ほんの一瞬だけ目を閉じ溥天に祈った。その耳に、待ちわびた音が届く。

地鳴りのような音が、響き渡った。

地の底を巨大な生き物が通っていくような揺れが、倉庫を襲う。

「……なんだ、これは」

侍女を斬り殺しても眉一つ動かさなかった相伊の瞳が、初めてわずかに揺れる。

「間に合ったようじゃ。玉蘭は隠し通路の場所をそなたに教えたのに、仕掛け扉のことは伝えなかったようじゃな。おかげで、助かったぞ」

「これは、いったいなんだ。なにをした」

「隠し通路の中央には扉がある。扉を閉めると楔が外れ、その扉までの通路に、栄花泉から水が流れ込む仕組みになっておる」

相伊は、灰麗の横を素通りすると、地面に向けて置かれた隠し通路の扉を開く。

扉の先に続いていた抜け道は、完全に水没していた。この隠し通路を造った者が考えた、追手を阻むための罠だった。

「お主の言う通り、わしにはそなたを呪う力などない。わしに与えられた力は予知だけじゃ」

相伊は、悔しそうに水に覆われた隠し通路の入口を睨んでいた。灰麗は、口元を禍々しく歪めながら続ける。

「そなたの未来を予知してやろう。お主の描く覇道の先になにが待っておるのか、わしには視えておる」

「ほう。私の未来が、視えているというのか」

相伊の金剛石の輝きを宿す瞳が、興味を引かれたように水晶妃を見つめる。

「いらぬ。未来は、この手で摑むものだ」

次の瞬間、白刃《はくじん》が閃《ひらめ》いた。

水晶妃の左肩から右の腰に向けて、切っ先が通り抜ける。美しい灰色の長衣から、鮮血がほとばしった。

灰麗は、幽鬼のような笑みを浮かべたまま、右手を相伊に伸ばす。それは、死の国からの遣いが、生者を道連れにしようとしているかのようだった。

だが、その手が届く前に、水晶妃は力尽きる。彼女に付き従っていた二人の侍女に挟まれるようにして倒れ、動かなくなった。

相伊は、剣についた血を払うと、青龍兵に歩み寄る。

側近の額に傷のある男は、片膝をついて話しかけた。

「どうされますか？　隠し通路は宮城の方に繋がっているようですが、追跡の兵を出しますか？」

「不要だ。やつらがどこにいくかは見当がついている。私、一人で十分だよ」

将軍麗人は、足元に伏す貴妃を一瞥してから、倉庫を後にする。

その口元は、計画の中に生まれたわずかな綻びに、不快そうに歪んでいた。

◆◇◆◇◆

隠し通路は、宮城の外れにある倉庫へと繋がっていた。

宮城側の出口は、地上に向けて真上についていた。通路の中からだと、天井に扉がついているように見える。

明羽は閂《かんぬき》を外し、先に外に出る。

周りに人気がないのを確かめてから、背後に続く來梨に手を貸す。

「來梨さま、こちらへ。よく頑張ってついてきてくださいました」

隠し通路は暗く足場も悪く、鼠《ねずみ》や蜘蛛《くも》などの栖《すみか》にもなっていたが、來梨は泣き言ひとつ漏らさなかった。紅花から譲り受けた弓と、灰麗から貰った簪が、力をわけてくれたのかもしれない。

「灰麗さまは、大丈夫だったかしら？」

それどころか、隠し通路を抜けるあいだ、ずっと水晶妃の身を案じている。

「大丈夫ですよ。あの冥府の遣いのような方が、死ぬわけがないじゃないですか。それよりも、急ぎましょう」

明羽が励ましているあいだに、後をついてきていた梨円と阿珠が上ってくる。

そこで、梨円が真っ青な顔をしているのに気づいた。

「だいじょうぶ？　なにか、あった？」

「……問題ない。ただ、鼠が苦手だっただけ。子供のころ、寝ていた所に、天井裏からたくさんの鼠が降ってきたことがあって、それから、無理なんだ」

いつもは冷淡な侍女が、今にも吐きそうな顔で告白する様子に、他の面々は思わず吹き出す。張りつめていた空気が、わずかに緩んだ。

「まったく。孔雀宮の侍女に、すげぇ強いやつがいたって聞いてたのに、そんなんじゃ期待外れもいいところだ。せっかく、一段落したら戦えると思ったのによ」

「一段落したら戦う？　なぜ、私とお前が戦う必要があるんだ？」

「なに言ってんだ。強いあたしと強いお前が会ったんだ。戦うだろ？」

梨円が助けを求めるように振り向くのに、明羽は全力で同調した。

「こいつの頭の中には、体を鍛えることと戦うことしかないのよ。拳法馬鹿の脳筋侍女だから」

「救いがたいな。寒気がする」

「そんなに褒めるなよ」

「褒めてない」「褒めてるわけないだろ」

明羽と梨円が声を揃えて言うと、隣で話を聞いていた來梨が柔らかい声で笑う。

全員の視線が集まると、芙蓉妃は言い訳のように付け足した。

「百花輪の儀で命を賭けられていたあなたたちが、こんなに仲が良さそうに話すのがおかしくて、つい」

明羽は不本意な評価を受けて、面白くなさそうに主から顔を逸らした。

「仲良くなんかありませんよ。先に、外を見てきます」

そう告げて、一人で倉庫の外に出る。

辺りに人の気配は無かった。夜明けが近いらしく、東の空がうっすらと白んでいる。

けれど、宮城はまだ眠りに包まれていた。

すぐ近くに宮城を囲む城壁があるのに気づく。反対側を見ると、遠くに、皇帝が政務を行う昇龍《しょうりゅう》殿が見えた。

どうやら、宮城の北端にいるらしい。

明羽は、そっと白眉に触れて囁《ささや》く。

「ねぇ、ここがどこかわかる？」

頭の中に、すぐに声が返ってきた。

『わかるよ、隠し通路は真卿が造ったたって言っただろ。この倉庫は、僕がいた時代にはなかったけど、出入口の場所は変わらない。大学士寮のすぐ側に繋げたはずだ』

「そうか。大学士寮を造ったのも真卿さまだったんだよね」

『明羽、後ろを向いて。あぁ、僕がいた頃と変わらない。あれが、大学士寮だよ』

明羽は振り返り、そこに奇妙な建物を見つけた。

豪奢な建物が並ぶ宮城の中にあって、その形は質素でありながら奇抜だった。

中心は、藍色の瑠璃瓦に覆われた三角屋根の巨大な舎殿。形状は丸く、虫食いのような丸窓が不均一に並んでいる。まるで、巨大な丸太をくりぬいて屋根を付けたような外観だった。その舎殿を中心に、四方に向けて細長い建物が繋がっている。

大学士寮は、初代皇帝に仕えた偉大な学者・真卿によって建立された、華信国の最高学府だった。国中からありとあらゆる学問の天才たちが集まり、国の発展のために日夜研究するための機関だ。

学士になるのは、科挙に合格するよりも難しいとされる。試験はなく、学士三人以上の推薦が必要とのみ定められていた。飛び抜けた才覚がなければ決して門戸は開かれない。

『真卿の部屋は、あの建物のさらに一番奥だった。華信律令は、あの場所で生み出されたんだ』

白眉が、古い友を思うようにしみじみと呟く。

「……知の最奥」

明羽はぽつりと呟く。それは、灰麗が予知した三つの言葉のうちの一つだった。

白眉を手に巻き付けてから倉庫に戻り、來梨たちに、外に出ても問題ない、と教える。

倉庫から出て辺りを見渡した阿珠が、小さく口笛を吹くのを、明羽と梨円が二人で睨みつける。

宮城の状況がどうなっているのかわからない。誰が敵で味方なのかも不明だ。誰にも見つからず大学士寮に辿り着く、それが最善策だった。

近づくほどに、大学士寮の大きさを実感した。広さだけなら桃源殿に並ぶ。

朝日が徐々に光量を増し、宮城の中に光と影が生まれ始める。

日が昇り切る少し前に、四人は大学士寮へと辿り着いた。

入口の大扉には、溥天に仕える神将の一人であり、知識を司る学神・聖緑尤が描かれていた。扉に手をかける、鍵はかかっていない。

扉を押し開いて中に入ると、紙の匂いが溢れてきた。

足を踏み入れた途端、思わず声を上げる。

明羽は、邯尾にいた時に、本が高級品として扱われていたのを思い出す。後宮に憧れるきっかけになった後宮小説を、義姉に見つかって売り飛ばされないように必死に隠していた。

それが、ここでは洪水のように溢れていた。

扉の向こうは、本に囲まれた広間だった。宴が催せそうな広い部屋に、大小さまざまな机が乱雑に並んでいる。広間を囲む壁際にはびっしりと本棚が並び、天井近くまで本が詰まっていた。

華信国が生まれて二百年、膨大な知識をため込み、様々な研究成果を生み出してきた最高学府・大学士寮。明羽は、入口に立っただけで、その一端を垣間見た気がした。

『これが、大学士寮のあらゆる分野の研究者たちが切磋琢磨し高め合うように造られた壁のない仕事場、大学堂だ。変わらないな。いや、ところどころは造り替えられているけれど、この雰囲気は、あの頃のままだ』

頭の中に、眠り狐の佩玉の声が響く。

部屋に学士の姿はない。辺りは静まり返っている。

虫食いのような丸窓から差し込む光が、幾筋もの光の柱となって降り注いでいた。

『大勢の学士たちが集まり、壁から本を集めては学び、誰かが発見をするとすぐさま集まって議論が始まる。真卿はいちばん奥の席に座って、いつも嬉しそうに、その様子を眺めていた』

白眉の声に促され、明羽は視線を部屋の一番奥に向ける。

そこに、人の姿があった。

かつて真卿が使っていたという、大学堂を見渡せる場所に置かれた机。その前に立ちはだかるようにして、美しい将軍が腕を組み、目を瞑っていた。朝日の中で、桃の花が散るような華やかな気配を纏っている。

「相伊将軍。どうしてここに？」

周りに青龍兵たちの姿はない。たった一人で、待ち構えていたようだ。

相伊は爽やかに微笑むと、優しく諭すように声を上げる。

「あなたたちを待っていたのだ。ここにくるのは、わかっていたからな。水晶妃の予知か。確かにあれは、本物だったようだ」

三人の侍女の前に、來梨が歩み出る。

「この先に、なにがあるのですか？」

相伊将軍の穏やかな話しぶりが、ひたすらに不気味だった。來梨もそれを感じているのだろう、声が微かに震えている。

「大学士寮のことなど、私が知るところではありません」

「煉家の当主となった日の夜、あなたは大学士寮へ向かった。そして、十日間戻って来なかった。帰ってきたあなたは人が変わっていたと、聞きました」

「おしゃべりな妹だ。あとで、仕置きが必要だな」

相伊は組んでいた腕を開きながら、よく通る声で続ける。

「私は、ずっとこの国が憎かった。幼い頃に皇位継承権の争いが起き、煉家は私を、身を守るためと称して南虎州の炎《えん》家に送った。冷酷な先帝に目を付けられるのを恐れたのだろう。南虎州の人々は、未だ中央への憎しみを抱いている。その場所で皇族が、どのような目にあうか知らなかったはずはないのだがな」

先々帝が死んだ後の、皇位継承権争いの壮絶さは、明羽も何度も耳にしていた。先帝が玉座に着くまでに三つの家が断絶し、八人いた皇太子のうち半分が命を落とした。若かった兎閣《とかく》は北狼州へと逃れ、そこで幼い日の來梨と出会ったのだ。

「やがて兎閣兄さまが皇帝となり、帝都に戻ることができた。だが、母は愚かな先帝に殺され、明るかった妹は塞ぎ込んでいた。そんな時だ、私が煉家を継いだのは」

相伊はそこで、腰から下げた瑠璃の佩玉に触れる。かつて真卿が愛用していた佩玉を模したもので、代々、煉家の当主に受け継がれる証だった。

「真卿の子孫である煉家の当主は、この国の真実の歴史を受け継いでいる。真卿は、真実のすべてが闇に葬られるのを良しとせず、子孫にのみ密かに受け継がせた。この国は、造られた時から嘘に塗れていた。それを知ったことで、私は生まれ変わったのだ」

相伊は、机に立てかけていた剣に手を伸ばす。

柄を握り、白刃を引き抜きながら続けた。

「偽りに塗れて生まれた国なのだ。ならば、壊すのになにを躊躇う必要がある。好きなように造り替えるのだ。私が愛するものが報われ、私が愛するものが幸せになる国だ」

「そんなことのために、国中を巻き込んで謀反《むほん》を起こしたのですか？」

來梨が、将軍麗人に刃を向けるような冷たい声で問う。それを、相伊の金剛石の瞳は、心地よさそうに受け止めた。

「理解して欲しいとは思わない。どのような希望も願いも、他者から見れば、そんなこと、と言いたくなるものだ。そんなことのためにこの国は生まれ、そんなことのために滅ぶのだ。私は、この国の嘘を利用し、この国を造り替える」

「この国の嘘、とはなんのことです？」

「あなたが、知る必要はない。さぁ、もう話は終わりにしましょう」

相伊は、鞘《さや》を投げ捨てると、体を預けていた机から体を離した。

「お前、一人かよ。手下の兵士たちはいねぇのか」

阿珠が、辺りを見渡しながら尋ねる。口元には尖った八重歯が覗き、自分の出番がやってきたとばかりに不敵な笑みが浮かんでいた。

「安心していい。ここには、私一人できた。私はやがて兄に代わって皇帝になる。民にも、文官たちにも愛され慕われる必要がある。ゆえに、あまりよくない噂が広まるのは避けたいのだ」

剣を握っても、相伊の表情は爽やかで、声はどこまでも華やかだった。

「來梨さまや侍女たちを殺せと命じるのも、殺すところを見られるのも、私のことを信頼する兵たちに見られるのは避けたい。どのように取り繕っても、噂は悪意を伴って広がる。特に來梨さま、あなたは民から人気がある。私の兵たちの中にもあなたに心酔する者は多い。水晶妃とは、違ってね」

最後の言葉には、明確な意図が込められていた。

來梨は、心臓を穿《うが》たれたような不安を覚えながら、問いかける。

「……灰麗さまを、どうかされたのですか？」

「殺した。水晶妃は、あなたたちがここに辿り着くための時間稼ぎを、見事に果たした」

「そんな。灰麗、さま」

來梨はそっと髪に手を当てる。そこには、灰麗から受け取った白銀の簪が、朝日を受けて輝いていた。

主の悲しみに満ちた声が、明羽の背中を押す。

相伊への恐れを抑えつけ、声をかけた。

「そこを通していただくことは、できないのですね」

「当然だ。水晶妃の力が、本物だったことは知っている。あなたたちが、ここを通ったところでなにかできるとは思わないが、不安の芽は摘んでおくに越したことはない」

「來梨さま、私たちの後ろに」

明羽が声をかけると、來梨は頷いて侍女三人の背後へと回り、入口近くまで後ろに下がった。

相伊と、三人の異なる色の襦袴を纏った侍女が向かい合う。

「芙蓉宮、孔雀宮、黄金宮。百花輪の貴妃から、それぞれに身を守る武力として雇われた侍女か。確かに、それなりの実力はあるようだ。だが、お前たちなど私の敵ではない」

「明羽、ここに連れて来てくれたことに礼を言う。今、この場にいられてよかった。あの男を、この手で殺せる」

明羽の左側に並んだ梨円が、冷淡な声で告げる。梨円が腰から抜き放ったのは、かつて紅花が使っていた炎と虎が描かれた剣だった。

「久しぶりだな、梨円。私を仇だと思っているなら、それは間違いだ。紅花姉さまを殺したのは、お前だ」

「黙れ。お前が、紅花さまの名を口にするなっ」

梨円の緋色の瞳に、激しい怒りが浮かぶ。心の奥底に抑えつけられてきた感情の向かう先を、ようやく見つけたようだった。

「明羽、黄金妃の侍女、下がっていろ。この男は、私が殺す」

「そりゃあ、聞けない相談だ。あいつは強いんだろ。なら、あたしに戦わせろ」

阿珠が、腕を回しながら歩み出る。

そこで、これまで黙りこくっていた白眉の声が、頭の中に響いた。

『この男は、強いよ。烈舜《れつしゅん》将軍と同格か、それ以上だ』

その口ぶりからは、これまで後宮で出会ったどんな相手よりも、白眉が目の前の将軍を警戒しているのが伝わってくる。

明羽は、左右に並ぶ二人の侍女に告げる。

「駄目だ。三人でいかないと、勝てない」

相伊が、剣を構える。

次の瞬間、桃の花弁のような気配が消える。

代わりに、その身から放たれたのは龍の気配だった。蒼い鱗《うろこ》に包まれた龍が目の前に現れたかのような、強烈な圧力が襲い掛かってくる。

「来るがいい。格の違いを見せてやろう」

相伊が、爽やかに、それでいて油断の欠片もない声で告げる。

「なるほど、確かにまとめてかかった方がよさそうだ。いつか、白面連と戦ったときのようにできるか？　あたしの動きに合わせてくれ」

阿珠が笑みを消し、真剣な口調で尋ねてくる。

「うん、わかった」

『まかせてよ。王武の拳なら、誰より良く知ってる』

明羽が答えるよりも力強く、相棒の声が頭に響く。

「私も理解した。紅花さまの無念を晴らすために、お前たちの力を利用させてもらう」

梨円も冷静な声で答える。

「三人とも、どうか無事で」

背後から來梨の声が聞こえる。

それが合図だったかのように、三人の侍女が動き出した。

真っ先に距離を詰めたのは、梨円だった。かつて明羽を圧倒した剣技で、相伊に斬りかかる。

だが、相伊はその場から足を動かさず、易々と全ての斬撃を受け止めた。

「私は、南虎州で剣を学んだ。君の剣筋は、すべて知っているよ」

梨円の体重の乗った斬り落としを片手で受け止め、力任せに押し上げると、がら空きになった腹に蹴りを叩き込んだ。

赤毛交じりの侍女は、後ろに跳んで蹴りの衝撃を逃がす。そのまま距離を開きながら、密かに左手に握っていた匕首《ひしゅ》を投げた。

梨円の使う匕首は、手のひらに収まるような刃渡りの小剣であり、暗器として隠しながら投擲《とうてき》するために改良されていた。

だが、死角からの投擲を、相伊はあっさりと弾き落とす。

「もちろん、君が九蛇から暗殺の技を学んだことも、忘れていないさ」

次の瞬間、背後から、阿珠の剛腕の拳が突き出される。

相伊は、見えていたかのように体を反らして避ける。

武人英雄・王武から受け継いだ岩砕拳《がんさいけん》、その特徴は、これまでの武術の常識に囚われない独特な動きにある。王武と並ぶ恵まれた体軀と天賦の才があるからこそ使いこなせる比類なき暴力だった。

だが、相伊はそれを易々と躱して見せた。

「見たことのない武術だ。まるで、御伽噺《おとぎばなし》の武人英雄のような動きだな。だが、獣と同じで、隙が多すぎる」

『今だよ、梟《ふくろう》の型っ』

白眉の声が、頭の中に響く。

明羽が生まれ育ったのは飛《ひ》鳥《ちょう》拳《けん》の道場であり、父はその師範だった。幼い頃から武術を叩き込まれ、技の切れだけであれば達人と変わらない。

だが、梨円や阿珠のような実戦経験に乏しいため、戦闘中の刹那《せつな》の判断力に劣る。それを補うために、かつて武人英雄・王武と共に旅をし、その経験を受け継いだ白眉の助けを借りていた。白眉が指示を出し、明羽が技を繰り出す。それが、二人が共に稽古を続けるうちに身につけた戦い方だった。

明羽の体は、相棒の声に従って自然と動く。

阿珠の連撃によって生まれた隙を見つけ、鋭い拳を繰り出す。

だが、意表をついたはずの技も、あっさりと避けられた。

相伊の視線が、突き出された明羽の手にほんの一瞬だけ固定される。

「ほう。偽物の類かと思ったが、煉家の当主が受け継ぐ佩玉と瓜二つだな。まさか、本当に真卿の所有物だった一品か？」

その言葉に、明羽の首筋に寒気が走る。

戦いの中で、白眉を観察した。迫りくる剣や拳が止まって見えるような目を持っていないとできない芸当だった。

『下がって、早く！』

白眉の声が響く。

明羽は咄嗟に後ろに跳んだ。

刹那、龍が咆哮《ほうこう》を上げるかのような圧力が突き抜けた。相伊将軍の体が大きく回転する。回転に合わせて、烈風のような斬撃が通り過ぎる。

白眉の助言のお陰で、明羽はかろうじて躱すことができた。だが、前のめりに突っ込んでいた阿珠は右肩を斬られていた。

「掠り傷だ、気にするな」

明羽の視線に、阿珠が鋭い八重歯を見せながら答える。

「ほう、驚いたな。私とここまで斬り合って、まだ誰も死んでいないのか」

相伊は、剣先についた血を払う。それから、床に点々とついた血の少なさに、感嘆するように口にした。

「……もっと、連携しないと駄目だ」

相伊を囲むように立っている二人に、明羽が声をかける。

「皮肉なものだ。百花輪の儀で命を賭け札にされていた私たちが共に命を預け合うなんてな」

「あたしは、連携なんて器用なことはできねぇ。お前ら二人が、あたしに合わせな。隙さえ作ってくれれば、仕留めてやる」

二人の侍女は、それぞれの言い方で、明羽の言葉に同意してくれた。

『普通に戦っても勝てないよ。あいつは武の境地にいる。王武が言っていた、武の境地に近づくと周りの空間さえも体の一部になる。そういう相手を倒すには——あいつの予想の外、意識の死角からの攻撃しかない』

相棒の言葉を、明羽は心の中で繰り返す。

……意識の死角からの攻撃。

頭の片隅に、微かな閃きが生まれるのを感じた。

息を合わせて、三つの宮の侍女たちが同時に駆け出す。

梨円の剣撃と、阿珠の拳、左右から襲い掛かる技を、相伊は難なく躱して見せる。

明羽も攻撃に加わるが、それでも、将軍麗人の動きに乱れはない。

だが、その表情に、先程までの余裕はなかった。口元に浮かんでいた笑みが消える。

金剛石のような瞳が、左右からの攻撃を捌くのに集中しているのがわかる。

三人の侍女は、幼いころから共に稽古をしていたかのように、ぴたりと息を合わせていた。

拮抗しているように、見えた。

だが、すぐに勘違いだったと気づく。

戦いの場数の差なのだろう。相伊は瞬く間に、三人の侍女の連携に慣れ始めていた。躱す動きに余裕が生まれ、間を縫うように繰り出される攻撃の精度が上がっていく。三人の侍女たちの体に、次第に掠り傷が増えてくる。

『これだけの連携にも対応してくる。このままじゃ、いずれ押し負けるよ』

頭の中に、白眉の声が響く。言われなくてもわかっていた。

同じことを思ったのだろう。梨円が急に、後ろに跳ぶ。

その左手には、二本の匕首が握られていた。

明羽と阿珠の動きに合わせて、投擲する。

意識の死角からの攻撃。

明羽の頭に、白眉の言葉が浮かぶ。

梨円の技だけでは、まだ足りない。試すなら、ここしかない。

明羽は、覚悟を決める。

もしこれをしくじれば、自分はもう戦えない。だが、このまま戦っていても、勝機はなかった。

刹那の時間差で投げられた二本の匕首は、相伊の剣によって弾き落とされる。

そのわずかな隙の間に、明羽は、右手に巻き付けた白眉を外した。

『ちょっと、待って。明羽っ、いったいなにを——』

頭の中に響く相棒の声に、ごめん、と呟く。そして、白眉を、相伊に向けて投げつけた。

佩玉が当たったところで、大した怪我にもならない。だが、相伊は先ほど、明羽の持つ佩玉に強い興味を示していた。

乱戦の中で投げつければ、わずかに意識を逸らすことができるかもしれない。

確率の低い賭けだった。

だが、佩玉を傷つけることを躊躇ったのだろう、相伊の剣がほんの一瞬だけ止まる。

白眉は、相伊の腕に当たり地面に落ちる。

相伊の視線が、ほんの刹那、白眉の行方を追う。

それは、将軍麗人が見せた、初めての隙だった。

白眉はもう手の中にいない。だが、白眉ならば、今、この瞬間、どんな指示を出すのかわかっていた。

大鷲《おおわし》の型。

全体重を乗せた掌底を突き込む。

これは、入るっ。

確信があった。だが、相伊は体を大きく捻って避ける。

それも明羽の想定の内だった。

躱されたとしても、体勢は崩せた。そして、その一瞬を、黄金宮の侍女は見逃さない。

大きく隙が生まれた相伊に向けて、阿珠が最速の拳を突き出す。

必殺の一撃、のはずだった。

相伊の金剛石の瞳が、不気味な輝きを放つ。

体勢を崩し、重心が偏り、本来であればなにもできないはずだった。だが、相伊は、平然と斬撃を繰り出して見せた。

類稀な剣の才と、鍛え抜かれた体軀が、あり得ない体勢からの剣撃を可能にする。

むしろ、その攻撃は、わざと隙を作って誘い込んでいたようにも見えた。

阿珠の拳が、肘の辺りで斬り離される。

血飛沫《ちしぶき》が舞い、阿珠の右腕が回転しながら飛ぶ。

阿珠はもう戦えない。白眉も手放してしまった。明羽が、敗北を覚悟した瞬間だった。

視線の端を、なにかが掠めて通り過ぎる。

それは、朱色に塗られた矢だった。

意識の死角からの攻撃。

攻防の中に飛び込んできた一本の矢が、相伊の右肩を貫く。

肩から腕へと繋がる腱を刺し貫き、一瞬にして相伊の右腕を殺した。

剣が、床に転がる。

相伊の口が、微かに動く。

「……姉、さま」

明羽は、咄嗟に背後を振り返った。

そこには、燃えるような髪をなびかせ、口元を吊り上げるように挑発的に笑う、孔雀妃・紅花が立っていた。

いや、それは、ほんの一瞬だけの幻だった。

紅花の姿は掻き消える。その場に立っていたのは、孔雀妃より弓を受け継いだ來梨だった。

「こんなことが、こんなっ、この私の腕を……よくもっ」

相伊は、反対の左腕で剣を拾うと、周りに向かって剣を振り回す。

先ほどまでの精確さは失われていたが、手負いの獣のような迫力に、迂闊《うかつ》には近づけなかった。

梨円が匕首を取り出し、來梨が次の矢を番《つが》えるのを見て、相伊の瞳に焦りが生まれる。

将軍麗人が、入口に向けて駆け出す。

「逃がすなっ」

もっとも深手を負っているはずの阿珠が叫ぶが、それと、大学士寮の扉が開くのは同時だった。

入ってきたのは、相伊の側近である額に傷のある男と、数名の青龍兵だった。騒ぎを聞きつけて気づいたのか、あらかじめ配備させていたのか、兵たちはすぐに相伊を守るように剣を構えた。

いずれも手練れだ。全員に襲われれば、明羽たちに勝ち目はない。

側近の男は、相伊の怪我に戸惑った表情をするが、その身を気遣うより先に、耳元でなにかを囁いた。よほど緊急の事態でも起きたかのようだった。

それを聞いた途端、相伊の表情に冷静さが戻る。

明羽たちを振り向き、静かに告げた。

「私の負けのようだ。だが、もしその佩玉が本物だったとしても、あなたたちにはなにもできはしない。この国の嘘を暴くことも、ましてや、それを利用することもな」

それだけ告げると、青龍軍と共に大学士寮の外に出ていく。

……なにもせず、退《ひ》いた？　いったいなにがあった。

明羽の頭の中に、疑念が膨らむ。

大学士寮に、静寂が戻ってくる。

「……皆さん、よく戦ってくれました」

來梨が、三人の侍女に声を掛ける。

その視線は、真っ先に、右腕を失った阿珠に向けられた。すでに梨円が駆け寄り、止血を始めている。

「來梨さま、素晴らしい一矢でした。まるで、あの方のようでした」

梨円が、阿珠の腕に手巾を巻きながら告げる。

おそらく、明羽と同じ幻を見たのだろう、その目には微かに涙が浮かんでいた。

「あれは、紅花さまが放ってくださったの。あの方を、近くに感じましたから」

「そうで、ございますか」

梨円はそれだけ言うと、表情を隠すように顔を逸らす。

「あたしのことは気にするな。大した傷じゃねぇ、ここに置いて先に行ってくれ。相伊たちのさっきの様子、なにか状況が変わったようだ。今、行かなきゃならない場所があるんだろ」

阿珠は右手を失った。彼女にとって生き甲斐であった武術を奪われたに等しい。だというのに、その表情は晴々としていた。

「あんたって、本当に馬鹿みたいに打たれ強いわね。今のは、褒めてるのよ」

「なに言ってんだ、いつも褒めてるだろ」

そう答えてから、阿珠は笑った。やたらと鋭い八重歯がのぞく。

「私も、この馬鹿の手当てのために残る。二人は、先に行って」

梨円の言葉に、明羽は頷いた。

「ありがとう、二人とも」

それから、少し離れた床に転がっていた白眉を拾い、右手に結び直す。

『なんてことするんだよ、傷ついたらどうするつもりだったのっ。投げなくてもいいだろ、投げなくてもっ！』

触れた瞬間に、頭の中に不満が溢れてきた。けれど、ひとしきり叫んだら落ち着いたらしく、小さく付け足す。

『でもまぁ、いい考えだったよ。あれがなければ、勝てなかった』

「ありがと、白眉」

明羽は囁いてから、來梨に向き直る。

「それでは、参りましょう」

「ええ。私になにができるのかわからないけれど――灰麗さまが示してくださった道よ、信じて進みましょう」

來梨は、散っていった貴妃の覚悟を背負うような凛とした眼差しで歩き出した。


大学堂の奥には、さらに深部へと続く扉があった。

大小さまざまな部屋が並び、書庫や倉庫、薬として使える草木の並ぶ部屋や海図が敷き詰められた部屋など、様々な分野に分かれて研究が行われているのがわかる。

日はすでに高く昇り、窓からは朝の光が差し込んでいるが、大学士の姿は一人も見えない。おそらく相伊が宮城を支配しているため登殿できずにいるのだろう。

後宮では、侍女としていつも來梨の後ろに控えていた。だが今は、どこに危険が潜んでいるかわからないため、明羽が先導し、背後から來梨がついてきている。そのことが、明羽に妙な居心地の悪さを与えた。

白眉に案内されるまま、最奥を目指す。

百五十年の歳月であちこちが建て替えられたり、補修されたりしているが、大まかな見取り図は変わっていないらしい。

やがて、最奥の部屋に辿り着く。

「ここが、かつて真卿さまが使っていた部屋です。知の最奥、とは、おそらくこの場所だと思います」

「明羽、あなたはなんでも知っているのね。大学士寮の中も、まるで見知った場所のように歩いていたわ」

來梨の声に、明羽はちらりと白眉を見た。

意図は伝わったはずだが、相棒はなにも言わなかった。

「來梨さまに、お話ししていないことがあります」

部屋の扉を開き、中に入りながら、背中越しに声をかける。

「私には〝声詠み〟という力があります。その力は、古くから使われてきた物たちの声を聞くことができるのです」

部屋は、床も壁も石でできており、二百年の時の流れにも耐えられそうだった。

現在は書庫として使われているらしく、部屋に並べられた本棚には、真卿の名が刻まれた本が集められている。

「そして、私がいつも身に着けているこの佩玉は、かつて真卿さまが使い、二代目宣武《せんぶ》帝の貴妃であった翠汐さま、武人英雄の王武さまへと受け継がれた物です。この佩玉が、様々なことを教えてくれるのです」

明羽は振り向き、白眉を括りつけた右手を見せながら続ける。

「このような話、信じていただけませんよね？」

「いいえ、信じるわ。むしろ、納得したくらいよ。ずっと不思議だったの。みんなはあなたのことを鼻が利くと言うけれど、いったいどうしてなのか。あなたは、古い物たちの声を聞いていたのね」

來梨はいつもと変わらず、北狼州から棗菓子が届いたと聞いた時と同じように、思いがけない出来事を楽しんでいるかのようだった。

「怖く、ありませんか？」

「怖いわけがないでしょう。あなたは、あなたなのだから。灰麗さまが、私に災禍を祓う力があるとおっしゃったのは、あなたも含めてのことだったのだと思うわ。芙蓉宮に、その力があったのよ」

明羽は、主の言葉に、自分の中に長年にわたってため込んでいた澱のようなものが流れ出ていくのを感じる。

〝声詠み〟の力について母に打ち明けた時は、村で悪い噂が立つのを恐れて口止めされた。父には信じてもらえなかった。後宮にきた後で白眉からは、この力を知られれば命を狙われる危険性があると、口にすることを禁じられた。

忌まわしい力なのだと思ってきた。

これまでに受け入れてくれたのは、李鷗だけだった。その李鷗でさえ、最初は疑っていた。それを來梨は、当たり前のように、そんなもの関係ないと笑ってくれた。

この人を信用して話して良かった。この人の侍女でよかった。

改めて、そう思った。

「明羽、ここまで連れて来てくれて、ありがとう」

「私の方こそ、ありがとうございます」

明羽は改めて拱手をする。

「さぁ、あなたの秘密がわかったところで、災禍を祓うための道標を探しましょう」

來梨はそう言って、辺りを見渡す。

「ここにあるのはすべて真卿さまが書いた歴史書ですが、公にされているものばかりのようですね。いったい、なにがあるというのでしょう」

「ねぇ、明羽。これは聖緑尤よね」

振り向くと、來梨は部屋の奥にしゃがみ込んでいた。床には、石造りの壁に埋め込まれた、学神・聖緑尤が刻まれた石板がある。

聖緑尤は、神話に謳われている通り大きな書物を抱えていた。胸の部分には丸い穴が開いている。

「煉家の当主の証となっていたのは、眠り狐の佩玉。当主となりそれを受け継いだ者は、密書に基づいて大学士寮を訪れる」

明羽は、黛花から聞いた、真卿の子孫たちの家に伝わる仕来りを口にする。

「そして、煉家の佩玉は、この真卿さまが持っていた佩玉と同じ意匠で作られたものでした」

独り言のように付け足すと、右手から白眉を外す。

『こんな狭い穴に入れるの？　嫌だなぁ』

「文句なら、真卿さまに言ってよ」

しゃがみ込んで白眉を嵌め込むと、ガタリ、と床の下から音が響いた。

音がした辺りを調べると、床下に空間があるのに気づく。石造りの床は、石を重ねて組み上げているだけで、取り外すことができた。

石をどけると、地下への入口が露《あらわ》になる。覗き込むと大人数人がなんとか入れるほどの空間が広がっていた。下に降りられるように梯子《はしご》も備えつけられている。

聖緑尤の石板は、これを気づかせるための仕掛けだったらしい。

明羽は、白眉を回収してから地下に降りる。

光が入るのは明羽が降りてきた天井の穴だけで、部屋は薄暗かった。目が慣れてくると、なんとか部屋の中を観察できるようになる。

地下室にあったのは、またしてもびっしりと書物が並んだ本棚だった。

けれど、どの本にも題目や著者の名はなく、目録のようなものも見つからない。

危険がないのを確認してから、來梨に声をかける。苦労して梯子を降りてくる來梨に、明羽は告げた。

「ここも、本ばかりです。それもかなりの量ですね。相伊将軍は、十日間かけて、この本をすべて読んだのでしょう」

明羽は近づいて本を一冊抜き取る。古びていたが、文字はしっかりと読める状態を留めていた。歴代の煉家の者たちが修復していたのかもしれない。

だが、これを読み解くのは、膨大な時間と根気のいる作業だった。

「宮城は危機にさらされている。もうじき東鳳州では戦が始まる。すべてを調べる時間はないですね」

明羽の言葉に答えるように、頭の中に声が響いた。

『大丈夫だよ、明羽。あの本棚の一番上を見て。真卿が何より大切にしていたものが飾られている』

明羽は、視線を上に向ける。光の届きにくい天井近くにあったため暗くてわからなかったが、本に挟まれるようにして一本の短刀が置かれていた。

『初代黎明帝より頂いた宝剣・金龍刀《きんりゅうとう》だ』

手に取り、光の届く場所に持ってくる。

ひと目で高価なものとわかるほど、見事な刀だった。金色の鞘に、幾重にも巻き付くように龍が描かれている。

『おや、久しぶりですね。眠り狐の佩玉』

明羽の頭の中に、凛とした女性の声が響いた。

『百五十年ぶりです。今は、白眉と名前をつけていただきました』

白眉が答える。道具にも格式によって上下関係があるのか、いつもと違う、畏まった口調だった。

『そうですか、もう百五十年も経ったのですね。歴代の煉家の当主を除けば、この部屋に入ってきたのは、あなたたちが初めてです』

「この本棚には、なにがあるのですか？」

明羽は、道具たちの会話に割って入る。

『はじめまして、眠り狐の佩玉の今の持ち主。あなたの質問に答える前に、一つ問います。ここにある知識を、この世を良くするために使うと誓えますか？』

「この世を良くするかどうかなんて、私にはわかりません。ですが、目の前に迫る戦を止め、大切な人たちを守るために使いたいと考えています」

『よい答えです。よい持ち主に巡り合いましたね』

明羽は、背後を振り返る。

來梨はすでに明羽が宝剣と話しているのを理解しており、思うようにやって、と頷いてくれた。

『歴史書に記されなかった歴史たち。華々しい建国の裏側で、闇に葬られたこの国の暗部。真卿が歴史書を記したのは、この後の華信国千年の繁栄のためです。華信国が後世にわたり栄えるためには、その黎明に後ろ暗いところがあってはならない。初代皇帝は偉大であり尊敬を集め続ける現人神《あらひとがみ》でなければならない』

「これが、すべて……この国の、闇に葬られた、真実の歴史なのですね」

明羽は呆然と部屋を見渡す。壁を覆う本棚いっぱいの書物から、黒々とした霧が溢れてくるようだった。

『けれど、政治家でありながら学者であった真卿は、すべてを葬ることはできなかった。ゆえに世に出す歴史書の他に、真実の歴史書をここに残し、一族の子孫にのみ受け継がせた。皇帝にも、他の官吏たちにも、誰にも知らせずに。もしかしたら、真実の歴史が必要になることがあるかもしれないと見越して』

「あなたは、この本棚に置かれた歴史書の内容を、すべて知っているのですか？」

『すべてを知っているわけではありません、私は本を読むことはできませんから。けれど、どの本になにが書かれているかは、真卿が教えてくれました』

「華信国と神凱国の因縁について、教えてください」

『それは確か……一番下の棚の、右から三冊目、ですね』

明羽は手を伸ばし、目的の本を手に取る。

『そういえば、当代の煉家当主も、その本にもっとも興味を示していましたね』

明羽は金龍刀に礼を言うと、慎重に本棚の上に戻す。

そして、來梨に「これが、どうやら目的の書物です」と告げ、近くにあった机の上に広げる。

それから一刻ほどかけて、芙蓉宮の二人は、その書物に書かれている真実の歴史を読み解いた。

「まさか……こんなことが。これが真実であれば、この戦は、いったいなんのために行われているの」

読み終えた來梨が、愕然と呟く。

本の中には、それが紛れもない真実であることを示す証拠も挟まれていた。

それは——灰麗が予知した通り、この国を襲う災禍を祓うための道標だった。

大学堂に戻ると、思いもよらない人物が二人を待っていた。

「ずいぶん派手に戦ったと聞いたぞ。あの相伊将軍を相手にして、よく生き残ったものだな」

「明羽さんは、宮城の中でもこんな無茶をしているのですね。驚きました」

重なるように、声を掛けられる。

そこに立っていたのは、北狼州の二大名家である墨家《ぼく》と張家《ちょう》の当主だった。

墨家の当主代理の雪蛾《せつが》は、鈍色の鎧を纏った屈強な男たちを連れ、春迎祭の折に会った時と同じ緋色の胡服を身に纏っていた。

張家の当主・栄貝《えいがい》は、女性と見間違うような優しげな顔立ちの青年だった。灰色の胡服を纏い、伸びた髪を頭の後ろで一本に括っている。明羽が以前に会った時は、四年間の監禁生活のせいでひ弱そうな体つきだったが、今ではすっかり日に焼け筋肉がついていた。

大学堂にいるのは、雪蛾と栄貝、その家来だけだった。二人の侍女の姿はどこにも見当たらない。

「阿珠さんと梨円さんのことは心配しないでください。施療院に運んで、宮城医に診てもらっています」

「それは、安心しました。どうして、お二人がここに？」

明羽が尋ねてからすぐに、栄貝と來梨が初対面であることを思い出す。

栄貝は、紹介はいらない、というように目配せすると、來梨の前に歩み寄る。そして、片膝をついて拱手をした。

「はじめまして、來梨さま。張家の当主・栄貝にございます。北狼州軍が今朝、この宮城を逆賊どもから奪還いたしました。到着が遅くなったこと、ご容赦ください」

「奪還ということは、宮城内にいた相伊将軍の青龍軍と戦ったのですか？」

「その通りです。彼らを、帝都の外まで撤退させました。宮城内には敵はいません。今のところは、でございますが」

「北狼州軍は、陛下の命で一度は帝都に向かったが、引き返したと聞きましたが」

「秩宗尉さまのおかげです。あの方が、捕らえられる前に手を回してくれていたのです」

「李鷗さま、ですか？」

「陛下からの指示を受け、北狼州軍を帝都に向けて動かしていたのは知っていますね。その後、相伊将軍から、帝都に迫っていた敵軍を滅ぼしたため、北狼州軍は黄岳平原に戻るようにと伝令が来ました」

明羽は頷く。帝都の状況は、梨円から聞いていた。当分の間、帝都の周りにいるのは、相伊将軍の率いる軍だけのはずだった。

「けれど、引き返す前に、李鷗さまから密かに使者が送られてきたのです。その者から帝都の状況と、李鷗さまの考えた策を聞きました。引き返したように見せかけ、相伊将軍の軍勢に気取られないように、西側から回り込むように帝都へ近づいてきて欲しい、それが李鷗さまの指示でした」

「なるほど。それで、宮城内に密かに兵を送り込んで、青龍軍を追い払ったというわけですか」

明羽は、かつて張家に囚われていた栄貝を救い出した、墨家の隠密部隊を思い出す。おそらく、またあの兵士たちが活躍したのだろう。

そこから先を、雪蛾が引き継ぐ。

「相伊が宮城内に入れていた軍勢は百人ほど。残りの兵は、大平原にて野営をしていた。

おそらく、相伊は青龍軍以外の兵を信用していないのだろうな。我々が城内に入る手筈は、李鷗さまが段取ってくれていた。あとは数で圧倒すれば、勝機はあると踏んだわけだ」

「もっとも、ここまで事がうまく運んだのは、來梨さまのお陰です。後宮で騒ぎが起きて青龍兵たちが散らばっていた。そして、相伊将軍を釘付けにしてくれていた。相伊将軍が指揮を執っていれば、どうなっていたかわかりません」

「それで……相伊将軍は、捕らえたのですか？」

來梨の言葉に、二人の当主は合わせたように首を振る。

「逃げられた。帝都から出て、野営していた自軍と合流している。先ほど使者がきて、降伏するか戦うか選べと言ってきた。どうやら、この神凱国との戦の最中に、華信国軍同士で一戦交えるつもりのようだ」

「なんと愚かなことを」

來梨が呻くのに、雪蛾は冷たい瞳に苛立ちを浮かべて答える。

「自ら帝都に招いた敵軍を滅ぼして、英雄に成り上がるような男だ。北狼州軍に逆賊の汚名を着せるくらいするだろう。もし、あの男が皇帝になるようなことがあれば、それこそ思いのままだ」

栄貝は帝都周辺の見取り図を、來梨の前に広げる。

「現在、相伊将軍の率いる軍勢二万は、帝都の東側に横陣で展開しています。対する我々、北狼州軍は八千、相伊将軍の軍と帝都の間に割り込むようにして軍勢を展開しました。彼らが、帝都から距離を置いて野営をしていたのは幸いでした」

栄貝の見取り図には、帝都の東側で向き合う二つの軍が書かれている。

地理的な優位差はない。戦となれば、軍の強さと数の勝負となる。

「正直に言って、まともに戦えば勝てないでしょう。相伊将軍直属の青龍軍は強兵であり、手負いとはいえども相伊将軍が指揮している。数も向こうが上です。我々の兵は、長距離の強行軍で疲労もある。なにか、打開策がいる。來梨さまは、その策をお持ちではないですか？」

明羽は、両軍が向き合っている緊迫した状況でありながら、二大名家の当主がこの場に集まっている理由を理解した。二人とも、災禍を祓うという水晶妃の予知を知っているのだろう。

來梨は、問いには答えずに、別の名前を口にする。

「李鷗さまは、ご無事なのですか？」

「牢に捕らえられていたのをお助けしました。今、こちらに、お連れしています」

栄貝が口にしてすぐに、大学十寮の扉が開き、李鷗が姿を現す。

現れたのは、李鷗だけではなかった。その後ろには、黄金妃と、侍女の雨林と黄鳥《きちょう》が続いている。

李鷗は、明羽の方に歩み寄って声をかけた。

「また、危険な目にあったのか」

「それはお互いさまでございます」

李鷗はいつもの長袍姿だったが、長らく着替えていないように汚れていた。流れるような髪も灰をかぶったように汚れ、口元には髭が伸びている。

「大きな怪我はないようだ、無事でよかった」

「それも、お互いさまでございます」

李鷗と明羽は、互いに微かな笑みを浮かべ合う。

大学士寮に入ってきた黄金妃の方は、真っすぐに來梨の眼前まで歩み寄った。

「黄金妃さま、どうしてここに？」

「今は火急の時よ。後宮に閉じ籠っている場合ではありませんわ」

生家と家族を失い、悲しみに暮れて塞ぎ込んでいるという噂だった。だが、黄金妃の表情は普段通り自信に満ち溢れており、悲痛さなど微塵《みじん》も感じさせなかった。

「來梨さま、あなたに伝えることがありますわ。私は、百花輪の儀を降ります。万家の大元が失われた今、この私が、皇后になる意味はないわ。万家を継ぎ、店を立て直す。万家の東鳳州に戻り復興に尽力する。それが、私がやるべきことよ」

唐突な落花の宣言に、周りの者たちは戸惑いを浮かべる。

帝都が戦場になろうという緊迫した場で、話すことではなかった。

だが、來梨だけは、今この時だからこそ交わされるべき言葉であると理解していた。

「このような形で、あなたとの決着をつけたくはありませんでした」

「私もですわ。けれど、私が万家の当主となるからには、後宮との繋がりも重要となります。莉《り》來梨、あなたを知れたことは、無駄ではなかった」

「それでこそ、星沙さまです」

「さて、万家の復興の前に、まずは戦を終わらせる必要があるわ。水晶妃が言ったように、あなたに、この災禍を祓うことができるのかしら？　もしも策があるなら、この黄金妃も、持てるすべての力を使い、あなたを支援するわ」

黄金妃はそう告げると、年相応の無邪気な笑みを浮かべて見せる。

來梨は一度目を瞑り、大きく息を吸ってから口を開く。

その手は、いつものようにぎゅっと被服を握り締めていた。けれど、もう明羽の知っている主のように、震えてはいなかった。

「李鷗さま、相伊さまの軍勢は、この度の戦のために編成された軍でございましたね。本来の相伊将軍へ忠誠を誓う者たちはどの程度でしょうか？」

「相伊将軍の直属である青龍軍は二千人ほどです。彼らは第一騎兵に並ぶ強兵で、将軍への信頼も厚い。他は、東鳳州、南虎州、西鹿州の州軍が振りわけられています」

「つまり、この戦場には、一領四州すべての軍が集まっているということですね。では、まずは相伊将軍の軍勢から、州軍を切り離します」

「簡単に言ってくれるが、どうやるのだ？」

雪蛾の凍てつくような視線が、來梨を見据える。

「この度の相伊将軍の行いを敵味方に伝え、戦を止めるのです。その役目は、私がやりましょう。百花輪の貴妃である私の言葉であれば、相伊将軍が率いる兵たちも耳を傾けてくれるはずです」

「そのようなこと、できるわけが――」

雪蛾が言いかけたのを、黄金妃の笑い声が遮った。

「面白いわね。大衆の注目を集めるには、相応の演出がいるわ。それは、この黄金妃に任せてもらいますわ」

星沙が高らかに宣言し、背後で、侍女長の雨林が、やはりそうなるか、と言いたそうに苦笑いを浮かべる。

「州軍を切り離しても、相伊将軍の直属である青龍軍は、将軍の側を決して離れないでしょう。彼らの相手は、雪蛾さま、栄貝さま、よろしくお願いします」

「勝算があるようだな。分の悪い賭けだが、無策で正面から戦うよりはましだ。いいだろう」

「かしこまりました。來梨さま。この栄貝、全力を尽くしましょう」

來梨の言葉に、北狼州の当主たちはそれぞれに応える。かつては犬猿の仲と言われた北狼州の二大名家が、今では同じ軍として共に戦っている。百花輪の儀が始まった時には思いもよらなかったことだ。

「李鷗さま、黄金妃さまには、もう一つお願いがあります」

芙蓉妃は、二人に向き合って告げる。

「東鳳州では、神凱国との決戦が迫っていることも聞きました。一刻も早く、陛下にお伝えいただきたいことがあります」

來梨が口にしたのは、帝都に迫る危機ではなく、東鳳州で行われている神凱国との戦だった。唐突な話に、二人の表情にわずかな戸惑いが浮かぶ。

「黄金妃さま、相伊さまの兵によって宮城の伝令鳩はすべて接収されたと聞きました。黄金宮の伝書鳩は、いかがでしょうか？」

「無事よ。青龍兵がやって来る前に、見つからないように隠したわ」

「さすがです。では、黄金宮の伝書鳩を貸してくださいませ。それと、普段の文よりも少し大きめの紙を届けたいのですが、できますか？」

來梨が手で紙の大きさを示す。黄金妃は、雨林の後ろに隠れるようにして立っていた侍女を振り向いた。

「黄鳥、できるかしら？」

「も、もちろんです。私の伝書鳩たちならば、それくらいの紙、わけありません。これまでも同じような依頼を何度もこなしていまして、過去には銅貨と同じくらいの重さの荷物を運んだことも――」

黄金宮の鳩飼いは普段は内気だが、伝書鳩のことになると多弁になる。それは、このような状況でも相変わらずだった。雨林に、もういい、と横から口を塞がれる。

「李鷗さまには、陛下へお伝えする文を書いていただきたいのです。華信国建国後の混乱期に起きた、この国の真の歴史について。それが伝われば、神凱国との戦も止めることができます」

「神凱国との戦を止めるなど、そのようなことができるのですか？」

「今から、私たちがこの大学士寮の奥で知ったことを話しましょう」

そうして來梨は、華信国と神凱国の因縁の発端となった事件について、真卿の残した公の歴史書に記されなかった真実を語った。


すべての始まりは、華信国初代皇帝・黎明帝の西方遠征だった。

黎明帝が遠征から戻ってしばらくして、凱の民の間で奇妙な病が流行り始めた。

宮廷医たちによって必死に原因が調査され、原因が判明したときにはすべてが手遅れだった。

西方遠征の途中で、黎明帝は山岳地方で見つけた白い花を気に入り、帝都へ持ち帰っていた。月の光を受けると銀色に見える花を、愛する皇后の艶やかな銀髪のようだと言ったという逸話が伝えられている。

やがて銀器花と呼ばれるようになった花は、今では黎明帝の愛した花として華信国中に広まっている。

だが、銀器花の花粉には秘密が隠されていた。

華信の民にはなんの影響も及ぼさないが、凱の民にとっては長い時間をかけて体を蝕む猛毒となるのだった。

事実が判明した時には、銀器花は民の間に広まっており、その繁殖力の強さから国中に自生していた。黎明帝は密かに国中から銀器花を刈り取るように命じるが手遅れだった。銀器花は、すでに帝都を囲む大平原を覆い尽くすまでに広がっていた。

やがて、初代皇后・紫香も、銀器花の毒により命を落とす。国中の凱の民の命が危険にさらされるのは時間の問題だった。

側近である真卿は、真実を審らかにすることに対して異を唱えた。

歴史書に偉大な実績のみを残したように、華信国の今後千年の繁栄のためには、華信国初代皇帝は誰からも尊敬を集める現人神のような存在でなければならなかった。

遠征より持ち帰った花によって、愛する妻を殺し、凱の民すべての命を危険に晒した愚かな行為を後世に残すことは許されなかった。

ゆえに黎明帝は、凱の民の一部が反乱を企てていた事実を利用し、凱の民が国家転覆を謀っていたと断じた。凱の民は国の太平を揺るがせると宣言し、牙の大陸へと追放することを命じたのだ。

それが――二百年前の因縁の真実だった。

「そのようなことが……信じられません。ならば、この戦は、なんのために起きているのですか」

愕然とする李鷗に向けて、來梨は告げる。

「この戦には、意味などなかったのです。それを示す証も手に入れました。すぐに、この事実を陛下にお知らせせねばなりません」

來梨の声は静かであったが、不思議と聞く者を惹きつけた。

「灰麗さまは私のことを、災禍を祓う者だと言いました。ですが、違います。この国のすべての力を使い、食い止めるのです」

明羽は、その姿を見ながら、つくづくと思った。

もう、現実から目を背け、舎殿に引き籠ってばかりだった貴妃はどこにもいない。

国を思い、民を思い、人々を鼓舞《こぶ》して導いていく。その姿は、皇后に相応しいように思えた。

◆◇◆◇◆

相伊は、帝都に対して三日月状に展開した軍の中央に設けられた、天幕の中にいた。

他には誰も入れないように命じており、天幕の中には相伊一人だけだった。

柱に立てかけた剣に手を伸ばす。

右手で剣を握り、持ち上げようとする。

朝までは体の一部のようだった刃は、もはや相伊の命令に応えてくれなかった。

肩に受けた矢の傷は深かった。軍医に見せ血は止まったが、もう二度と、右手は使い物にならないという。

「私の剣が、このようなところで失われるとは」

相伊は呻くように呟きながら、持ち上げようとして震える腕を見つめる。

血を吐くような研鑽《けんさん》と実戦の果てに身につけた技だった。炎家で剣を学んだときの苦しい日々が頭に浮かぶ。その記憶の中に、今は亡き義姉の姿を見つけ、相伊は美しい眉が、を顰《ひそ》めた。

なにより許せないのは、芙蓉妃に、紅花の幻を見たことだ。

「なにを今さら。私は、この国を造り替える。私が愛する者が報われ、私が愛する者が幸せになる国にする。そのために不要なものはすべて切り捨て、利用してきたはずだ」

白刃を左手に持ちかえる。右手ほど自在には扱えないが、それでも、戦場には出られる。剣技がなくとも、自分が指揮した青龍軍は無敗だ。

相伊は、そう自らに言い聞かせた。

それから、もっとも愛する者の名前を口にする。

「玉蘭さま、待っていてください。相伊が、必ずあなたを皇后にしてみせましょう」

天幕の外に出ると、数多の戦場を共に生き抜いてきた側近たちが待っていた。

彼らはすでに、相伊が剣を振るえなくなったことを知っている。だが、誰一人として忠誠は揺らいでいなかった。

「さぁ、共にゆこう。帝都を再び、この手に取り戻す」

相伊の言葉に、側近たちは剣を胸の前に立て、忠義を示す。

側近の一人が近づき、相伊に進言する。

「戦の相手が北狼州軍ということで、編成された各州軍の将たちが騒いでおります。どうして華信国同士で争うのか、相伊将軍から説明を聞きたいと。彼らを陣に集めておりますので、戦端を開く前に、彼らにお言葉をかけ、混乱を鎮めてください」

「わかった。あの北狼州軍が、我らが叩き潰さねばならぬ敵である理由を教えてやろう」

相伊はそう答えると、涼やかな笑みを浮かべる。

各州軍の将たちを納得させる言葉は、次々と頭の中に溢れていた。将軍麗人の言葉は、正しく心地よく響いて人の心を動かす。人たらしの力こそが、相伊を、武力以上に優れた将軍たらしめてきた。

相伊が騎乗し、各州の将たちの元へ向かおうとした時だった。

大平原に、銅鑼と太鼓、大小様々な楽器の音が鳴り響いた。続いて、北狼州軍の兵士たちから、巨大な声が上がる。

戦に備えた鬨《とき》の声ではなかった。それは、歓声に近かった。

相伊は馬の向きを変え、軍の前線へと向かう。

「……なんだ、あれは」

相伊は珍しく、戦場で動揺の声を上げた。

帝都の東門が開き、中から、巨大な龍が姿を現していた。

◆◇◆◇◆

大草原に風が吹き、草を波のように揺らす。

巻き上げられた銀器花が、泡のようにまとまって宙に舞う。

來梨は髪を押さえながら、目の前に広がる光景に、改めて場違いな所にいると感じた。

來梨の眼前には、すぐ足元に八千の北狼州軍、そして、草原を挟んだ向こう側に二万の相伊将軍の軍勢が広がっている。軍勢の中央には、紺の鎧で統一された青龍軍が固まっていた。

來梨は、龍の頭の上に立っていた。

「まったく、黄金妃さまもお人が悪いですね。すべて捨てたとおっしゃっていたのに」

來梨が立っているのは、黄金妃・星沙が春迎祭の提灯宴に使った飾り提灯の上だった。龍だけではない。龍を中心に、狼、鳳、虎、鹿、一領四州それぞれを代表する獣の飾り提灯が並んでいた。

龍の頭上は、首を動かすために人が立てるように平らになっており、そこに來梨と明羽が並んでいた。

「ご自分で言い出したことです、責任を取ってくださいませ。それにしても、皇帝陛下のことは獣の王と呼びますが、こうして一領四州の獣を従えた來梨さまは、さながら獣の皇妃ですね」

明羽は、万が一の時に備え盾を持って控えていた。もし敵軍が問答無用で矢を射かけてきたら、明羽が身を挺して守る手筈になっている。

だが、その可能性は低いだろうというのが李鷗の予想だった。もしも、交渉のために出てきた貴妃に矢を射かけたりすれば、それこそ、相伊将軍に付き従う兵はいなくなる。

五体の獣の背後には、星沙が用意した楽団が銅鑼と太鼓を奏でながら続いている。

本家は失われても、黄金宮と帝都の万家の大店の蔵には大金が眠っている。星沙はそれを惜しみなく使い、帝都中の楽器と奏者を集め、即席で草原中に響き渡る大楽団をつくったのだった。

「まったく、黄金妃さまはやることが派手だわ」

「味方になると、これほど心強い方はいませんね」

侍女の言葉に心の底から頷きつつ、來梨は近づいて来る青龍軍を見つめた。

龍は、北狼州軍と青龍軍のちょうど間で止まる。

両軍とも動かない。突然、戦場の中央に現れた巨大な獣と、その上に立つ貴妃に視線を集めている。

楽団の音楽が消える。

途端に草原は静寂を取り戻し、風の音だけが耳元を通り過ぎていく。

來梨は大きく息を吸うと、引き籠ってばかりの人生の中で、もっとも大きな声を吐き出した。

「私は、莉來梨。百花輪の貴妃であり、北狼州の代表です」

将軍たちの号令に比べれば、か細い声だった。

だが、誰もがその言葉を聞き取ろうと耳を傾け、その声は兵士たちの端々にまで届いた。

「今日は、みなさまとお話がしたくてきました。この獣たちは、このあいだの春迎祭で星沙さまが作ったもので、みなさんに話を聞いていただきたくて準備をしました」

來梨はもう一度、大きく息を吸い込む。

話し出す前は弾けそうだった心臓が、今はずいぶんと落ち着いていた。周りの景色がよく見える。今なら、兵士の一人一人の表情までもが見渡せそうだった。

「私は百花輪の儀で、他の貴妃のみなさまと出会い、多くのことを学びました。そして、気づいたことがあります」

一人一人に語り掛けるように、記憶の中の言葉を引き出す。

「龍の旗を掲げよ」

皇領の州訓。華信国の起源であり中央であることに誇りを持つ。

「黄金は千の剣に勝り、万の兵を凌ぐ」

東鳳州の州訓。最大の商業都市と貿易港を持ち、商人たちの活気と意気が込められている。

「如何《いか》なる石も磨かれて初めてその定めを知る」

西鹿州の州訓。豊かな土と鉱脈に恵まれ、生まれ持った資質を愛し、大地と共に歩むことを尊ぶ心が刻まれている。

「万物すべからく炎の供物《くもつ》なり」

南虎州の州訓。山岳民族として厳しい土地で生まれ育った人々の、武を崇《あが》める苛烈《かれつ》な生き様が表されている。

「雪を知る者だけが真の春を知る」

北狼州の州訓。長く厳しい冬の中で、忍耐強さと、それを耐えた先にある自由の大切さを誰よりも知る。


來梨が訪れたことがあるのは、生まれ育った北狼州と、皇領だけだった。

だが、それぞれの州の人々の生き様を、ありありと思い描くことができた。

「これらの州訓が示す通り、それぞれの州が大切にしているものは異なります。けれど、どの州にも素晴らしい矜持があり、美味しい料理があり、美しい風習があるのです。そして、それらは、わかちあえるのです。私はいずれ、神凱国ともわかちあえる日がくると、信じています」

來梨の頭の中を、さまざまな出来事が過ぎる。

南虎州の貴妃の苛烈さ。黄金宮が催した宴の豪華絢爛《ごうかけんらん》さ。皇家と南虎州の対立の中で命を落とした孔雀妃。西鹿州が扱う陶器の美しさ。四貴妃の同盟により皇太后の企みを阻止したこと。皇領の人々が持つ溥天廟への敬虔《けいけん》な眼差し。

「私たちが争う理由はありません。私たちは同じ大地に生きる華信の民なのです」

紅花とは良き友になれたであろうと思えるほどに通じ合った。灰麗には回演來で競い合ううちに不思議な共感を覚えた。星沙は常に前を歩いている強敵であった。玉蘭の故郷の民のためにあらゆる手段を用いようとする気持ちも、今ならよくわかる。

「では、なぜ私たちが、いまこうして剣を向け合っているのか。私たちがこうして剣を向け合う理由は、ただ一つです」

來梨は目を閉じる。百花輪の儀の中で、失われていった人々が頭を過ぎる。

「争うことにより、利を得ようとする者がいるからです。いつの時代も、利を得ようとする者によって、争いが引き起こされるのです。彼らの甘美な言葉や、仮初めの熱狂によって、ありもしない憎しみを煽られ、幾度となく対立してきたのです」

ひときわ強い風が吹き、銀器花を龍の頭上にまで舞い上げる。

來梨は、風に負けないように更なる力を声に込める。

「自らの目で、真実を見つめてください。誰が敵なのか、誰に剣を向けるべきなのか」

そこで言葉を止め、來梨は、青龍軍の中央を見つめる。

濃紺の鎧の一団の先頭には、相伊将軍がいた。

金剛石の瞳は、真っすぐに來梨を見つめ返している。

「相伊将軍、あなたがしたことを、この場で審らかにするつもりはありません。ですが、ここに集まったみなさんには、わかっているはずです。今、ここで、私たちが戦う理由など、なに一つとしてないのです」

來梨は両手を広げ、喉の痛みを堪えて、最後に声を張り上げる。

「共に兜を脱ぎ、話をしましょう。私が伝えたいことは、それだけです」

静寂が、大平原を包む。

一拍遅れて、背後から金属の重なり合う音が響く。

北狼州軍が、兜を脱いで地面に置いていた。

すぐ後ろから、明羽の「お願いします」と祈る声が聞こえる。

それからわずかに遅れ、相伊の軍勢からも同じ音が響く。東鳳州、南虎州、西鹿州の兵士たちがそろって兜を脱ぎ、草原に置いた。

だが、その中で、兜を脱がない一団がいる。

相伊の軍の中央に固まっている、濃紺の鎧を纏った青龍軍だった。

先頭に立つ相伊が、ゆっくりと、剣を振り上げる。

号令はない、直属軍のみであれば、無言であっても、その仕草だけですべてが伝わるのだろう。

他州の将の説得は不可能と悟っても、投降するつもりは微塵もないようだった。

相伊将軍の瞳は爛々《らんらん》と輝いており、極限の状態に追い込まれてなお、自らを信じているのが伝わってくる。

自らの天運を、そして、これまで幾度となく死地を潜り抜けてきた自らの武勇を。

だが、利き手とは異なる手によって掲げられた剣は、その重さによって、小刻みに震えていた。

剣が振り下ろされる。無言の突撃が始まる。

動いたのは、相伊の直属軍のみだった。他の三州の軍は動かない。兜を脱いでいた北狼州軍が、いっせいに拾い上げる。

相手が突撃してくるのであれば、迎え撃たねばならない。

來梨の乗る龍の前に、雪蛾が駆る白馬が飛び出してくる。雪蛾は龍を見上げると、大声で叫んだ。

「見事だ、芙蓉妃。あなたを支援したのは間違いではなかった。あとは、我々に任せてもらおう」

それが合図であったかのように、五匹の獣が再び動き出す。戦場から離れ、ゆっくりと帝都の方に後退を始める。

遠ざかる戦場を見つめる來梨の耳に、雪蛾の声が届いた。

「さぁ、愚かにも戦いを選んだ反逆者を刈り取ろうぞ。敵兵は減ったが、あの相伊将軍が率いる青龍軍だ、気を抜くな。まともに剣を交えようとせず、槍で囲み、弓で殺せ。この不毛な戦を、さっさと終わらせろ」

相伊の直属軍の奮戦は凄まじかった。

八千の北狼州軍に囲まれ、遠くから矢を射かけられながらも、流れるように陣形を変えて応戦した。

だが、雪蛾の堅実かつ徹底した戦術により、次第にすり減らされ、やがて消滅した。

相伊は、名もない兵たちの矢により心臓を貫かれ、馬から落ちて命を落としたのだった。

◆◇◆◇◆

相伊将軍の反乱は、帝都の民にも伝わっていた。

そして、大草原での來梨の言葉は、帝都の民にも届いていた。

戦が終結し、帝都に戻った來梨を、大勢の人々が祝福した。それは、つい三日前、玉蘭が、神凱国の軍勢から戻ってきた時の光景とそっくりだった。

民の心は熱しやすく、そして移ろいやすい。

明羽には、その姿が、とても逞しく見えていた。

來梨が後宮に戻ると、宣武門を潜った先に、黄金妃が待っていた。その隣には、寧々を先頭にして、黄金宮と芙蓉宮の派閥に属していた妃嬪たちも集まっている。

「いい演者だったわ。金をかけたかいがあったというものね」

黄金妃が、技芸の出来栄えを評する興行主のように声をかけてくる。

「心配しました。本当に、ご無事でよかったです。來梨さまが戦場に出ていかれると聞いて、私、私――」

寧々は、涙目になりながら駆け寄ってくる。いつもの流れるような言葉は出てこないようだった。

「星沙さま、ありがとうございました。おかげで、すべてがうまく運びました。寧々も、心配をかけたわね、ありがとう」

それから來梨は、辺りを見渡し、一縷の望みを込めて寧々に尋ねる。

「灰麗さまは？」

寧々は、辛そうに首を横に振る。相伊の言葉は真実ではないと信じたかったが、淡い期待はあっさりと裏切られる。

來梨は、そっと頭に挿した白銀の簪に触れ、ほんのひと時、目を瞑った。

通りの向こうから玉蘭が近づいて来る。

この後宮に残った、二人の百花輪の貴妃が向かい合う。

玉蘭は翡翠色の長衣を纏い、美しく飾り立てていた。朝の光を受け、周りの空気さえも煌めいているようだった。背後には、彼女を慕う十人の妃嬪が並んでいる。

天女の生まれ変わりと称される美しい笑みを浮かべて來梨に話しかける。

「素晴らしい活躍でした、來梨さま。今度は私の方が後宮で迎える番になりましたね」

いつもの來梨なら、へらりと笑って笑みを返すところだ。だが、來梨は応えず、真っすぐに翡翠妃を見つめ返す。

玉蘭はそれから、來梨の隣に立つ黄金妃を一瞥する。黄金妃・星沙が落花したことは、すでに後宮中の知るところとなっていた。

「まさかあなたが、最後に私の前に立ちはだかるとは、思ってもいませんでした」

黄金妃と寧々は、來梨の決意を察して、静かに二人の貴妃のあいだから退く。そして、來梨の背後に集まった、芙蓉宮の派閥の妃嬪たちの隣に並び立った。

來梨は、小さく息を吸い込んで話し出した。

その声は、先ほどの戦場での演説のせいで掠れていたが、いつもの能天気で臆病な貴妃からは想像できない迫力を伴っていた。

「まだ、私と百花輪の儀を続けられると思っているのですか？」

玉蘭が、美しい瞳を不快そうに細める。

「ずいぶんと傲慢《ごうまん》になられたものですね。私もあなたと同じく、この帝都を救うために大きな貢献をしました。どちらが相応しいかを決めるのは、陛下です」

「そういうことではないのです、玉蘭さま」

來梨は目を瞑る。

華奢な体が纏う気配に、これまでにない力強さが混じる。

「あなたが、相伊将軍や馬了さまと手を結び、神凱国に地図を流したのですね？」

「なにを言い出すかと思えば、そのような恐ろしいことをするわけがありません。ひどい言いがかりです」

「それだけではありません。あなたはこれまで、数々の許されない行いをしてきた。相伊将軍を動かして孔雀宮に阿片を隠し、紅花さまを死に追いやった。皇太后さまに血の巡りが悪くなる薬を飲ませ意のままに操った。私と灰麗さまの回演來の裏で、白面連を使って他の貴妃を暗殺することを企て、その罪を若い文官たちになすりつけようとした」

來梨の言葉に、周りの妃嬪たちがざわめき出す。噂はいくつも流れていたが、証は何一つなく、糾弾する者は今まで誰一人としていなかった。

「このたびのことは、もっとも罪が重い。神凱国に華信国内の地図を流した。相伊将軍を利用して、星沙さまの生家がある東鳳州が戦禍を被るように謀った。そして、帝都のすぐ傍にまで敵を招き入れ、自ら虜となったうえで帝都を救った英雄として戻ってくることで——百花皇妃となるための名声を得ようとした」

「それは、相伊将軍と馬了さまが行ったこと。私には関わりのないことです」

「そうです。あなたはいつも、自らの手が決して汚れないように立ち回ってきた。周りの人々を籠絡し、思いのままに動かし、自らの利になるように操ってきた。あなたのような人は、もっとも皇后になってはならない」

「すべて、あなたの憶測です。それ以上、この翡翠宮を貶めるようなことを口にするのであれば許しません」

玉蘭の清らかな表情に、強い憤りが浮かぶ。

「私のことを愚弄するのであれば、証を示しなさい。もし証を示すことができないのであれば、すべてはあなたの流言です。しかるべきところに——」

「証はありません。ですが、よろしいのですか?」

唐突に、來梨の声に、相手に不安の種を深く植えつけるような妖しさが宿る。

それは、水晶妃の人の心を見透かし従わせる、抗いがたい魅力が乗り移ったかのようだった。

「なにが、言いたいのです」

「お忘れではないですよね。私には、とても鼻の利く侍女がいるのです。明羽は今まで後宮で起きた数々の問題を解決してきました。これまでは、あなたの数々の噂には目を瞑ってきました。けれど、もうそうはいきません。あなたが関わりないと言い続けるのであれば、私の侍女に、全力であなたを調べさせ、すべてを審らかにし、言い訳一つできない証を並べろと命じますがよろしいのですか、と聞いているのです」

玉蘭の瞳が、來梨の背後に立つ明羽に向けられる。

明羽は、唐突に名前を呼ばれたことに戸惑いつつも、無表情で翡翠妃を見つめ続けた。

「ただし、今、落花を宣言すれば、これ以上の調査は行わないことを約束します」

玉蘭は応えない。その瞳は揺らぎもしなかった。

最後に残った二人の百花輪の貴妃は、静かに見つめ合う。

そこで、異変が起こった。

玉蘭の背後にいた妃嬪たちが揃って歩き出し、全員が、來梨の背後へと並んだ。

翡翠妃の後ろに付き従うのは、侍女の香芹《こうきん》、ただ一人になる。

「あなたが、西鹿州の民を救うために必死だったことは知っています。過去の百花輪で奪われたものを取り返そうとしていたことも知っています。けれど、守るべきものがあれば、なにをしてもいいわけではないわ。守るべきものがあるからこそ、守るべきものに誇れるように気高くいなければならないのです」

來梨の声に、今までにない気迫が宿る。それは、孔雀妃の自信と矜持に満ちた強さが乗り移ったかのようだった。

明羽は、ふと隣を見る。

來梨の背後にならぶ黄金妃。その隣で、孔雀妃が唇を持ち上げるようにして挑発するように笑い、水晶妃が幽鬼のように妖しく微笑んでいるのを見た気がした。

「私が皇后になれば、西鹿州が豊かになるように尽力します。なにがあなたにとって最良か選びなさい」

翡翠妃の背後に立つ香芹が、そっと玉蘭の背に触れる。後宮に入ってからひたすらに主を崇拝し、これまで一度も逆らうことのなかった侍女が、静かに声をかける。

「玉蘭さま、もう終わりにいたしましょう」

これまで一切の動揺を見せなかった玉蘭が、驚いたように背後を見る。

香芹は、涙を浮かべていた。

「玉蘭さまは、誰よりも優しいお方でした。少し、間違えてしまったのです。私はもう、これ以上、あなたが変わるのを見たくない」

翡翠妃の瞳に、迷いが生まれる。その一瞬を、來梨は見逃さなかった。

揺れ始めた天秤を、勢いよく傾かせるように告げる。

「私の前に跪きなさい、陶《とう》玉蘭」

短い沈黙のあと、玉蘭は真っすぐに來梨に向き直った。

そして、ゆっくりと片膝をつき、來梨に向けて拱手をする。

「來梨さま、私は、この百花輪の儀を降り、あなたへの獣服を誓います」

翡翠妃が、落花を宣言する。

後宮に残る百花輪の貴妃は、來梨、ただ一人になる。

……終わった。

明羽は、心の中で呟く。

百花輪の儀が、いま、終わったのだ。

そっと、腰に下げた佩玉を握り締める。

『やっと、終わったね』

相棒の声が頭に響く。

未だ実感はない。けれど、後宮に来て以来、負け皇妃と呼ばれ続けてきた來梨が、ついに百花皇妃となったのだ。

他の妃嬪たちも、まだすぐには受け入れられず呆然としている。

その中で、たた一人だけ、來梨だけが冷静に、背後を振り向いて告げた。

「明羽、まだなにも終わっていないわ。これは始まりよ」

声に出していただろうか、と慌てて明羽は口を押さえる。その様子を見て、來梨は楽しそうに笑みを浮かべた。

「さて、星沙さま。お願いしていた文の件は、どうなったかしら?」

來梨の声に、星沙は胸を張って答えた。

「ちゃんと送ったわ。もう、陛下の下にも届いているはずよ」

來梨は小さく頷く。それから、戦場にいる皇帝・兎闇に想いを馳せるかのように、東の空に視線を向けた。

◆◇◆◇◆

東鳳州の華信国軍が駐留する都市に飛んだ伝書鳩の文は、すぐに戦場にいる皇帝・兎闇へと届けられた。

戦場はまさに、決戦の火蓋が切られる直前だった。

華信国軍は幾度も小競り合いを繰り返し、奪われた村々を奪い返し、包囲を狭めながら、東鳳州最大の都市の景洛へと迫っていた。

神凱国は景洛より南へ十公里ほどの平原に全軍を展開し、総力戦にて迎え撃つ構えを見せる。華信国軍はそれに応じるように対面に軍を布陣し、あとは互いの総大将の号令を待つばかりのところまできていた。

だが、帝都から届いた文は、その状況を一変させる。

文を読んだ兎闇はすぐさま、神凱国皇帝・儀亥《ぎがい》へ会談を申し込む。

決戦前の互いの総大将同士の会談などあり得ない話だったが、兎闇が神凱国の陣へ出向くことを条件に受け入れられた。

そして、兎閣は、烈舜将軍を始めとするわずかな手勢を引き連れ、神凱国の陣へと向かったのだった。

漆黒の鎧に染められた軍勢の中で、通された皇帝・儀亥の天幕だけは白色だった。中に入ることを許されたのは、兎閣と烈舜の二名のみ。

天幕の中央には四角い卓が置かれ、奥には儀亥が、その背後には、神凱国軍で武名を轟かせる将軍・武慶《ぶけい》が立っていた。

さらには、円卓を囲むようにして神凱国の精兵が並んでおり、儀亥が一言命じれば、兎閣の命は簡単に奪われるであろう状況だった。

だが、兎閣は焦りも不安もまったく見せなかった。野辺で詩でも詠むような朴訥とした口調で話し出す。

「久しぶりだな、皇帝・儀亥。顔を合わせるのは、お前たちが南虎州の港に現れて以来か」

「今になって話がしたいなど、いったいなんのつもりだ。もはや我々には、交わす言葉などないはずだ。互いが滅するまで戦う以外の選択はない、今さら怖気づいたのか」

神凱国皇帝・儀亥は、苛立った様子で応じる。

齢は三十代半ば、彫りが深く整った顔立ちの美しい皇帝だった。凱の民の皇家の特徴である真珠を思わせる鮮やかな白銀の瞳に、流れるような長く美しい銀髪。身に纏うのは銀の装飾がちりばめられた漆黒の鎧。牙の大陸では黒天王《こくてんおう》の二つ名で呼ばれているとの報せを受けていたが、その名に劣らない風格だった。

「お前が、烈舜だな。戦いがいがありそうだ」

儀亥の後ろに控える武慶が告げる。

銀髪に褐色の肌、岩のように盛り上がった体軀、目や鼻が顔の中央に寄った獣を思わせる容貌。その体からは武の気配が溢れていた。これまでの戦で、華信国軍にもっとも被害を与え、最大の脅威と目されている猛将だった。

それは烈舜も同じであった。烈舜の率いる第一騎兵の強さは神凱国軍にも轟き、烈の旗を見れば逃げろ、という話が広がるほど恐れられている。

「俺も、お前とは一戦交えてみたかったぜ」

武慶の挑発に対して、烈舜の答えはあっさりしていた。その機会が失われたことを憂えているような言い方に、武慶の眉間に皺が生まれる。

そこで、儀亥が大きく咳き込む。その様子を見て、兎閣はすっと目を細めた。

「どうした、調子が悪そうだな」

「ただの咳だ、くだらぬことを聞くな」

「咳に、血が混じることはあるか？　風が強い日は特に咳が出たりしないか？　首や背中に痺《しび》れを感じることはないか？」

　兎閣の言葉に、儀亥の瞳に微かな困惑が浮かぶ。

「なんだと。なにが、言いたい？」

「今日、帝都から知らせが届いた。二百年前の歴史書を繙《ひもと》き、調べ直した者たちがいたのだ。その文には、華信国初代皇帝が凱の民を追い出した本当の理由が、記されてあった」

「本当の理由だと、ふざけるな。今さらなにを言い出す。お前たちは、凱の民を利用するだけ利用し、知識と技術を奪った後で、国家転覆を謀っているなどと言いがかりをつけて弾圧し、国外に追放した。それが、すべてだ」

「私も、そう思っていた」

　兎閣は、淡々とした口調で話し出した。

「この平原にも咲き誇っている白い花は、銀器花と呼ばれる。月の光を受けると銀色に見えることから名づけられた。本来は西国の山地にしか生えない花だったが、初代皇帝・黎明帝が遠征時に見つけて気に入り、国に持ち帰った。月に映える銀色が、凱皇家の血を引く初代皇后・紫香さまの髪に似ていると言ってな」

「なんの話を、している」

「まずは聞け。これは、お前たちにも関わることだ」

そうして、兎闇は、帝都からの伝書鳩によってもたらされた真実を口にした。

最初は、苛立った様子で聞いていた儀亥の表情に、話が進むにつれて困惑が広がっていく。

「つまり、お前たちはこの龍の大陸では生きてゆけないのだ。今の大陸に広がる銀器花の数は二百年前の比ではない。すぐに軍を撤退しろ、そうすればまだ間に合う」

兎闇が語り終えると、一拍の間を置いて、儀亥が声を荒らげた。

「ふざけるなっ。そんな話、信じられるわけがない」

儀亥の怒り狂った瞳に対して、兎闇の表情はどこまでも冷淡だった。

「だが、お前たちの軍では、病が流行っているのだろう。ここに来る間も、顔色の優れない者や咳をする者を多く見た。本当は、異状を察しているはずだ」

「少なくとも、開戦した時よりも兵の士気が落ちているのは明らかだぜ。言われるまでもねぇよな」

烈舜が憐れむように付け足す。その視線は、儀亥ではなく、背後に立つ武慶に向けられていた。

「もう一つ、証がある。初代皇后・紫香さまは、お前たち神凱国の歴史では、黎明帝に利用され裏切られた悲劇の皇妃として語り継がれているそうだな。その紫香さまから真卿に宛てた文だ。お前の国に残されている紫香さまの文字や印と見比べてみるがいい」

兎閣の言葉に、烈舜が鎧の下から取り出した手紙を卓の上に置く。

ずいぶん古い物であることは明らかで、紙は変色し、所々が朽ちかけていた。

それが、明羽たちが真卿の残した隠し部屋で見つけた証だった。黄金宮の侍女・黄鳥の伝書鳩によって運ばれた文には、紫香から真卿へ宛てた嘆願が書かれていた。

儀亥は文を開き、目を通す。

文では、黎明帝が後世に侮られることのないようにするため、凱の民を国外追放とすることを紫香が自ら発案していた。最後には紫香の名が記され、国が滅びた後も紫香のみが使うことを許されていた凱王国の印が押されている。

「これが、真実なのだとしたら……我々の二百年の遺恨とはなんだったのだ。なんのための、戦だったのだ」

文を読み終えてから、儀亥は呻くように口にする。

その表情には、先程までの怒りはなかった。紫香の文は本物で、兎閣の語ったことは真実であると冷静に分析し、受け入れ始めていた。

「少し時間をくれ。お前の話を、すぐに信じることはできない」

「わかった。撤退するのであれば、華信国はお前たちに一切の手出しをしないことを約束する」

そう告げて、皇帝・兎閣は、神凱国の天幕を後にした。

翌日、神凱国から全軍撤退することを告げる使者が届き、それから五日をかけ、神凱国は黒獣船と共に牙の大陸へと帰還した。

こうして、神凱国の侵攻は、決戦を行わないまま幕を閉じた。

芙蓉妃の届けた報せが、華信国に降りかかっていた災禍を祓ったのだった。

◆◇◆◇◆

皇帝が帝都へ戻ったのは、神凱国が去って十日が経ってからだった。

後宮に、皇帝が天礼門《てんれい》を潜って渡りにきたことを告げる銅鑼の音が響き渡る。

銅鑼の音を聞いた來梨は、待ち焦がれていたかのように栄花泉の見える場所へと向かう。たった一人の侍女である明羽も、その後に続いた。

栄花泉に架かる九曲橋《きゆうきよくばし》を渡り、皇帝・兎閣がやってくる。

百花輪の儀が始まったばかりの時は、栄花泉を囲むすべての宮から、貴妃が姿を見せて皇帝の渡りを見守っていた。けれど今は、百花輪の貴妃で残っているのは、來梨ただ一人だ。

皇帝は、芙蓉宮を真っすぐに目指して歩み寄ってくる。

片膝をついて皇帝を待っていた來梨の前で立ち止まると、声をかけた。

「芙蓉、よくぞこの国を救ってくれた」

來梨も、頭を下げたまま言葉を返す。

「陛下、戦の勝利、おめでとうございます」

「顔を上げてくれ。君に比べれば、私がしたことなど大したことではない」

來梨が顔を上げると、すぐ目の前に皇帝・兎閣の顔があった。

いつもの朴訥とした雰囲気だが、その瞳は、真っすぐに來梨を見つめていた。

兎閣は、芙蓉妃の手を取って立ち上がらせる。

「私はこれまで、私心で皇妃を選ぶつもりはないと告げていた。この国のために、もっとも相応しい皇后を選ぶつもりだった。そして、それが今、はっきりした。芙蓉、君こそがもっとも相応しい。よくぞ、ここまで辿り着いた」

「もったいない御言葉です」

「それともう一つ。他の者には打ち明けるつもりはなかった私心を、君にだけ打ち明けよう。今だからこそ、こうして話せる。百花輪の貴妃として再び後宮で会ったときから、私は、君に惹かれていた」

皇帝の言葉に、來梨は頬を赤く染める。

幼い少女のように照れくさそうに顔を伏せ、それから、意を決したように、兎閣を見つめ返す。

「それであれば、私の勝ちでございます」

「勝ち、とは？」

「私は、北狼州で兎闇さまと会った時から、ずっと、あなたのことを愛していました」

兎闇が、静かに笑う。

それは、かつて遠い日に、まだ幼かった來梨が生意気なことを言い、困りながらも嬉しそうに微笑む青年の笑みだった。

「芙蓉、私の皇后になってくれ。共に、この国を守るために力を貸して欲しい」

來梨は、未来の夫を見つめて告げた。

「はい、喜んでお供いたします」

芙蓉妃・來梨が次の皇后に決まった瞬間だった。

そして、一年にわたって続いた百花輪の儀が、ついに終わりを迎えた瞬間でもあった。

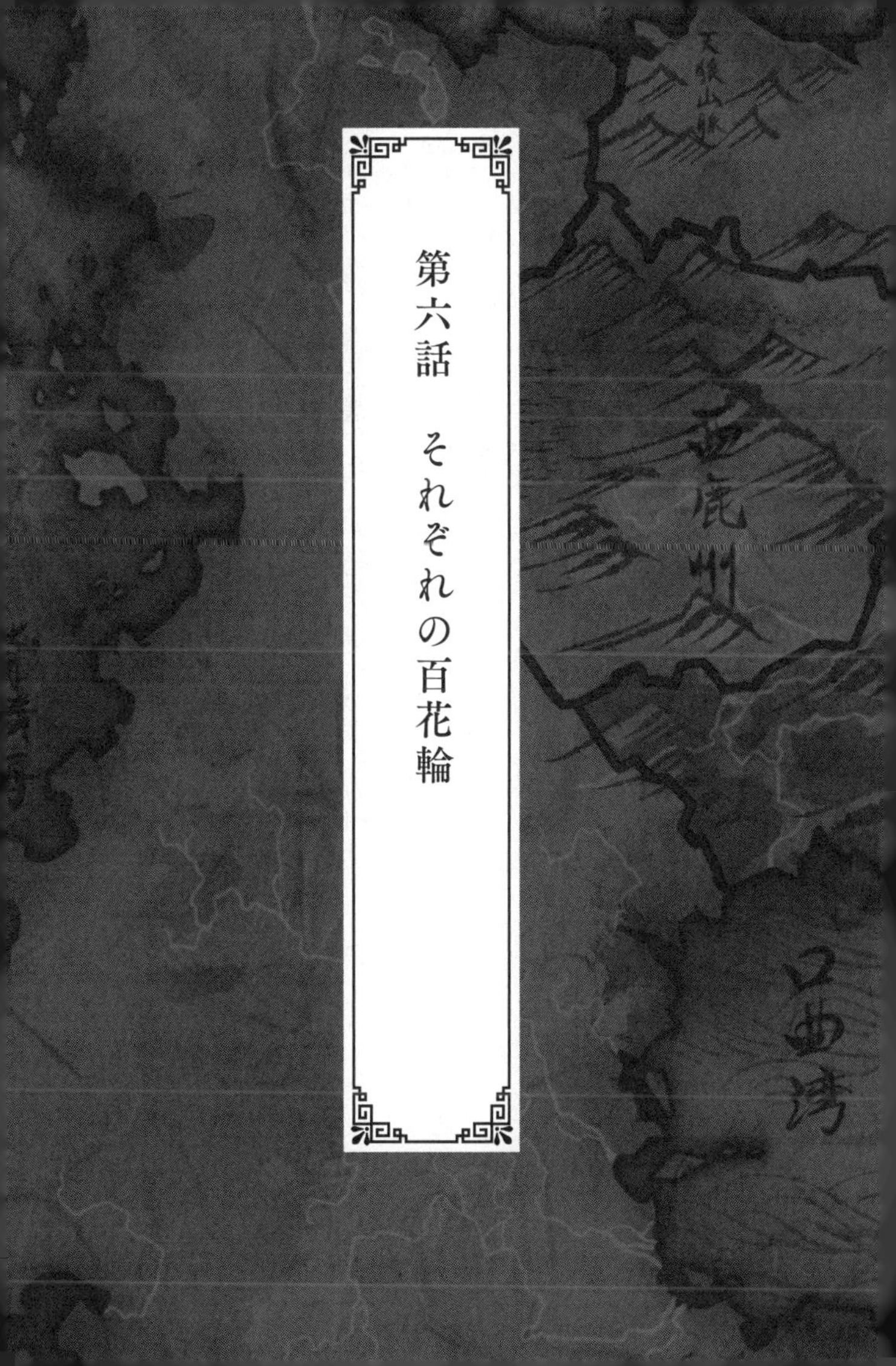

第六話　それぞれの百花輪

芙蓉宮の庭園には、芙蓉の花が咲き誇っていた。

夏の日差しの中で、薄紅色の花びらが緩やかに風に揺れている。まるで特別な一日の始まりを祝福しているかのようだった。

今日は、百花皇妃に選ばれた芙蓉妃・來梨《らいり》の婚礼の初日だった。

神凱国の侵攻から半年が過ぎていた。

この半年で、様々なことが変わった。百花輪の儀に関わった人々の多くが後宮を去り、それぞれに新たな道を歩き出した。

黄金妃・星沙《シンシャ》は、万《まん》家を継ぎ、戦禍により甚大な被害を受けた東鳳州の復興に尽力している。

戦が終わった後、心無い商家たちは、圧倒的な資金力で華信国の商流を独占していた万家が力を失ったことをあからさまに喜んでいた。だが、再び急速に力を取り戻しつつあることに戦々恐々としているらしい。

黄金宮の侍女、雨林《ユーリン》と黄鳥《きちょう》は、現在も星沙の下で万家の発展を支えている。

阿珠《あじゅ》は、片腕を失った怪我が癒えた後、諸州を回る旅に出た。

「王武《おうぶ》みたいに、世直しの旅ってわけじゃねぇよ。ただ、色んなものを見てみたい」

二ヶ月ほど前、後宮を去ることを告げに来た阿珠は、腕を失ったことなどまるで気にも留めていないようなからりとした表情で語った。

「戦を止めた來梨さまを見て思った。どれだけ拳を鍛えたところで、十人の敵は倒せても、一万人の敵は止められない。片腕を失ったのはいい機会だ。拳に頼らない強さってのを手に入れたい。強さを手に入れるには旅だろ」

そう言って、鋭く尖った八重歯を見せつけるように笑った。

「相変わらず頭の中に筋肉が詰まっているみたいな考え方ね。でも、あんたらしくていいんじゃない」

「そんなに褒めるなって」

「褒めてないから」

「まずは、北狼州だな。もうすぐ夏だから涼しいところがいい」

「ほんと単純でうらやましい」

明羽《めいう》は、次に会う時に、どんな風に変わっているのかを想像しながら、阿珠を見送った。

水晶妃・灰麗《はいれい》は、溥天廟の巫女として復権され、その亡骸《なきがら》は、二人の侍女と共に遼《りょう》安山《あんざん》に葬られた。

百花輪の儀において、溥天の名を騙り、予知によって国中を混乱に陥れた鬼女として悪名が広まっていた。

けれど今では、神凱国の侵攻から国を守った英雄の一人として、幅広く信仰を集めている。彼女が葬られた廟には、今日も訪れる人が絶えない。

南虎州の侍女・梨円《りえん》は、変わらず蓮葉《れんよう》の下で働いている。

皇后ではなくなった蓮葉は政から一線を引き、鳥を育て、草花を愛でながら穏やかに暮らしていた。

時折、梨円を後宮に遣わしては、芙蓉宮への援助をしたり助言を与えたりしている。

梨円は会うたびに、相変わらずこの世に興味などないような声で、

「私はただ、お金のためと恩返しのために蓮葉さまに仕えているだけ」

と言うが、妹の話をするときだけは楽しそうだった。明羽には、その眼差しは、ずいぶん柔らかくなってきたように映っていた。

翡翠妃・玉蘭《ぎょくらん》は、皇帝の許しを得て貴妃の座を還し、現在は西鹿州に戻っている。

生家であった陶家《とう》において政に関わり、故郷を豊かにするために尽力していた。

芙蓉宮には、時折、西鹿州の状況を良くするための提案や嘆願の手紙が届く。

來梨は、その手紙のやり取りを、とても楽しみにしている。


半年の月日が流れたが、国の至る所で、未だに戦の傷が癒えずにいる。

決戦は避けられたとはいえ、戦で多くの兵士が命を落とした。家族を失った者はさらに多い。もっとも被害の多かった東鳳州では、万家を始めとする商家が復興に尽力しているが、未だに焼け野原のまま放置されている村もある。

そのため婚礼の儀は、簡素なものとすることが決まっていた。装飾や祭典は控えめにし、普段であれば夜通し行われる祝宴も中止となった。

「星沙さまがもしいらっしゃったら、こんな地味な婚礼をするくらいなら皇后にならなくてよかったと笑われたでしょうね」

來梨は、思い出したように笑う。

「あ、來梨さまっ、動かないでください」

化粧をしていた明羽は、思わず声を上げる。

來梨は視線で、ごめんなさい、と告げてぴたりと動きを止める。

白粉《おしろい》を塗り終わると、明羽は鏡を取って來梨に見せる。

「できました、とてもお綺麗です」

いつもよりも目鼻立ちをはっきりさせ、厚めに白粉を塗っている。目元には赤い隈取を描き、頬にも朱色の粉をまぶす。

明羽が三日間かけて習得した、婚礼のための特別な化粧だった。

身に纏う披服も、今日のために特別に用意したものだ。夫婦を繋ぐ架け橋とされる鵲《かささぎ》が描かれた白い長衣。その上から、芙蓉の花を思わせる薄紅色の被帛を重ねている。頭には銀で彩られた扇のような形状の髪飾りが輝き、耳には瑠璃の玉が輝いている。

「ありがとう、明羽」

來梨が微笑む。毎日顔を合わせているというのに、美しい笑みに思わず見惚れてしまう。

今日は婚礼の儀式の初日にしてもっとも重要とされる、先帝に婚姻を告げる祭礼の日だ。

もうじき後宮には天礼門を潜って皇帝・兎閣《とかく》がやってくる。共に花に覆われた馬車に乗り、華やかに飾り立てた近衛隊と共に市中を通り抜け、帝都の北側にある先帝陵へと向かう。そこで、歴代の皇族が眠る皇墓の前で、婚姻を報告するのだ。

「ねぇ、明羽。私、最近になって思うの。百花輪の儀は、皇后を選ぶために必要な儀式であったのかもしれないわね」

來梨は、庭で揺れる芙蓉の花を見つめながら呟く。

「百花輪の儀のお陰で、他の州の考え方を知り、民のことを思うようになった。成長するために必要なことだったと思うの。百花輪の儀での出会いと別れの一つ一つ、そのどれが欠けても百花皇妃には辿り着けなかった、かけがえのないものだわ」

そこで來梨は、辛いことを思い出したように付け足す。

「ただ一つ、侍女が三人というのを除けばね。あれだけは、受け入れられないわ」

「それについては、私も同意いたします。あの掟のせいで争いが生まれ、不要な血が流れました」

明羽は、腰にぶら下げた眠り狐の佩玉を見る。

その掟を決めた華信国第二代皇帝の貴妃であった翠汐《すいせき》は、白眉《はくび》の持ち主の一人だった。

廊下から足音が聞こえてくる。

振り向くと、思いがけない人物が立っていた。

「來梨さま、ご婚儀おめでとうございます。あの、ですね。じつは面白いことがわかったので、駆けつけました」

顔を見せたのは、日中はあまり舎殿から外にでないはずの黛花《たいか》公主だった。來梨が百花皇妃になってから、祭事や茶会のたびに黛花に声をかけ、最近では五回に一度くらいは顔を見せるようになった。兄が反逆者として死んだことによる心の傷も癒えたらしく、今ではすっかり來梨に心を許している。

「あら、黛花さま。舎殿にまで来てくださるなんて珍しいですね」

「どうしても、すぐにお伝えしたくて。ずいぶん前に、百花輪の儀において、なぜ侍女が三人と定められているのかお聞きになりましたよね？」

黛花が、目を輝かせながら答える。

まさに、たった今、來梨と明羽が話題にしていたことだった。

「ええ、そうね。それも、類稀な美しさと明晰さで後宮を統べた翠汐さまが、なぜあのような残酷なことを決めたのか気になっていたわ」

「実は、わかったのです。大学士寮の書物にも載っていなかったのですが、この度、内侍寮の書庫を見せていただき、新しい事実を発見しました」

黛花の手には、古そうな書物が抱えられていた。開いて、來梨の方に向ける。

「翠汐さまが考案した第一回の百花輪の儀では、侍女の人数の定めなどなかった。それをいいことに、東鳳州の貴妃が百人の侍女を連れた大所帯でやってきたのです。それは、当時の後宮の女官すべてよりも多い人数だった。呆れた翠汐さまは、西鹿州の慎ましさを見習うべき、と叱責されたそうです」

「東鳳州の貴妃さまは、当時からそのような方だったのですね」

「それを聞いた当時の内侍尉が、百花輪の儀の掟に、侍女は三人とすることを書き連ねたと記録にありました」

思わぬ真相に、明羽はすぐに反応することができなかった。

そっと、腰に下げた佩玉に触れる。

『翠汐がそんな掟を決めるわけないと思ったけどさ、これは、ひどいね』

白眉の呆れたような声が響く。元の持ち主への疑いが晴れたが、素直に喜ぶ気にはなれないようだった。

「つまり、翠汐さまには、侍女を賭け札にして殺し合わせる意図はまるでなく、深読みした歴代の百花輪の貴妃たちによって考えられた伝統だったということかしら？」

來梨の言葉に、黛花はそっと本を閉じながら答える。

「その通りです。まさかの事実に、私も、まだ胸がどきどきしています」

興奮した様子の黛花とは逆に、來梨はすっかり冷めた目で明羽に告げた。

「皇后になって、真っ先にやることが決まったわね。侍女が三人という掟を抹消するわ」

「ええ、それがよろしいかと思います」

その時、遠くから足音が聞こえてきた。

弾むような足音は、どこか懐かしく明羽の耳に響いた。

「あら、侍女といえば、ちょうどいいところに来たみたいね。明羽、あなたを驚かせようと思ってなかったことがあるの」

　來梨が婚礼用の耳飾りを揺らしながら、悪戯っぽく笑う。

　言われなくても、もうわかっていた。

　振り向く。そこには、長旅のための動きやすい襦袴に身を包み、背中に大きな荷物を背負った少女が立っていた。幼い顔立ちに意志の強そうな瞳は、最後に会った時から変わっていない。

「來梨さま、明羽、ただいま戻ってまいりました」

「小夏《シャオシイ》っ！」

　明羽は名前を呼び、吸い寄せられるように駆け寄る。

　明羽と一緒に、侍女として修業を積み、後宮へとやってきた元狩人の少女だった。彼女は百花輪の儀にて、水晶妃の計略により追放され、北狼州へ戻っていた。

「無理を言って、婚礼の日に間に合うように来てもらったの。今日から、ここで働いてもらうわ。また、美味しい御饅頭が食べられるわね」

　主が種明かしのように告げるが、明羽にはほとんど聞こえていなかった。

　小さな体に抱きつくと、小夏の体からは、長旅で染み付いた草と土の香りがした。

「よかった。小夏だ。また会えたっ」

「明羽、そんな大げさだべ。まずは、來梨さまにちゃんと挨拶をさせてください」

明羽は、はっとして体を離す。

小夏はその場で片膝をつくと、來梨に向けて拱手をした。

「來梨さま、本当に百花皇妃になられたのですね。とても、お綺麗です。また私を呼んでいただきありがとうございました」

「これからもよろしくね、小夏。慈宇《じう》にも声をかけたのだけれど、断られちゃったわ」

「そう、なのですか？」

慈宇は、芙蓉宮の侍女長で、明羽と小夏の教育係でもあった女性だ。残念そうに顔を伏せる明羽に、小夏は予想外のことを教えてくれた。

「慈宇さんは、いま身重なので動けないのです。邯尾の本家で働いている時に、御屋敷にやってきた文官に見初められて、めでたく婚姻されましたの」

「えぇっ！　あの慈宇さんがっ！」

真面目で厳しかった侍女長の姿を思い出し、明羽は思わず声を上げた。

明羽と小夏は互いに笑みを交わし、どちらからともなく縦にした拳を突き出して重ねる。

北狼州において、同じ志を持つ者が誓いをかわす時の合図だった。

「これからもよろしくね、小夏」

「こちらこそです。向こうにいるあいだに、新作の饅頭もたくさん考えてきましたの」

後宮に銅鑼の音が響き渡った。

皇帝・兎閣が、天礼門を潜って後宮に入ったことを示す合図だった。

芙蓉宮の三人は、來梨を先頭に、栄花泉が見える場所へと移動する。

やがて、婚姻用の黄金の龍袍に身を包んだ皇帝が、九曲橋を渡って近づいて来る。

風が吹き、芙蓉宮を覆う薄紅色の花が、遠い日よりずっと二人を見守ってきたかのように揺れていた。


婚礼の儀は、歴代の皇后の中でもっとも簡素であった。

けれど、市中を花に覆われた馬車が通る時には、大勢の民が街道を埋め尽くした。

先帝陵では、先帝たちが歓迎しているかのように風が凪ぎ、青空が広がった。

婚姻の報せは国中に広がり、それを話題にした誰もが、新たな皇后を褒めたたえた。

これまで行われた歴代皇后のいずれの婚礼の儀よりも、祝福されたものだった。

◆◇◆◇◆

婚礼の儀が終わって数日後、明羽は竹寂園にいた。

來梨が正式に皇后になったことにより、日々の仕事は目まぐるしい忙しさだ。

貴妃であった時とは比べ物にならない数の手紙が届き、商家や貴族たちからの訪問が相次ぎ、次々と式典や茶会に声を掛けられ、後宮中の女たちが列を作り相談に訪れる。けれど、芙蓉宮に小夏が戻ってきたおかげで、なんとかそれらの仕事を捌けていた。

昼時に、竹寂園にやってこられるのも、小夏のおかげだった。

明羽が、いつものように白眉を右手に括りつけて拳法の型の修練をしていると、背後から声がかけられる。

「皇后さまの侍女長になったというのに、お前は相変わらずだな」

振り向くと、李鷗《りおう》が立っていた。

初めて出会った時と同じく、後宮を変装して出歩く時の、衛士の緑衣を身に纏っていた。

明羽は型を止めると、その場で拱手をする。

「李鷗さまも、二品位になったと聞きました。おめでとうございます」

「めでたくなどない。厄介事が増えるだけだ」

かつて仮面の三品と呼ばれ、後宮の女官たちの噂の的になっていた冷たい美貌が不愉快そうに歪む。

「そうですか。でも、お似合いです、その腕輪」

李鷗の右腕には、二品位であることを示す腕輪がついていた。三品の時は銀の腕輪だったが、銀に瑠璃の玉が埋め込まれた装飾になっている。

「品位が上がったところで、俺がやるべきことはかわらない。この宮城で流れる血を一滴でも少なくし、この国を守ることだ」

「それで、今日はまた、なにか新しい依頼ですか？」

「いや、今日は、調査の依頼ではない。別の話がしたくてきた」

「なんでしょう？」

風が吹き、竹寂園を囲む笹が波のような音を立てる。

明羽は、風に揺れた髪をそっと押さえる。

「……あの、李鷗さま？　どうされました？」

しばらく待つが、返答がない。

李鷗は、いつもの冷淡な表情のまま固まっている。

多忙すぎて、立ったまま気絶しているのではないかと明羽が心配しかけた時だった。

笹の葉音に混じり、声が聞こえた。


「君を妻として迎えたい」

その言葉を理解するのに、しばらく時間がかかった。

明羽の耳が、真っ赤に染まる。

來梨の婚姻の姿を見て、美しいと思った。幸せそうに微笑むのを見て、誰かにこの先の人生を共に歩こうと求められるのは、どれほどの歓びなのだろうかと考えていた。

それが今、急に、目の前に差し出された。

これか。こんな温かいものがあったのか。

「嬉しいです、李鷗さま」

明羽は、手の甲で急に溢れてきた涙を拭う。

だが、目の前に差し出された美しく温かいものに、手を伸ばすことはできなかった。

かつて明羽は、近づかれると息苦しくなるほどの男嫌いであり、それが後宮に憧れた一因でもあった。けれど、今はもう、それを感じない。

李鷗は李鷗であり、唯一無二の大切な人だとわかっている。

そして、李鷗のことを愛していることも、自覚していた。

「……けれど今は、その申し出をお受けできません。來梨さまが皇后として立派にお務めを果たされるまでは、側にいて差し上げたいと思います」

「侍女長のままでも、構わぬと言っている」

「それはできません、李鷗さま。二品位の妻が、侍女として後宮で働けるわけがないですよ。それに、李鷗さまと一緒になると、私は來梨さまに尽くせなくなります」

李鷗は、しばらく明羽を見つめていた。

精一杯の誠意を尽くして答えたつもりだった。

だが、次の瞬間、李鷗の冷淡な表情が、不愉快そうに歪められる。

「断るだと、ふざけるな。俺が、どんなに緊張して口にしたと思っているのだ。嬉しいのに断るとはどういうことだ」

「そんなの知りませんよ。私にも都合や時期というものがあるのです。断られたからって声を荒らげるなんてみっともないですよ」

「みっともないのは、わかっている。だが、だがなっ」

李鷗は珍しく、両方の拳を握り締めて続けた。

「俺は諦めないぞ」

わがままをいう子供のような言動に、明羽は思わず吹き出した。

眼に溜まっていた歓びの涙も引っ込み、声を上げて笑う。

明羽が笑うのを見て、李鷗はさらに不機嫌そうに眉間に皺を寄せる。明羽は、その皺の一つ一つまで愛おしく思いながら続けた。

「來梨さまが、私がいなくても大丈夫なくらい立派な皇后さまになったら、どうか私を側においてください」

明羽の言葉に、ふっと李鷗の表情から苛立ちが消える。

いつもの冷淡な表情に戻っていた。天藍石の瞳が明羽を見つめる。寂しげに輝いていた瞳は、もう孤独を弾いていなかった。

「お前の気持ちはわかった。お前の気が済むまで待とう」

「ありがとうございます」

「その代わり、約束を違えぬように契りを結ばせてくれ」

「契りでございますか？　なにか証文でも書きますか？」

明羽が、いかにも律令に魂を捧げた文官の言葉だと笑いかけた時だった。

強い力で肩を摑まれ、引き寄せられる。

明羽の眼前に、美しい秩宗尉の顔が迫っていた。

唇が重なる。

李鷗の纏う白梅の香りが体を包む。

頭が真っ白になり、なにも考えられなくなった。

そっと、李鷗の体が離れる。その顔は、真っ赤に染まっていた。明羽は、自分の顔も同じように真っ赤に染まっているだろうことを自覚する。

「今のが、契りですか？」

「……そうだ。お前が忘れそうになったら、なんどでも契り直してやる。覚えておけ」

李鷗はそう言うと、背を向けて去っていった。

明羽は、その背が、竹林の向こうに消えるまでじっと見つめていた。

風が吹いて、ふたたび竹の葉が揺れる。

『僕はね、きっとこうなると思ってたよ。ほんと、やだやだ。娘を取られた親の気持ちだよ』

頭の中に、相棒の声が響いた。

「……勝手に、親代わりにならないでって言ってるでしょ」

『でも、君が幸せならいい。それが一番いいよ』

相棒の声が、明羽の火照った体を落ち着かせてくれる。

眠り狐の佩玉が、北狼州で過ごした日々を思い出しているのが伝わってきた。

「白眉、ありがとう。白眉がいなかったら、私は邯尾の村を出ることさえなかったよ」

『なんだよ、改まって』

「私、怖いことも辛いこともたくさんあったけど、思い描いていたのとは全く違う場所だったけど、後宮に来てよかった」

明羽は、後宮に憧れるきっかけになった小説の一節を思い出す。

邯尾の村にいたころ、宝物のように毎晩読んでいた後宮小説。そして、後宮にきてからは、現実との差に打ちひしがれ、引き出しの奥に仕舞っていた。けれど、また久しぶりに読んでみたいと思える。

その場所では、国中から集められた花が咲き乱れ、美しさを競っている――。

けれどその花は、ただ美しいだけではない。
気高く逞《したた》しく、強かで残酷で、そして時に、ぞっとするほど優しい。
だからこそ、この場所はこれほどまでに愛おしいのだろう。
「これからも、よろしくね。私はここで生きていくよ」
明羽は、白眉に向けて告げる。
昼時を終える銅鑼が鳴り響き、明羽は芙蓉宮に向けて歩き出した。

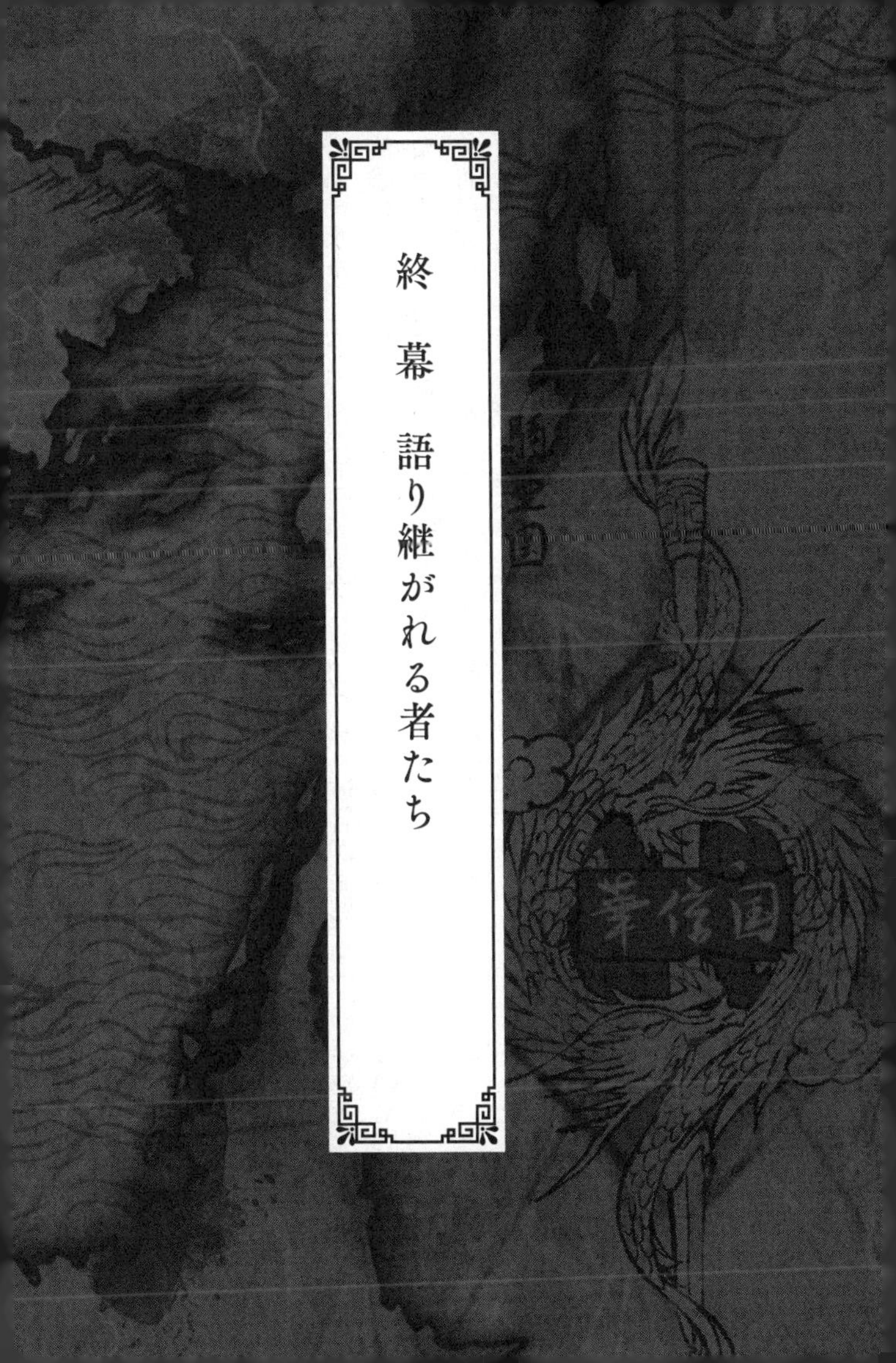

終幕　語り継がれる者たち

百年の時が流れた。

華信国は、この百年の間に数々の危機を経験したが、いまだ大陸の覇者として君臨し、繁栄を謳歌している。

帝都・永京では、帝劇《ていげき》にて一年前から封切られた演目が話題を攫っていた。

演目の名は『百花輪』。百年前に行われ、華信国第十二代皇帝の二人目の皇后として來梨《らいり》が選ばれた百花輪の儀を描いたものだ。

演目の元になっているのは、黛花《たいか》公主の残した歴史書だった。

黛花が残した数々の歴史書は、真卿《しんけい》に並ぶ名著として後世の歴史家から評価されている。黛花が最初に纏め上げ、学士としての才能が周囲に認められるきっかけとなったのが、百年前の百花輪の儀の経緯を詳細にまとめた『百花輪』であった。

黛花の歴史書には、その時代を生きた偉人たちが、その後、どのような生涯を送ったかも記されていた。

華信国第十二代皇帝の皇后となった來梨は、歴史上、もっとも民に愛された皇后の一人と言われている。

來梨が皇后になってからは後宮内での行き過ぎた諍いは激減し、翠汐《すいせき》の再来といわれるほど妃嬪たちを良くまとめた。

皇帝を献身的に支え、各州の貴族や他国の有力者とも交流を深めた。帝都を訪れた貴族たちの誰もが、兎閣《とかく》よりも來梨への挨拶に長い時間を割くほどだったという。

皇帝とのあいだには、世継ぎとなる息子と二人の公主をもうけた。息子の兎明《とめい》は、次代の華信を支える名君となった。

貧民層の救済にも注力し、帝都内の流浪の民を始めとする華信国内の貧困や差別の撲滅に大きな貢献を果たした。また、それまで貧困の原因の一つであった越境禁令の撤廃にも尽力した。

來梨の愛した芙蓉の花は、民からも同じく愛され、帝都では芙蓉の花が咲く頃には芙蓉祭と呼ばれる祭りが開かれるようになった。それは百年たった今も続いている。


皇帝・兎閣は、名君として語り継がれている。

神凱国の侵攻を退けた後は、国土で新たな戦が起きることはなく、後世では太平帝《たいへいてい》の名で呼ばれるようになった。

先帝たちと比べると地味な風貌で、民からの人気は振るわなかったが、皇后・來梨を主役として、その恋を描いた戯曲『百花輪』が帝劇で封切られると、その素朴な人柄が話題となり再評価されている。息子に帝位を譲り引退してからも長く歳を重ね、夫婦で仲睦まじく暮らしたと伝わる。

黄金妃であった星沙《シンシャ》は、戦禍で傾いた万《まん》家をわずか五年で再興し、その後の五年でかつて以上の繁栄を築き上げた。

華信のもう一つの皇家と呼ばれるまでに力を持ったが、先代と違って他の商家と反目することもなく、宮城とも良好な関係を築き続けた。

生涯伴侶を得ることはなく、人生を商売に捧げた。彼女の生き方は、その時代以降の女性たちにも影響を与え、商いや政に女性が進出するきっかけとなった。

星沙が残した数々の商いや経済、法律や医学に関する本は、その後も教典のように読み継がれている。

皇后・來梨とは生涯にわたってよき友であり、よき競争相手であったという。

翡翠妃であった玉蘭《ぎよくらん》は、西鹿州に戻り、故郷を豊かにするために尽力した。

北狼州との結びつきを強くすることで経済を潤し、皇后・來梨の力を借りて西鹿州の民の念願であった青河《せいが》を用いた貿易権を回復し、東鳳州に使用権を奪われていた金鉱の返還を成し遂げた。

西鹿州の民からは翡翠の女神として慕われ、後の西鹿州の繁栄の礎を築いた。

三十五歳の若さで流行り病により生涯を終える。命が果てる瞬間まで、その美貌が色褪せることはなかった。


李鷗《りおう》は、最後には一品位の宰相まで上りつめ、兎閣の右腕として華信国を治めるのに貢献した。明晰な頭脳と先見の明は、国の窮地を何度も救い、かつて華信国建国時に活躍した天才・真卿と比べられるほどであった。

その美貌は華信国中の女たちの憧れの的であったため、宰相を任じられた翌日に後宮の侍女と婚姻したことが知れ渡ると、女たちの溜息によって国中の梅の花が散ったと言われるほど世の中に衝撃を与えた。

李鷗と烈舜《れつしゅん》将軍の色恋を夢想して書かれた後宮小説は、その後も巻数を重ね、百年経った今も密かな人気を博している。


明羽《めいう》の名は、歴史書にはほとんど出てこない。

ただし、皇后・來梨の側には常に参謀と呼ばれる侍女長がおり、來梨の活躍を陰で支え続けたと記されている。その侍女は、無愛想でいつも不機嫌な顔をしており、拳法の達人で、眠り狐の刻まれた佩玉を肌身離さず持っていたと伝わる。

明羽の名が歴史書に現れるのは、宰相になった李鷗の婚姻相手としての一度きりだ。二人は喧嘩も多かったが、互いに支え合い、生涯仲睦まじく過ごしたという。

◆この作品はフィクションです。実在の人物、団体等には一切関係ありません。
◆本書は双葉文庫のために書き下ろされました。

双葉文庫

せ-14-05

後宮《こうきゅう》の百花輪《ひやつかりん》⑤

2023年2月18日　第1刷発行

【著者】
瀬那和章《せなかずあき》

【発行者】
箕浦克史
【発行所】
株式会社双葉社
〒162-8540 東京都新宿区東五軒町3番28号
［電話］03-5261-4818(営業部)　03-5261-4833(編集部)
www.futabasha.co.jp(双葉社の書籍・コミックが買えます)
【印刷所】
中央精版印刷株式会社
【製本所】
中央精版印刷株式会社

【フォーマット・デザイン】
日下潤一

ISBN978-4-575-52644-8 C0193
Printed in Japan

FUTABA BUNKO

貴妃の一人が落花し、後宮の覇権をかけた百花輪の儀は熾烈を極める。後れをとる北狼州出身の芙蓉妃・来梨は、侍女の明羽を密かに北狼州に派遣し、州を統べる二大貴族に支援を頼もうとする。ただしこの二家は不仲で、一つの家にしか頼めない。どちらの家を選ぶべきか、芙蓉宮の命運は明羽に託された。一方、後宮では陰の支配者、皇太后が国の存亡に関わる陰謀を企んでいた。謀略を阻止するため貴妃たちは密かに立ち上がる！　怒濤のシリーズ第三巻！

発行・株式会社　双葉社

後宮の百花輪
こうきゅうのひゃっかりん
瀬那和章
4
水晶妃・灰麗、沈黙を破り百花輪の儀に参戦！ 突然の出来事に戸惑う來梨たち貴妃を前に、かつて溥天廟の巫女であった灰麗は「これから華信国に降りかかる災いについて、五つの予知を視る。そして五つ目の災いにより、この国は滅ぶ」と託宣を告げる。それを防ぐ唯一の方法は、灰麗が百花皇妃になることだという。明羽と來梨は恐ろしい予知に隠された秘密を暴き、灰麗の企みを阻止できるのか!? 物語はいよいよ佳境へ。波瀾のシリーズ第四巻！

発行・株式会社　双葉社